隱蔽嫌疑人

THE LONELIEST GUY

陳浩基——著

目錄

本作品純屬虛構，與現實的人物、地點、團體、事件無關。

Streets damp and warm
街巷溫潤潮濕
Empty smell metal
虛空恍若金屬
Weeds between buildings
大樓間的雜草
Pictures on my hard drive
硬碟裡的舊照
But I'm the luckiest guy
但我是最幸運的人
Not the loneliest guy
才不是最孤寂的人

——大衛・鮑伊〈最孤寂的人〉
David Bowie, "The Loneliest Guy"

序章

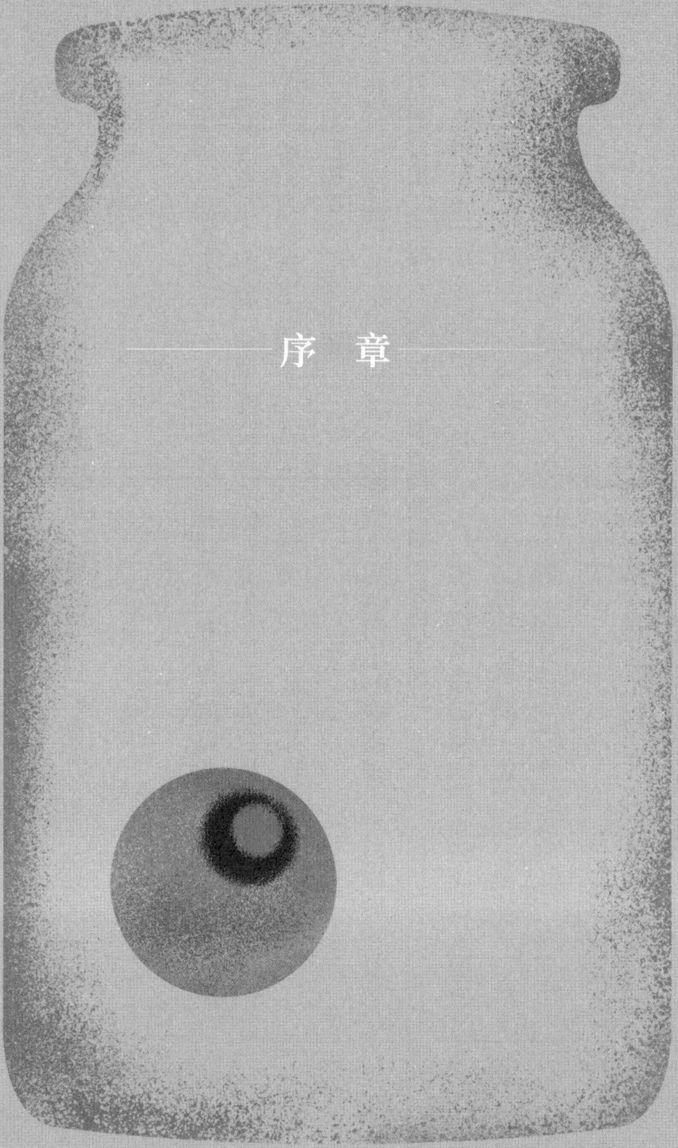

救護員緩緩轉身，朝兩名軍裝警員輕輕搖頭，再向揹著急救裝備、推著擔架床的同僚示意，他們的工作已經完結了。

躺在床上的男人已死去數小時。

綽號「高佬」的高個子警員向兩名救護員道謝，雖然對方也回應了一句「辛苦你了」，高佬卻知道對方的心底話。

——人都死透了，根本不用召救護車，直接找食環吧。

香港警方在處理「發現屍體」的求助個案有標準程序指引，巡邏警員接報後，首先要檢查「死者」還有沒有生命跡象，如果懷疑對方仍可能生存，便要立即要求救護車到場搶救傷者；相反地，假如判斷無生還可能，就要留意環境，一旦認為事件有可能涉及罪案，便要通知總部，讓刑事探員前來接手。

看到眼前那盆已冷卻化成灰白的炭塊、床頭桌上那個凹陷的啤酒罐，再沒經驗的警員也會知道這是自殺現場。高佬入職十年，對這種死者已見怪不怪。

按照指引，當警員合理地認為案件沒有疑點，只要記錄發現屍體的證人所述以及環境狀況，就可以通知簡稱「食環署」的食物環境衛生署到場撿拾屍體，運送到公眾殮房。食環署旗下的屍體處理組就是專職這項工作。高佬一向對「管理食物安全的政府部門處理市民的屍體」這件事感到一份莫名的滑稽感，這教他聯想到某部不太知名的古早科幻電影，描寫未來人口爆炸，政府將人類屍體回收製成食品以解決糧食危機——高佬忘掉了那電影的細節，但他想，假如戲裡的政府部門也是叫作「食環署」，他才不會感到驚訝。

「看，我就說不用召救護吧。」跟高佬搭檔的阿森漫不經心地說。阿森和高佬駐守港島東區，今天早上被安排二人一組到筲箕灣巡邏，在處理過兩宗沒傷者的交通糾紛和勸阻了兩名年近八十的老翁的口角後，便接報到望隆街丹青樓二樓的一個住所裡，看到一個崩潰嚎哭、年約六十的婦女，一個攙扶著婦人、臉色慘白、貌似婦人兒子的男性，以及房間裡一個躺臥床上、宛如沉睡中的長髮成年男子。阿森觸碰了一下床上男人的頸項，指頭傳來冰冷的觸感，知道對方業已斷氣多時。

雖然阿森認為可以按一般燒炭自殺案的程序來處理，身為前輩的高佬卻決定先讓救護員到場看看。阿森不知道的是，高佬這多此一舉的行動不單是以防萬一，更是免除他們可能惹上的麻煩——救護員是給死者家屬看的。近年警民關係緊張，市民對警員的投訴有增無減，雖說當局擺出強硬姿態以應付無理投訴，警隊裡的職場文化卻是另一回事。高佬不擅長拍上司馬屁，跟那些老是奉承長官的同袍不對盤，他深明如果有把柄被抓，他便得面對出其不意的抹黑。除非工作上有特殊表現，否則一般警員晉升警長平均需時十五年，就算他沒有出人頭地的抱負，警局裡的同級才不在乎，總之減少一個對手，自己升遷的機會便增加一分。

高佬想到假如救護員沒到場，事後那個仍在客廳啜泣的婦人追究起來，他和阿森便有可能揹黑鍋，面對小人藉詞攻訐。縱使他討厭這種想法，只是人浮於事，在這個有理說不清的時代還是得防備一下。

我們的確活在人吃人的社會裡——高佬心想。

救護員抵達之前，支援的兩名警員也到場，其中一名是女警，協助安慰那個失神痛哭的婦女。一開始高佬直覺是年邁的母親和次子早上發現長子燒炭自殺，然而略微查問後，才發現自己只猜對了一半——婦人的確是母親，但男子只是鄰居。母親早上察覺異樣，向相熟的鄰人求助，才揭發兒子死於臥室裡。

「這是那個吧？叫什麼來著……御宅族？啃老族？」阿森在救護員離開房間後，一邊環顧房間的佈置，一邊對正在查看屍體的高佬說。

「大概是了。」

房間約有一百五十平方呎[1]，以香港房子標準來說是一個偌大的臥室，可是四周堆滿雜物，一個個瓦楞紙箱和垃圾膠袋塞在桌子、衣櫥、睡床、書架之間，可供走動的空間不多。牆上貼著動畫和電玩角色的海報，凌亂的電腦桌上還放著不少遊戲相關的人形玩偶和擺設。雖然今天不少三、四十歲的成年男性仍沉迷這些玩意，但高佬從房間的整體環境看出房間主人是個無業遊民——瓦楞紙裡放著的泡麵和乾糧、電腦桌旁的小冰箱，還有那些由空寶特瓶、啤酒罐和零食包裝堆成的垃圾堆，正正是廢寢忘食整天窩在家打電玩的印證。

「呵，竟然還是個套房，這真是宅男天國啊。」阿森走到衣櫥旁，發現房間轉角有一扇門，門後是一個沒有窗戶、小小的洗手間，是那種乾濕沒有分離、馬桶上方掛著淋浴花灑的衛浴。其實廁所的衛生環境不太好，隱隱傳出異味，阿森這句「宅男天國」只是嘲諷，高佬卻沒有聽出言下之意。

高佬瞧著床上的屍體，不由得想得出神。由於死者是因為燒炭所產生的一氧化碳而中毒身亡，那個長髮及肩、下巴長滿不修邊幅髭鬚的男人面上浮現出一種詭異的紅潤，像是對死亡欣然接受，對終結生命這個決定毫不後悔。

對整體社會而言，這種人消失掉也不痛不癢吧——高佬想到這種殘酷的論調。他不知道明天的報紙新聞會不會有一小段篇幅報導這個男人的死亡，又猜想或許只會出現在某些新聞網站，以不到二百字來說明這則無人關心的消息。畢竟是無可疑的自殺事件，在這個喧囂的城市裡，每天都有人因為不同的理由自尋短見，而他們的消失才不會影響這個社會的運作。

「阿森，你去跟死者的母親錄口供，那個鄰居就由我……阿森？」

高佬抬頭望向房間另一端，發現阿森打開了衣櫥，直愣愣地站在前方，呆然地瞪視著衣櫥內部，對高佬的指示置若罔聞。

「阿森？你聽不到我——」

高佬邊說邊走近對方，然而當他看到阿森所目睹的景象後，他也只能倏地將說到一半的話留在唇邊，按捺住正常人應有的反應，駭然地嘗試理解眼前那怪異的光景。

衣櫥裡放著大大小小二十多個圓柱狀的玻璃瓶，瓶中浸滿液體，就像生物實驗室用來保存動物標本的那些瓶子。

只是高佬和阿森眼前眾多瓶子盛著的不是老鼠或青蛙，而是殘肢和器官。

人類的殘肢和器官。

1 約四坪。

第一章

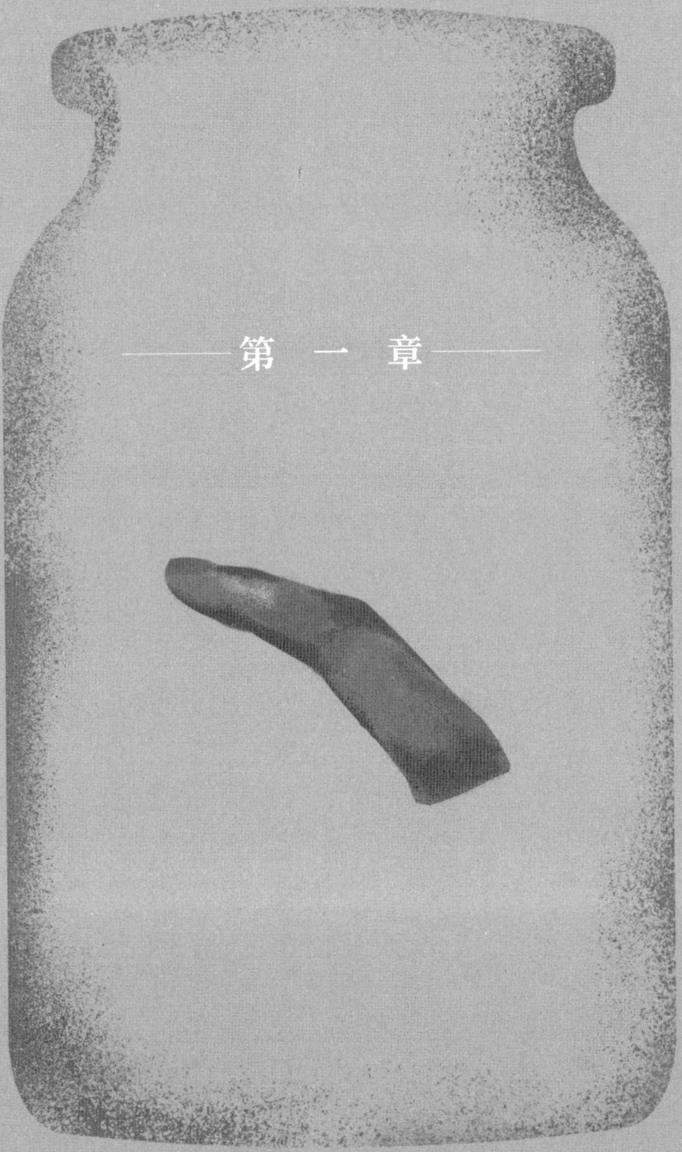

「老天。」許友一督察眉頭緊蹙，無法將視線從衣櫥裡那些駭人的標本瓶上移開。床上的屍體已被黑色膠布蓋上，而鑑識人員正仔細替環境拍照，並且在記錄後謹慎地將一個個瓶子從衣櫥抬出。

警察總部接到前線警員語氣焦灼的報告後，港島總區重案組第二B隊便被委派接手調查，由於事態嚴重，B隊隊長許友一也不得不親自到場指揮。出發前他還半信半疑，猜想可能是惡作劇，或是經驗不足的巡警誤將動物內臟標本當成人體器官；但當他親眼目睹那些異常的玻璃瓶後，先前的想法便一掃而空，畢竟假如這是惡作劇的話，作俑者大抵是好萊塢的一流道具製作人，或是技巧出神入化的特殊化妝師。

看樣子又得加班了吧——許友一心想。他其實不介意加班調查案件，只是每逢他遇上棘手的案子，早出晚歸，妻子都會唸唸有詞，抱怨他忽略家人。他太太曾吩咐過「再忙也打個電話回家吧」，可是許友一一投入工作，就將這叮囑拋諸腦後。

「隊長，」比許友一早到場的探員家麒趨前報告，「軍裝夥記說發現這些東西後已第一時間保持現場環境完整，沒有再觸碰任何東西。」

「鑑識人員怎麼說？有多少個受害者？」

「目前還不清楚，但最少有兩人。」家麒指了指其中一個瓶子。「已確認有四隻腳掌，兩左兩右。」

入牆的木製衣櫥有兩扇門，超過一米寬，內部經過粗糙的改裝，以木板分成上下兩層，直徑約三、四十公分、高五、六十公分的巨大標本瓶就放在下方，上層放的都是相對細小的。許友一最先看到的是一個裝著小腿連腳掌的瓶子，瓶裡的液體呈現淡黃色，有一些碎屑沉澱在瓶子底部；而在下層的一個巨型玻璃瓶中，他看到一副女性的胸膛，只是乳房下方露出了肋骨，肋骨後貼著瓶底的卻不曉得是肺臟還是心臟的一部分——當然，這副胸膛鎖骨對上只有斷掉的脖子，左右兩邊也沒有肩膀。這個玻璃瓶的後方有另一個差不多大小的瓶子，許友一沒能看清楚裡面的內容，只瞥見一些腸子像麻繩一樣盤在底部，再隱約看到被腸子覆蓋著的，似是男性的生殖器。

許友一不由得感到有點反胃，嘗試別過頭看看周遭環境，卻被上層的一個瓶子緊緊抓住心神。那是一個短髮女生的頭顱，她五官端正、相貌娟秀，縱使浸沒在液體中的人頭十分詭異，許友一卻赫然感到一股病態美，彷彿這個雙目緊閉的女生只是在瓶中沉睡。他搖搖頭，將這種無意義的個人感想從腦海中驅除，再次以刑警的角度去審視眼前的屍塊——女生看來只有十多歲，從頭顱的大小來猜測，剛才他看到的胸膛和小腿很可能屬於這個受害者。

「找到另一個人頭了。」負責搬開標本瓶的鑑識人員隔著口罩向其他人說。

在衣櫥上層的角落，眾人看到另一個裝著頭顱的玻璃瓶，然而這個的內容比其他更怪異。瓶子裡不單有一個人頭，更有一雙齊腕砍下的雙手，手掌指頭向內屈曲，緊貼在頭顱的面孔上，而人頭微微朝下，就像一個人痛苦地掩臉抱頭。許友一留意到兩個「人頭標本」有差，從浸泡的液體透明度到膚色都略有不同，估計二人是不同時期被殺。

「媽的……這變態不只殺人分屍，還要將屍骸當成玩偶擺姿勢才滿足？」家麒邊說邊瞟了身旁蓋著黑膠布的死者一眼。

許友一沒有理會家麒的咒罵，只盯著這個新發現的頭部——他隱隱覺得在某處見過這種掩面的姿勢，卻無從想起。他也同時思考這個不尋常的動作到底代表什麼，是兇手給警方的一種訊息？是個人喜好？是惡作劇？許友一知道就算精神異常者的行為也有他自己的理據，愈早知道這種佈置的背後原因，就能愈早接近真相。

「這傢伙是戶主？」許友一走近床邊，掀開黑膠布。從外表看來，床上的死者不像是窮兇極惡的變態殺人魔，雖然髮型和鬍鬚令人感到齷齪邋遢，單薄的身型和纖細的四肢卻讓他更像是被害者多於加害者。這男人的左眼下方有一顆顯眼的黑色淚痣，許友一想起坊間那個「淚痣命苦」的說法，命理師傅大概會說這死者命途多舛，值得同情。

當然許友一深知「人不可以貌相」的道理，他遇過滿嘴仁義道德的教師被揭發性侵學生，也見過被譽為模範丈夫的企業家出軌，和情婦合謀毒殺妻子。

「對，」家麒掏出記事本，「他叫謝柏宸，四十一歲，無業，和母親謝美鳳同住在這單位。」

「跟母親姓？沒有父親嗎？」

「好像是，這地址只有他們母子二人居住……」家麒合上記事本。「四十歲沒工作住在老家，大概是啃老族吧。」

許友一瞄了瞄房間裡那些海報和動漫玩具，心想家麒這看法跟事實八九不離十。

「已確認是自殺？」許友一望向房間中央地上那盆已燒完的炭。

「初步判斷是，但詳細還是得看法醫解剖。」

「有沒有找到遺書？」

「還沒有。」

「假如是畏罪自殺，這傢伙可能有寫下自白書，對調查很有幫助。」許友一環顧一下，指了指放滿漫畫、小說和光碟的書架。「說不定他不想遺書被家人看到，將它夾在書本裡，等我們發現。」

「嗯，隊長。不過假如他真的有留下不想被老媽讀到的自白書，應該會用電腦或在手機裡寫下吧。」

「也有可能，只是謝柏宸和我年紀差不多，我們這一輩大概還是會想到用紙來寫下遺言吧……」許友一說畢才想到自己和二十出頭的家麒似乎有點代溝——網路時代出生的孩子似乎認為紙筆只是課堂才會用上的工具，將遺言放在手機或上傳雲端比留下一封實體信件更合乎人性。「那有沒有找到他手機？」

「也是還沒找到，這房間實在太亂了。」

「找仔細一點。」

縱然許友一見慣兇殺案的現場，製成標本的屍塊還是頭一遭遇上，離開房間時有點心緒不寧，差點被房門外的一個矮櫃絆倒。看到那些瓶子，他猜想謝柏宸很可能有戀屍癖，就像房間裡他收集的動漫人偶，屍塊也是同類的收藏品；然而大部分案例裡，保存屍體的兇手都只針對單一性別，許友一想這次受害者似乎有男有女，不由得想謝柏宸可能是基於另一些特徵選擇獵物，又或者這傢伙對性別並不在乎——許友一數年前處理過一樁「Cosplayer私影」的謀殺案，有兼職扮裝成動漫角色的模特兒慘遭殺害，調查期間他發現原來那個圈子裡有不少稱為「偽娘」的年輕男生，喜愛男扮女裝演繹女性角色。當時最令許友一訝異的是，某些偽娘不開口的話，單從外表完全是雌雄莫辨，撲朔迷離。

許友一回到客廳，打算從謝美鳳著手查問關於謝柏宸的一切，卻發現對方不在，負責看守的軍裝警員報告說謝女士被安排留在鄰宅。隔壁單位大門打開，許友一剛踏進便看到部下小惠和兩名軍裝警員站在門前，一個滿頭灰白的婦人失神地癱在沙發上，旁邊還坐著一個身材高眺、帶點書卷氣的男人，同樣地掛著一臉愁容。

「隊長。」處事一向嚴謹的小惠看到上司立即站好，準備向許友一報告，然而她的話就像針刺，霎時將失魂落魄的謝美鳳喚回現實。

「你、你是負責的警官？」謝美鳳從沙發跳起，緊張地抓住許友一的雙臂，「到底發生什麼事？為什麼你們要我離開我的家，又說什麼柏宸有嫌疑？人都死了，還調查什麼罪行？嗚嗚嗚……」

「謝女士，請妳冷靜一點。」許友一沒有甩開對方，任由這個困惑傷心的婦人抓著自己。「我是港島總區重案組的許友一督察。請問妳家就只有妳和謝柏宸居住嗎？」

「是……許 Sir，就當我老人家求求你，救護員都說我家柏宸已經沒救了，就算你們找到什麼毒品，追究他也無補於事……」

「毒品？」

「不是嗎？我聽到你們的同事說柏宸在衣櫥藏著什麼，是毒品吧……還是槍械？柏宸是個乖巧的孩子，那些東西一定是他一時好奇才買回來……許 Sir，柏宸他喜歡網購，整天從大陸啊外國啊訂些奇怪玩意，說不定是人家塞給他的，他才沒有——」

「是屍體，我們在衣櫥裡發現保存過的人類屍骸。」

許友一沒有修飾言詞，直話直說，將最殘酷的事實告訴對方。謝美鳳聞言頓時止住啼哭，一臉驚愕地直視著許友一，而剛剛跟著站起、準備拉住謝美鳳的鄰居男人也遽然停下動作，遞出的雙手懸在半空，以不可置信的表情瞧著這個吐出駭人真相的警官。

「屍、屍體？」謝美鳳結結巴巴地問。

「我們在謝柏宸房間的衣櫥裡，找到十幾二十個裝著人類屍骸的玻璃瓶，受害者遭分屍，屍塊被製成標本。」

謝美鳳鬆開抓住許友一的雙手，眼前一黑，整個人往後跌，幸好鄰人眼明手快接住，再扶她後退數步回沙發坐下。

「這位先生是……」許友一向男人問道。

「我叫闞致遠，是謝家的鄰居，住在這兒差不多三十年了，我跟柏宸自小相識。」闞致遠一邊輕拍著謝女士的手背安撫對方，一邊抬頭向許友一答話。「許督察，你們是不是搞錯了？柏宸的房間裡怎可能有什麼屍體？那是動物標本或是從網路上購買的電影道具吧？」

「我也希望我們弄錯，但初步看來不是那回事。」

謝美鳳臉色發青，眼神渙散，像是無法理解目前的狀況；闞致遠似要說些什麼反駁許友一，但話沒離開嘴巴便再度閉口，只皺著眉盯著對方。

「謝女士，從環境看來謝柏宸有最大的嫌疑，我們初步研判他很可能是畏罪自殺，但在作出結論前警方需要妳合作，請妳想想有沒有察覺他日常行為有異，以及說明一下他的交友關係等等……」

「不……不可能……」謝美鳳喃喃自語。

「首先我想知道謝柏宸有沒有女朋友或親密的伴侶，」許友一沒有體恤才剛喪子的老婦，繼續直白地發問，「因為其中一名受害者是年輕的女性，我們需要先確認身分——」

「等等，『其中一名』？」闞致遠打斷許友一的問題，驚訝地反問：「你的意思是柏宸的房間裡收藏了多具屍體？」

「目前只知道超過一人，實際數字尚未清楚。」

闞致遠目瞪口呆，然而這刻謝美鳳回過神來，氣急敗壞地說：「不可能的！柏宸不可能殺人！他一直一個人躲在家裡，怎可能殺人藏屍！」

「他的房間附有洗手間，正好適合在不驚動家人的情況下殺人分屍。」許友一以不帶感情的語調回應道：「過往就有個案，兇手在外面殺人後趁家人不注意將屍體帶回家，然後等到家中無人再慢慢處理屍體……」

「不、不，就算我有上班，柏宸他……他……」

「許督察，」闞致遠接過口齒不清的謝美鳳的話，「你說的柏宸他可辦不到……他是個『隱蔽青年』[2]，害怕外出接觸陌生人。」

「罪犯犯案後躲在家裡十分常見，就算在家裡待個兩三個月也是尋常事——」

「柏宸他足足二十年沒外出啊！」謝美鳳情急地大嚷。

許友一不禁怔住，被這句話打亂了他的盤算。因為謝家只有母子二人居住，有嫌疑的就只有謝柏宸和謝美鳳兩個人，從常識看來眼前這個手無縛雞之力的婦人不會是殺人魔，所以基本上謝柏宸就是頭號嫌犯。由於嫌犯已死，無法利用謝母來打親情牌誘導謝柏宸自白，許友一採用了最強硬的方法，直接向嫌犯母親丟下震撼彈，希望對方在情急之下不自覺地吐出有用資訊，例如兒子有沒有說過什麼奇怪的話、哪天行為有點異常之類。

然而他沒料到這資訊如此反常。

「二十年？他在家裡繭居了二十年？」

「是的，許督察。」闞致遠點點頭。「所以別說殺人，柏宸連離家到便利商店買瓶汽水都做不到。」

「你們無法確認他有沒有偷偷溜出去吧？」

「沒有！柏宸他才沒有溜出去！他要是有外出我怎可能不知道？」謝美鳳焦躁地搖頭，像是為兒子否定指控。

「那……也有可能是受害者趁著謝女士離家上班時進入屋內，然後被謝柏宸殺害。」許友一不想跟喪子的頑固母親糾纏，於是換個說法。

「美鳳姨從事家務助理，只在上午上班，剛才許督察你說柏宸房間裡有超過一名受害者，所以你的意思是連續有人在光天化日登堂入室給柏宸殺掉，然後再被他分屍？就算不是完全不可能，但誰會相信這荒謬的說法？請你不要預設柏宸就是犯人，客觀一點地調查吧！」

許友一沒想到這個姓闞的頭腦不錯，狠狠戳中痛處。

「那麼，請你們先說明一下今早警員到場前的情況……」許友一無奈地改變手法，從一開始查問起。「你們如何知道謝柏宸出事了？」

2　簡稱「隱青」，又叫「蟄居族」、「繭居族」或「家裡蹲」。

「柏宸他沒有吃飯……」就像是回想起發現兒子屍體的經過，謝美鳳再度哽咽，話說到一半便說不下去。

「美鳳姨平日會煮晚餐給柏宸。」闞致遠接話道：「柏宸交代過，早午餐他吃乾糧或泡麵之類就好，一天只要美鳳姨煮一頓飯，放在房門前的矮櫃上。不過他作息和正常人顛倒，有時黃昏才起床吃『早餐』，所以晚餐會在半夜甚至早上吃。他房間裡有微波爐也有冰箱，飯菜放一天半天也不打緊，平日早上美鳳姨一是看到已清空的盤子，一是連碗筷都不見，多待兩三天柏宸才一口氣將數天的餐具放出來……可是今早美鳳姨發現飯菜原封不動，房間又沒傳出電玩聲，她大力敲門柏宸也沒有回應，她擔心起來便向我求助。」

許友一想起那個害他差點絆倒的矮櫃。「所以說房門是反鎖起來了？平日他有沒有鎖門？」

「他多年來都有鎖門，假如我擅自扭門把他便大發雷霆……」謝美鳳一臉愁苦，許友一心想這正是「慈母多敗兒」，父母處處縱容忍讓卻教兒子成長成巨嬰——然後再淪落成殺人魔。

「闞先生你之後和謝女士決定破門而入？」

「嗯……」闞致遠露出一副難堪的樣子，稍稍瞥了謝美鳳一眼再對許友一說：「柏宸他多年來對美鳳姨都很不客氣，但他和我是好兄弟，就算他鬧脾氣，總願意隔著門和我聊幾句……可是今早他完全沒理會我，我們擔心他出事，我便用力撞開房門……唉，結果看到那盆炭，我便知道發生什麼事了……」

「你們沒有鑰匙嗎？」

「沒有，柏宸收起來了，所以只能撞門……」

「你接下來便報警？」

「我第一時間閉著氣打開窗戶，畢竟一氧化碳致命這種常識我還懂，然後衝到床前嘗試替柏宸做心肺復甦……可是……我的手碰到他的臉，發現他已經沒有體溫……」闞致遠說著說著，鼻頭漸漸發紅，眼眶也幾乎鎖不住淚水。

「那是幾點發生的？」

「早上八點半左右……」闞致遠深呼吸一下，「我昨晚出席宴會喝了不少酒，睡到今早美鳳姨按門鈴才醒。」

「你不用上班？」

「我在家工作，所以美鳳姨懂得找我幫忙。」

疫情改變了不少上班族的生態，許友一對此也不感到訝異，心想這姓闞的很可能是搞ＩＴ或網路科技的。他沒能從二人的話找到疑點，於是決定轉向從謝柏宸的背景入手。

「謝柏宸因為什麼原因變成隱青？」

謝美鳳搖搖頭，語調苦澀地說：「我……不知道。柏宸自小個性內向，不喜歡跟人接觸，但中五畢業後也輾轉在三間公司工作過……只是後來好像遇上什麼麻煩，替人家揹黑鍋，結果被老闆解僱……那時候開始他便沒有再找工作，終日遊手好閒，後來不但沒外出，更只待在房間裡上網打電玩……」

「柏宸他似乎患上了某種恐懼症，他漸漸不願意接觸他人，只有留在自己畫下的圈圈內才能安心。」闞致遠補充道。「初時美鳳姨和我還可以進他的房間跟他聊聊天，可是後來他連門都鎖上了，我和他只能隔著門板談話，或是上網溝通……」

「謝女士，連妳也沒能進他的房間嗎？」許友一問。

「柏宸他……他不准許，我就得尊重他的意向……」謝美鳳話說到一半，突然換了語氣，像是要為兒子說好話：「不過他也不是完全孤立自己啊，有時我有事情要跟他說，或有重要的東西要交給他，他願意開一條門縫跟我直接說話……他只是好像怕接觸他人，就像覺得自己有病，會傳染人家似的……」

許友一猜想謝柏宸可能因為某事患上了創傷後壓力症候群，他能夠理解對方閉門不出的行徑，但同時對謝美鳳和闞致遠感到不滿，因為只要接受適當的治療，患者便能走出陰霾，重回社會。許友一如此清楚，是因為他也是康復者——當年他差點被持槍悍匪殺死，在鬼門關前跑了一趟，好不容易才克服障礙，繼續從事這份危險的職業。

「這二十年來你們就是如此生活？」許友一語氣略帶不快地問道。

「柏宸是我唯一的兒子，我只求他平平安安地生活就好，一切順他的意……柏宸……你為什麼要做傻事……媽從沒有埋怨過，可以養你一輩子啊……」

看到謝美鳳再度恍神，陷入悲愴，許友一料想他繼續問下去只是事倍功半，決定暫時撤退，回謝柏宸的房間看看部下有沒有找到新線索。然而就在他轉身離開時，闞致遠趨前在玄關留住對方，像是有話要說。

「許督察，你就不能客氣一點，體諒一下死者家屬嗎？有必要如此咄咄逼人，害一位剛失去兒子的母親如此難過？」闞致遠沒有掩飾語氣中的不滿，只壓下聲線，以免正在被小惠安慰中的謝美鳳聽到。

「闞先生，比起自殺嫌犯的母親，我更在乎那些被殘酷地砍碎，死得不明不白的受害者，我們連他們姓甚名誰都不知道。」許友一沒有退縮，挺起胸膛地說：「假如你有什麼不滿，可以到投訴科投訴。」

其實許友一處事很少如此硬邦邦，他能升級當上督察也只是因為多年前巧合揭開某案件的真相，這幾年間在各區的重案組調職，鮮少解決過什麼大案子，有些下屬還在背後慨歎自己跟隨了一個沒霸氣的上司；不過在社會瀰漫著不信任和對抗意識的今天，他有時也不由得動氣，尤其這回看到那些駭人的屍塊，就更急切於查出真相，為受害者討一個公道。

「你一直指責柏宸是犯人，你難道沒考慮過其他可能性嗎？例如有人謀殺了柏宸，偽裝成自殺並且嫁禍於他……」闞致遠沉住氣，沒有理會許友一的挑釁，提出新的說法。

「闞先生，現實不是懸疑電影，沒有那麼多詭計。」許友一瞄了瞄闞宅客廳一角，那邊牆上掛著一張裝裱過的《沉默的羔羊》電影海報。「假如真的有什麼詭計的話，我會猜另一種可能——謝柏宸之所以將自己關在房間裡，是因為他瞞著母親在房間裡禁錮了受害人，將他們凌虐再殺害分屍。你無法排除這個可能性吧？」

闞致遠臉色一沉，像是極力遏制自己的怒火，但他沒有再衝著許友一說什麼，任由對方離開自己的住所。

許友一回到謝宅，這時他才留意到謝闞兩戶的裝潢如何不同。雖然房子格局是鏡像對照，謝家的家具、裝飾給人一種雜亂陳舊的感覺，深色的木桌、廉價的組合櫃、廚房入口旁架子上的祖先靈位，加上室內採光不足，突顯了丹青樓多年歷史的古舊感。然而闞家的設計卻很現代化，雖然不像有找室內設計師改裝，但簡樸的家具、整齊的擺設、以海報點綴的客廳空間都予人「戶主很有品味」的印象。丹青樓樓高六層，一層只有兩戶，六十多年前發售時是中產階級才有資格入住的洋樓，不過隨著歲月流轉，昔日的高價住宅也變成不受歡迎的舊樓，尤其整棟大廈加上兩間地鋪[3]只有十二戶，每戶攤分負責維修外牆、水管等等的保養花費甚高。不過房子面積比新建的樓宇寬敞，優劣互補，在房價比天高的香港，丹青樓仍有不低的市場價值。

踏進房間後，許友一瞧了瞧房門門鎖，就像闞致遠所說，喇叭鎖被蠻力撞開，門框受損。門鎖內側是旋鈕，不像按鈕的那一種，沒有鑰匙便不能從外鎖上。

「隊長，同事已點算過，總共有二十五個瓶子，不過只找到兩個頭部。」家麒看到上司回到現場便趨前匯報。

「那就希望只有兩名受害人吧。」在了解到謝柏宸的背景後，許友一環顧房間，看看有沒有什麼新的發現。

「還有，我們找到手機了，不過……」

「不過？」

家麒跨過地上的一些雜物，蹲在炭盆前，用已戴上橡膠手套的右手撥開幾片灰炭，指著餘燼中的異物。許友一仔細一看，才發現那是一部已被燒得變形的手機。

「盆裡還有一些像是電腦零件的碎片，大概是硬碟。」家麒指了指桌上的電腦。「我檢查過了，那台機器的硬碟已被拆下。這傢伙似乎執意掩埋所有真相，妨礙我們調查……」

許友一摸了摸下巴，心想這案子很可能會成為他職業生涯中最難纏的工作，更想到接下來要向記者說明案情，不禁頭痛。他走近窗戶，想看看大樓警戒線外是否已被記者和看熱鬧的群眾團團圍住，卻發現他擺了烏龍，謝柏宸的房間窗戶面向大樓的另一側，窗外是一個鋪設著水管和污水渠的平台，而平台下是丹青樓後方的窄巷。許友一抬頭瞧了瞧，只看到旁邊的工業大廈外牆，暗澹的陽光僅從大廈之間的縫隙射進這個散落著零星垃圾的水泥平台之上。

「家麒，你看這巷子通往哪兒？」許友一忽然想到一點，於是回頭向部下問道。

「可能是寶文街，或是拐個彎直走到愛秩序街吧？怎麼了？」

許友一沒回答。他思考的是即使謝柏宸表面上將自己關在房間裡，也有可能瞞過同住的母親，不經大門利用窗戶外出。謝宅位於二樓，只要跨過窗口走出平台，再利用巷子裡的一些雜物充當墊腳石，便能自由出入——甚至只要使用簡單的繩索，就可以將人或屍體拖到平台上，再帶回房間裡，慢慢處理分解。

中午十二點，許友一在丹青樓外舉行簡單的記者會，向媒體披露案情及接受提問。由於人行道狹窄，許友一讓同僚在丹青樓對面、利亨銀行前方的路上畫一個採訪區，並且請記者離開馬路，確保寶文街轉進望隆街的交通沒受阻礙。他沒有公布所有細節，只透露了警方接到有人自殺的報告，軍裝警員到場處理卻發現自殺者的房間裡還有其他屍體，並且已遭到肢解及保存在玻璃瓶內，沒有提及屍塊的模樣、受害者的特徵，以及謝柏宸是隱青等等資訊。記者追問受害者人數、性別、年紀和身分等等，許友一只能以官腔回答「調查中」，畢竟他真的尚未掌握到答案。一如所料，記者們聽到「分屍」和「玻璃瓶」等關鍵

3 即位於大樓一樓面向街道的店面。

字便大為鼓譟，許友一曾想過暫時隱瞞，但正所謂「醜婦終須見家翁」，今天故意不說，翌日記者挖到小道消息再追問還是得坦白說明，到時還要被怪責警方黑箱作業。許友一的上司並不在乎這些指責，但對經常和記者打交道，甚至需要借媒體發放和收集情報的前線刑事調查指揮官而言，他當然想減少不必要的麻煩。

「請問自殺的四十一歲無業男子是否就是兇手？」一名記者問道。

「警方仍然在調查中，我們不會排除這個可能性。」

雖然許友一如此回答，但在場的記者都聽出言下之意——犯人很可能已經死掉，市民可以放心，不用害怕市區潛伏著一個連續殺人魔。

「這會不會是模仿一九八二年的『雨夜屠夫案』？」一名年約五十、頭頂半禿的資深記者問。

「我們不排除這個可能，但初步判斷不是。」

四十一年前香港發生驚人的連續殺人事件，林姓的計程車司機狩獵夜歸的女乘客，先後殺害並侵犯四名女性，再肢解屍體並拍下過程。許友一認為這不是模仿犯，是因為「雨夜屠夫」只保留乳房及性器官，丟棄其餘屍塊，而這次卻連四肢和內臟都有仔細保存，以犯行手段來說有明顯差異。

而更重要的是他無法想像到謝柏宸如何捕捉受害者。謝家沒有私家車，要在街上擄走陌生人，談何容易。

公眾知悉新聞後，果然和許友一想像的一樣引起轟動，二十四小時營運的網路媒體大幅報導這碎屍案，加油添醬將殺人分屍的內容繪聲繪影地「創作」出來。丹青樓附近便是金華街街市，記者不難從街坊菜販打聽到謝家的底蘊，於是坊間出現「宅男殺人事件」或「隱青屠夫」之類的說法。當中自然有網民及YouTuber將案件和「雨夜屠夫案」相提並論，亦有熟悉外國案例的人舉出日本的「宮崎勤殺人事件」和「京都動畫縱火案」等等，提出「謝姓自殺嫌犯」很可能有嚴重的精神病，因為妄想而犯案。

社會的反應就如許友一料想，調查方面就偏偏相反，一再讓他遭遇挫折。

首先是幾乎沒有用途的法醫報告。二十多瓶的屍塊提供了不少新情報，但最重要的卻付之闕如。

「法醫檢視過屍塊，嘗試將各部位拼合，初步估計它們來自兩名受害者，一男一女，從骨骼判斷男性介乎十八歲至二十三歲之間，身高約一米七，瘦身材，而女性則約十五至二十歲，身高約一米五。兩人年齡似乎差不多，說不定兇手就是盯上這種年紀的。」負責跟進法醫報告的家麒在會議中說明道。「女性遇害時間較新近，死亡日期估計是數月至半年前，而男死者就早很多，估計超過十年以上。法醫說受保存屍塊的固定液影響，時間一久就很難做出精確的判斷，她也感到頭痛……」

「『固定液』？」小惠插嘴問道。

「法醫說保存屍體製成標本的過程稱為『固定』，我跟她討論時說習慣了。她還說那是福馬林為主要成分的液體……就是甲醛溶劑的一種，很常用來製作標本。」

「為什麼說『初步估計來自兩名受害者』？法醫沒能確認嗎？」許友一問。

「表面看來屍塊的確能組合成兩具遺體，畢竟部位、骨頭和表皮都吻合，但由於切割得太零碎，法醫怕有不屬於當事人的部位被混進去。她說就像魔術表演，只要刻意在切割面動手腳，就有可能掉包，尤其那男死者的不同部位因為固定液濃度有差異，肌肉組織性狀變化不一，法醫說她不能百分百保證沒判斷錯誤。」

「不是說保存過的屍體更容易提供線索嗎？」小惠再發問。

「假如是能從胃部的殘餘物來判斷死亡時間之類就是，但法醫說沒有發現，而且就算知道死者生前最後吃過牛排還是麵包，也無助我們確認身分。」

「指紋方面如何？」許友一問。

「法醫已替女性受害人套取指紋，目前正在比對，不過皮膚經過浸潤，指紋變形，不一定有結果。男性受害者那邊就更麻煩，沒辦法比對。」

「什麼麻煩？」

「犯人大概在初期未掌握到福馬林固定屍塊的方法，男死者的屍塊部分皮膚受損，尤其是凹凸和末端的部位，而且雙手和頭顱被放在同一個瓶子裡……就是那個像有什麼含意的『掩面痛哭』姿勢，似乎曾用了三秒膠或其他化學品來穩定位置，組織損害程度更甚。法醫說犯人有定期更換固定液，可是早期爛掉的組織已無法修復了。我會說，就連恐怖片迷看到那樣子，也會三天吃不下飯吧。」

家麒接著仔細報告屍塊的特徵、每個瓶子的尺寸和盛載的身體部位——男死者被分成十四份，除了頭部和雙掌故意地放在同一瓶外，其餘每一瓶都只放置一個部位：左上臂、左腕、右上臂、右腕、左大腿、左小腿、左腳掌、右大腿、右小腿、右腳掌、包括心肺肋骨及上半截脊椎的胸膛、主要是腸胃與肝臟的腹部，以及包含盤骨、腎臟、部分大腸以至生殖器的腰部。

女死者則被分成十一份，除了雙掌放在同一瓶，其餘頭部、右臂、左上臂、左腕、右大腿、右小腿連腳掌、左大腿、左小腿連腳掌、胸膛連肋骨及心肺、腹部連同腸臟及子宮等等，各占一瓶。

「法醫指，女死者的右臂沒被切割，而是屈曲成V字放到一個瓶子裡，但左臂就被切成兩份，不曉得是剛好不夠標本瓶，還是像男死者的掩面姿勢一樣另有含義。」家麒翻過報告數頁，繼續說：「由於男死者皮膚受損，法醫需要更長時間仔細檢查，但女死者身上有疑似被虐待過的痕跡，兩條手臂上有不少比膚色略深或略淺的圓形疤痕，估計是菸蒂所致的灼傷傷疤。」

「法醫有沒有確認死因？」許友一問道。

「頭部和軀幹沒有致命的表面傷痕，頭蓋骨完整，有可能是毒殺或窒息致死。不過因為屍體被切割得太零碎，法醫說很難判斷，脖子沒有勒痕，但也難保犯人沿著勒痕將頭顱切斷。屍塊在固定前曾被放血清洗，加上被固定液干擾，檢驗毒物亦有難度。」

「法醫對切割手法有什麼看法？犯人是專業的還是業餘的？估計用什麼工具？」許友一再問。「雨夜屠夫案」其中一個關鍵，在於法醫從屍塊切面看出犯人沒有醫學常識，手法粗糙，從而縮小了調查範圍。

「這個啊……」家麒放下報告，苦笑一下。「法醫說犯人看來有點技巧，像是兩名死者脊柱都是斷在第十二節胸椎，用刀也十分用心——至少從沒有受損的女死者遺骸身上可以看出；不過嘛，下刀的位置又不全然專業，從關節的刀痕看來，犯人也是邊試邊做，犯下不少有解剖人體經驗的人不會犯的錯誤。犯人很可能用超過一種刀具，切肉和斷骨的刀痕都不同，估計有用上像手術刀的小刀和類似斬骨刀的廚刀。法醫說今天大概不能用以前的準則來判斷了，因為現在網路普及，任誰都有辦法在網上找到教學資料，別說人體構造，就連 YouTube 都有一大票真實示範用福馬林固定人類遺體的影片，毫無學識的人也能有樣學樣。」

「標本瓶和保存……固定液方面有沒有線索？」

「法醫說鑑識人員才能說得準，但據說瓶子和溶劑不難買，尤其今天網購普及，既可以從美國的 ebay 買，又能從大陸的淘寶訂購。」

「假如是從網上購買就有紀錄。」許友一摸了摸下巴，擬定調查方向。「小惠，妳和阿星調查謝柏宸和謝美鳳的銀行和信用卡紀錄，以及從電信商取得謝柏宸近數年的手機使用數據。家麒你負責聯絡ＭＰＵ[4]，比對一下過去一年失蹤女性名單，看看有沒有個案跟女死者吻合……在那之前你先再到殮房替女死者做一幅臉部拼圖，給ＭＰＵ和其他同事使用，其餘人手就到丹青樓附近詢問有沒有人見過這女死者，以及有沒有見過外型和謝柏宸相似的男性在夜間出現。假如謝柏宸是利用晚上母親睡著時外出行兇，就可能有目擊者。」

「隊長，為什麼要做拼圖？只要拿照片……」

「我們最好可以拿著一張被斬首的人頭照片四處查問啦。」許友一嘆一口氣。「市民知道發生什麼事，和看到發生什麼事，引起的迴響才不是同一檔次啊。」

「那也是。」家麒苦笑，準備收起報告，處理上司交代的工作。

「等等，你還沒有說明謝柏宸的驗屍報告。」許友一伸手示意。

「啊，對，我忘了，」家麒搔搔頭髮，重新打開報告，「不過實在沒有什麼好說啦。死因是一氧化碳中毒，死亡時間大約是凌晨一點至三點，體內驗出微量酒精，但不足以影響心智，比較像是用來壯膽。沒驗出安眠藥或其他毒藥，估計點燃炭塊時意識清醒。手腳沒有傷痕，不像是被綑綁偽裝成自殺後再鬆綁。總而言之，就是無可疑。」

「所以謝柏宸自殺是毋庸置疑的事實了。」小惠附和道。

「嗯，除非真兇是個絕世犯罪天才，找到完美的偽裝方法來誤導警方和法醫吧。」家麒開玩笑道。

許友一沒有插嘴，他打從一開始便認定謝柏宸就是犯人，這案子餘下要處理的，只是找出受害者的身分，以及確認他們遇害的過程。他甚至對謝柏宸的殺人動機漠不關心，香港這個壓力鍋城市，每個人都有一定程度的精神病，有些人腦袋裡的螺絲掉了，然後犯下冷血的暴行，一切只是像擲骰子般碰運氣。

警察不是社工或人類學家，他們不用處理這些社會問題。

市民或許好奇謝柏宸的犯案動機，但許友一知道，普羅大眾並不是因為想糾正社會積弊而渴求答案，他們純粹是為了滿足自己內心的獵奇嗜好，或是企圖從知悉「真相」來麻醉自己，證明社會運作正常、壞事不會降臨在自己身上而已。躲在安全的位置，觀賞發生在他人身上的血腥慘劇，以置身事外的局外人角度來高談闊論，是人類自古遺留下來的劣根性。

鑑識人員的報告翌日亦被送到重案組。標本瓶上沒有商標序號，估計是中國大陸某些小型工廠生產經網路販售，固定液成分也沒什麼特別，就是甲醛、甲醇、酒精、甘油等等，同樣有在網上販賣。瓶子外部十分乾淨，沒有任何指紋，而內部也沒有找到任何有用的線索。放置標本瓶的衣櫥內部似乎被打掃過，木板上沒有壓痕，不確定是謝柏宸經常將「收藏品」搬出來玩賞，還是一向放在房間其他地方當作裝飾，只是自殺前才將它們塞進衣櫥裡。鑑識人員利用血液顯影劑仔細檢查過房間但沒有發現，就連廁所也找不到線索，不過考慮到女死者數月前已被製成標本，事隔太久，房間或廁所很可能被徹底清洗過，沒有參考價值。

至於在炭盆裡找到的手機和硬碟已無法修復，唯一能確認的是手機裡的電話卡屬於謝柏宸本人，多年來一直在使用，不過小惠從電信商找到的通訊紀錄卻幾乎沒有用，因為打到謝柏宸手機的都是推銷或詐騙電話，而且從通訊時間看來，謝柏宸根本沒接，或是接聽數秒後便掛掉。

許友一一直在思考謝柏宸用什麼方法捕獵受害者，但在那之前他更要找出對方如何在母親不察覺下外出。雖然他有想過利用窗戶的方法，但在研究過丹青樓的環境後，發現有更簡單的路線——丹青樓是一棟老派的大樓，除了主樓梯外每個單位也有連接後樓梯的後門，原設計是讓傭人不需經過正門打擾主人便能進出，但因為後樓梯只通往丹青樓後方巷子，今天的住戶基本上都不會使用。大樓通往窄巷的鐵閘長期上鎖，但住戶都複製了鑰匙，許友一猜想假如謝柏宸要躲過母親及鄰居離家外出，利用後門和後樓梯便能輕易做到。

他甚至可以將昏倒或死去的受害人從後樓梯帶回家。

丹青樓的業主們沒有聘用管理員，而且不論正門還是後門都沒有設置防盜用的監視鏡頭，警方無法判斷謝柏宸有沒有偷偷外出，或是死者有沒有偷偷進內——或被帶進內。謝宅有三個房間，謝柏宸的在西側，靠近後門，和在東側母親的房間相隔一個大廳，半夜行動也不容易吵醒對方。謝美鳳向警方說明，兒子的房間本來屬於她父親的，因為老父睡夢中尿頻，多年前改裝過房子，將原來廚房旁的傭人廁所和臥室之間的牆打通，再以磚塊水泥封掉原來的廁所門，方便謝柏宸的外公半夜上洗手間；而他因病離世後，房間便由謝柏宸占用。在電腦桌的抽屜裡，警方找到房門、大門、後門和後巷鐵閘的鑰匙，所以不能排除謝柏宸溜到外面的可能性。

「妳有沒有見過這女生？」許友一再到謝宅調查時，他將女死者的臉部拼圖給謝美鳳看。

「沒有……」謝美鳳神情落寞地盯住圖片，緩緩吐出這兩個字。雖然她情緒不穩，但許友一直覺她沒有撒謊。

「許 Sir，那……那是你們說的那個『死者』吧？」謝美鳳以顫抖的聲線問道。她至今仍深信自己的兒子沒有殺人。

「是。」

「你們一定弄錯了，柏宸是個好孩子，他連螞蟻都不會傷害，怎可能殺人……一定是有人陷害他！將屍體寄給他，威脅他幫忙保管……」

「我們警方會調查一切可能。」許友一不想再度刺激這個失去兒子的母親，妨礙問話，所以即使自己毫不相信這種鬼話，也姑且敷衍過去。

「許Sir你要信我啊！記者寫的都是錯的！柏宸雖然沒有工作，但他從來沒有問我要錢，甚至反過來有給我家用！他才不是那些報導說是寄生蟲……」

「他有給妳錢？」許友一感到詫異。

「他不敢外出到銀行提款，但有託遠仔拿錢給我……」謝美鳳指了指牆壁，許友一明白到她是想指向隔鄰的闞致遠。「雖然他總是嫌我煩，但每隔幾個月會給我四、五千塊，聽遠仔說是柏宸用什麼網上投資賺的。柏宸平日從網上訂貨買玩具都是用自己的錢！許Sir，你可不可以和記者說一下，讓他們更正啊？柏宸真的是個好孩子，他不是啃老族，更不是殺人兇手……嗚……」

謝美鳳的說法出乎許友一意料，但他猜想闞致遠很可能欺騙這個可憐的女人了。自幼一起長大的好兄弟當上隱青，多少會同情對方的母親，為了替朋友掙一點面子，財政許可下自然會賣個人情，塞點小錢給人家——從闞宅的裝潢看來，四、五千塊對闞致遠來說不過是閒錢而已。

然而許友一猜錯了。

「這傢伙是個炒家啦。」小惠和阿星調來謝柏宸的銀行紀錄，確認有利用網路炒賣股票、外匯的交易資料。

「而且成績不俗，難怪可以安心做隱青了。」家麒看了看數字，語氣有點酸。

謝柏宸繭居前積蓄只有約八萬港幣，二十年後卻翻了接近十倍，考慮到他花在網路購物的開支，估計他平均每年有兩成至三成的穩定回報，媲美一流基金經理。許友一更發現紀錄中的確有數十筆轉帳給闞致遠的帳目，數額跟謝美鳳聲稱的吻合，頭幾年是一兩千，後來就變成四千或五千塊。

「對啊，柏宸才沒有你們想像中那麼不堪。」許友一再次到丹青樓問話，只是這次找的是闞致遠而非謝美鳳。他向對方問及轉交謝母的款項，闞致遠便反唇相稽。

「謝柏宸會託你拿錢給母親，證明你們關係不錯，平日還有談其他話吧？」

「當然。」

「你和他隔著房門聊天？」許友一知道謝柏宸的手機沒有和闞致遠的通聯紀錄。

「在網上用文字聊啦，那傢伙只有在網路上才願意多說幾句。」

「我需要那些聊天紀錄。」許友一心想果然如此，直接以命令的語氣道。

「沒有。」闞致遠皺皺眉。

「假如你想為謝柏宸洗脫『隱青屠夫』的污名，請你和警方合作——」

「不是啦，許督察，是程式本身沒有紀錄功能啊。」

「怎麼會？你們是用什麼談話的？臉書？Whatsapp？」

「『獵戶座幻想Ⅳ』。」

許友一有聽沒有懂，只直愣愣地瞧著闞致遠。

「線上電玩啦。那遊戲有私聊頻道，但沒有紀錄功能，而且兩人同時在線才能聊天，有時我想看看柏宸是否安好，便得掛網等他登入。」闞致遠語氣像是向老古董說明新科技，縱使他和許友一年紀根本差不多。

「那……他最近有沒有說什麼奇怪的話？」

「沒有，只有談他最近看過哪些動漫畫……就是如此，我更無法想像到他居然會自尋短見……」闞致遠臉色一沉，像是在怪責自己沒能阻止事情發生。

回到警局後，許友一向年輕的家麒查問線上電玩的事。

「獵戶座幻想？好像有聽過……」家麒打開瀏覽器，搜查一下後，將螢幕轉向許友一。網頁介紹該遊戲是大型多人線上遊戲，背景是外太空，玩家可以操控角色調配艦隊征服星球、掠奪資源，也能以「浪人」身分遊歷各個行星，進行冒險或貿易。這遊戲品牌歷史悠久，三十年前已有單機遊戲系列《獵戶座傳說》，後來網路興起，遊戲商便開發出延伸系列《獵戶座幻想》，至今出了四代。

「姓闞的說法大概是事實，我以前玩過第二代，系統的確沒有聊天紀錄的。」路過知道情況的阿星插嘴說。

雖然許友一可以從ＩＳＰ調查謝柏宸玩過哪些線上電玩，再看看那傢伙平日有接觸過誰，但他知道這和大海撈針沒分別，更重要的是不見得這個調查方向正確，畢竟沒證據指受害者是謝柏宸利用遊戲來物色的。調查陷入膠著，然而一週後的星期三下午，家麒著急地抱著筆記本電腦，衝進許友一的房間。

「隊、隊長，快看這個。」

螢幕上是一段 YouTube 影片，標題是「現實比小說離奇？盤點各大分屍推理名作！」，點擊數只有五百多，是個主打閱讀、不受注目的頻道。

家麒按下播放，影片內有兩位長髮女生，其中戴眼鏡的拿起一本書，遞向鏡頭。

「……接下來要談的就是這一本，《殺人藝術》。」女生聲音不高，表情淡然，大概不懂得在 YouTube 掙點擊率的訣竅。「這本是香港本地作家無明志的舊作，二〇〇八年出版，但今天看仍毫不過時。故事描寫綽號『藝術家』的連續殺人魔將受害者殺死後，會將屍體模仿不同有名的藝術品，挑戰為警方擔任顧問的系列名偵探霍安迪。」

「在這兒不妨做小小爆雷，作者的想法真是十分駭人呢！」另一個女生接力說：「第一名死者被砍去雙臂，模仿〈米洛的維納斯〉，之後還有畢加索的〈哭泣的女人〉、達文西的〈胚胎研究〉、哥雅的〈農神吞噬其子〉、梵谷的……」

「小美妳別全說光光啦，留給我們的觀眾自行發現嘛。」

許友一按下暫停，瞪著眼瞧著家麒——因為他終於想起為什麼他對男死者那個雙掌掩面的姿勢感到似曾相識。

「是梵谷的〈在永恆之門〉。」許友一按捺著驚訝的情緒說道。他數年前陪妻子看過一部關於梵谷的傳記片，片名正是來自這幅油畫。

家麒點開另一個網頁，顯示著《殺人藝術》的電子書的一百八十二頁。他已經將一段用黃色標示起來——

霍安迪打開大門，目睹火爐光線映照下的屍體，無力和絕望感占據了他的所有情緒。他沒能阻止瘋狂的藝術家再次犯案，而且這次那兇殘的連續殺人魔更故意挑釁——死者是馬局長的父親，他被強行穿上鈷藍色的衣服，坐在椅子上，雙手被釘牢在臉孔，就像死者捂著臉，置身於無盡的悲傷中。椅子旁的地板上，有一個以鮮血寫成的簽名。

Vincent。

「是梵谷的〈在永恆之門〉。」霍安迪只能苦澀地吐出這一句。

「我在查看網媒有沒有我們沒留意的線索時，看到這影片。」家麒說。

「這……會不會是巧合？」許友一問。

家麒沒回答，關掉瀏覽器，打開一張圖片。許友一看到照片後，頓時理解家麒緊張的原因。

那是證物的照片，謝柏宸的書架上，就有一本由白玉文化出版、無明志創作的《殺人藝術》。小說平放在其他小說前方，就像謝柏宸自殺前曾翻閱過。

「所以他是模仿犯，只是模仿的對象是虛構小說？」許友一喃喃自語。

「不，隊長，還有更重要的。」家麒再度打開瀏覽器，點開另一段 YouTube 影片。

「……今天我們很高興請來了重量級嘉賓接受訪問——我們有請著名本地推理作家無明志先生！」

影片頻道是網媒「海港誌」的文化專題子頻道「海港文藝」，畫面上擔當主持的女記者歡迎著一個穿黑色樽領毛衣、灰色西裝外套的男子步進鏡頭。

「大家好，我是無明志。」

許友一震驚地直視著螢幕，就像他當天看到女死者的頭顱一樣，無法移開視線。

畫面裡的男人，是闞致遠。

逝者的告白・I

我想，我該在死前寫點東西。

我沒有阿遠的文采，不知道寫出來的文章會不會亂七八糟，不過沒關係吧，反正我也不知道誰會看到。

就當是我告別這個世界前留下的牢騷吧。

人生啊，就是一團狗屎。人的命運早在出生的一刻已決定，任憑你如何掙扎反抗，就是逃不過命運之神的安排。

試想，同樣的一條命，即使誕生在同一座城市，父母是什麼人便決定了這個嬰兒的命運籌碼。富人孩子和窮人孩子的際遇，從來都不平等。

就算不談背景，光是遺傳已左右了一個人一生。人長得帥，即使不是一帆風順，也總比其貌不揚的傢伙吃香。

我每天照鏡，看到眼下的那顆痣，就感到上天的惡意。

「『大粒瘻』，要怪就怪你老母生出你這副鳥樣，影響市容，大飛哥教訓你是要你有自知之明，別那麼跩。」

我還記得中一時大飛的跟班一邊對我吐口水，一邊罵道。

那時候我肚子被揍了幾拳，只能抱著頭、曲著身子，側躺在地上，任由他們往我的背脊和大腿猛踢。他們很聰明，知道打臉留下明顯傷痕會惹來成年人介入，所以拳腳都落在身子上。

我唸小學時已常常被同學欺負，但直到升上中學，我才發現小學那些不過是小頑童，真正的惡霸才不會單單用言語和惡作劇來對付你。

筲箕灣銘華中學就是這種惡霸的聚集地，或者我該說是垃圾場吧。雖然還未掉到 Band 5，但據說已經是 Band 4 邊緣……對了，那年頭中學評等分成五組，不像現在的三組，Band 5 中學就是連垃圾場都不如的九反之地，錄取的都是能力低下、品行欠佳的問題兒，而屬於第四組的銘中，僅比那種「鬥獸場」好一點點。

但對我這種「低下階層」來說，好像分別不大。

大飛是當時唸中四的學生，年齡卻比我長六歲，據說已經留級兩次，是銘中最惡名昭彰的不良分子之一。他最卑劣的行徑就是專挑低年級的學生來霸凌，被他盯上的「玩具」，一整年都不會好過。

我就是被他盯上的玩具之一。

大飛和他的爪牙喜歡以外表來選擇玩具，只要是瘦弱的、樣子不好看的、身體有毛病有缺陷的，他就會找機會把目標人物當沙包。

中一的我個頭不高又怕事，很自然被他們一夥盯上。不過猜他們看中我的主要原因，是我左眼眼袋下那顆淚痣太明顯，太礙眼。

那天午休我在學校東側樓梯不幸遇上他們，除了充當午餐的三明治被搶外，還吃了一頓拳打腳踢。老師都不管他們，我不知道大飛是不是有什麼後台，但據說向老師報告的「玩具」，結果反而被勸告轉校。我不想被媽和外公以為我主動惹事生非，為家人添煩惱。

「嗨。」

就在大飛他們離去後，闞致遠從樓梯上方探頭向我打招呼。那次是我們首次說話，雖然我們不同班，但當時他搬進丹青樓我家隔鄰的單位不久，我有碰過他和他嫲嫲[5]外出，也聽過媽提起他。「闞」這個姓氏很罕見。

「你是謝柏宸吧？」他向我問道，卻似乎沒有走近扶起我的意思。

我摸著大腿疼痛處，蹣跚地爬起，無奈地點點頭。

「你喜歡被大飛打嗎？」他淡然地問。

「你白癡啊？誰會喜歡被人打？」雖然我怕生，但聽到這種故意找碴的問題，加上剛被那些混蛋痛毆，我也不由得動氣。

「那你怎麼學不乖，連續幾天走相同的路線，好讓大飛找到你？」

我愣了一愣。

「大飛是故意埋伏對付我？」

「不，大飛星期一、三、五午休都會走這邊樓梯，二、四便走另一邊。那種單細胞生物不會動腦筋，要避開他不難。」

我完全沒留意這事情。

「你……你是他的目標之一嗎？」我問他。

「不，我從沒出現在他的視線範圍內。」他頓了一頓，再說：「不過我想我不符合他

5 粵語，即祖母。

的玩弄條件。」

的確，闞致遠身材高䠷，五官勻稱，算不上是帥哥但就是散發著一股菁英的氣息。他根本不像是會進銘中這種四流中學唸書的學生。

「我還知道他課後和小休[6]的行動路線。」他輕鬆地說。

「你想我付錢買情報？」我皺皺眉。

「你有錢就老早給大飛搶走了啦。」他首次露出笑容。「我們先去吃午飯，再慢慢談。」

「我沒錢吃飯啊。」

「我借你就好。」他邊說邊探頭往樓梯下方瞧瞧，似乎是想看看大飛是否已遠去。

「你為什麼願意幫我？」我一向抗拒接觸陌生人，覺得主動關心他人的傢伙一定別有用心。

「遠親不如近鄰嘛。」他聳聳肩。

從那天開始，阿遠就成為我的朋友——唯一的朋友。

阿遠是個很特別的人，中一時他應該和我一樣，就是十二、三歲的年紀吧，談吐和處事手法卻像個成年人似的。他成績很好，中一期中考結果出來，他是全級第一名，但他卻說他沒怎麼溫習過，只是同學們水平太低。不過有時候他又會露出同齡孩子調皮的一面，講些無聊的、愚蠢的玩笑話。

「我就說，我們住的那棟樓不該叫『丹青樓』，換個招牌改作『單親樓』吧。」他曾這樣吐槽。

我沒有父親，阿遠就更慘，父母都早死，只和嫲嫲同住。據說樓上還有幾戶都是單親家庭，我也不禁猜想，到底是碰巧單親的都住進這大樓，還是丹青樓受了什麼詛咒，這兒的家庭總是破碎收場。

阿遠就讀銘中好像也是這個原因，他父母離世後，他像人球般在親戚間被踢來踢去，最後年老獨居的祖母看不過眼，接他同住。他為了不讓嫲嫲操心，選擇了鄰近的中學，方便互相照應。

「阿遠，你明明就該入讀那些教會辦的名校啊，在這兒浪費了你。」某天午飯時我說。

「你知不知道誰是泰德．邦迪？」阿遠反問。

「誰？」

「Ted Bundy，美國有名的連環殺手，一九七三年至七八年間殺了大約三十人。」

「怎麼提起這個？」

「這傢伙是華盛頓大學心理學系的畢業生，而且成績優異。」阿遠笑了笑。「Band 1 或 Band 5 對我來說沒有分別，九流學校可以出社會名流，名校亦可能出殺人魔。」

這說法有點極端，但當時仍是中一小鬼的我對阿遠的眼界十分佩服。

自從我和阿遠出雙入對……不對，這是形容男女關係的吧，我應該說「秤不離砣」才對。總之我們老掛在一起後，我就沒再遇過大飛了。阿遠總是有辦法察覺校內那些惡霸的去向，懂得避開他們，明哲保身。大飛似乎也沒留意我這個玩具消失了，反正他每天不缺

6 和台灣國中及高中每節課後都有下課休息時間不同，香港中學通常會在連續數節課後才有一段較長的休息時間，稱為「小休」或「小息」。

欺凌對象。

「聽說C班的阿窒最近被大飛整得好慘。」有天課後我到阿遠家遊玩時他提到。阿遠嫲嫲聽街坊說電腦對孩子學習有幫助，不惜砸大錢買了一台給孫子，但最大得益者卻是我這個鄰居，因為我可以到他家玩聞名已久的太空策略遊戲《獵戶座傳說》。

「阿窒？那個口吃的傢伙[7]？」我反問道。我們視線都沒有離開螢幕，像章魚的外星戰艦即將駛進我們設下的陷阱，只要殲滅對方，便能完成這個我們玩了一個星期也突破不了的關卡。

「嗯。我前天偷看到，他被大飛押進三樓廁所，他們似乎將他的頭塞進馬桶裡。」

「這麼過分啊……喂，等離子砲的能量不足啦。」

「我在想要不要提點一下阿窒，教他避避大飛。」

「假如大飛找不到阿窒，還是有下一個受害者吧？你救得到多少個……能量還是不夠啦！快按快按！」

「啊——來了！」

「副艦出來啦！先射導彈！」

我不覺得自己自私，畢竟這是自然法則，假如沒有辦法除掉食物鏈上的高等捕獵者，協助其他低階獵物只會危及自身。犧牲一個阿窒，讓我們其他人活得安心，實在是逼不得已，我打從心底感激他。

話說阿遠還打聽到校方對大飛沒轍的原因——金錢。大飛父母是暴發戶，據聞捐了不少錢給校方，視聽室那些設備好像就是大飛老爸送學校的。校長不想失去這個財源，所以睜一眼閉一眼，姑息養奸……他大概想只要等到大飛畢業就好，期間多多榨取油水，結果大飛的成績卻差到無法讓他升級。不過對校方來說這可能更好，畢竟可以多賺幾年捐款。

我想我總有一天要好好報一箭之仇。大飛這種惡霸，終有一天要為今天的所作所為付出代價。

縱使我想不到方法就是了。

有時我想，假如我家有錢，是不是也一樣可以捐錢給學校，然後媽和外公就和大飛的父母平起平坐，逼學校選邊站，踢走大飛這種垃圾，造福社會。

可惜的是我家跟「大富大貴」這四個字沾不上邊。

我家不算窮，衣食尚算豐足，但六十多歲的外公還不能退休，在家附近經營一個小小的書報攤，媽就每週兩天在超市兼職，幫補家計，偶爾替外公顧顧攤。我從來不知道父親是誰，這話題在家裡是禁忌，但我曾聽舅舅說過，媽二十多歲時遇人不淑，被有婦之夫弄大肚子，走投無路才回家。外公是條硬漢，要媽和那男人一刀兩斷，我這個孩子由謝家養育就好。

假如說謝家有本錢出人頭地的，大概只有舅舅一個。他比媽年輕幾歲，我唸幼稚園時他仍和我們一起住，但後來就離家自立了，從事保險代理，有時回家和我們吃飯，我都看到他「行頭十足」，身上總不缺名錶或名牌公事包之類——雖然我不知道那是不是冒牌貨。對我來說舅舅離家的最大好處是讓我擁有自己的房間，雖然沒有外公或媽的房間那麼大，但小學生有自己的臥室，感覺上滿奢侈的。

7 粵語中，口吃又稱為「口窒」。

不過，我想就算舅舅飛黃騰達，我家也不會富起來。外公很不喜歡他這個兒子，老對我說長大千萬不要學舅舅，要腳踏實地，好好做人。那時候我問外公舅舅有什麼不好，他支吾以對，說總之做人不要心術不正。外公十分疼我，舅舅偶爾回家，外公從不給他好臉色看，但對我總是和顏悅色，說謝家有後，不用在乎血脈是否來自長子嫡孫。

外公也很高興我交了阿遠這個朋友。記得我第一次邀請阿遠來我家玩，向外公介紹他時，他們就聊我完全聽不懂的歷史，聊得好高興。外公學歷不高，但特別喜歡研究歷史典故，常常到圖書館借這方面的書來讀。

「你們到底在聊什麼？什麼丞相什麼戒指？」外公離開後我便追問阿遠。

「你外公稱讚我名字有意思。『非淡泊無以明志，非寧靜無以致遠』，出自蜀漢丞相諸葛亮的《誡子書》。」阿遠一邊伸手拿過我媽準備的茶點一邊說。

「什麼鬼？」

「三國啦。你少看點漫畫，多讀點文字書吧，我可以借你。」阿遠好像懶得解釋，笑了笑。

阿遠很喜歡閱讀，而且總是讀一些和他年紀不符的書。有一個週末我到他家找他玩，他卻在房間裡拿著一本封面上有一個類似怪獸雕像的書，讀得津津有味。

「在讀什麼？」我問。

他將書舉起。書名叫《占星惹禍》，作者似乎是個日本人，姓島田。

「你在研究占星術？」我再問。

「這是小說啦。」

「講什麼的？」

「某人使用占星術，將六個女孩子殺害分屍，利用屍塊組合成一個完美的人造人。」

「這麼……變態？」我吐吐舌頭。「是恐怖靈異小說？」

「不，是現實得不能再現實的推理小說。」阿遠開懷大笑。「有偵探有兇手，有詭計有解謎，就是沒有鬼魂和魔法。」

「所以偵探最後抓到兇手？」

「你可以自己看。」阿遠將書遞給我。

「你不是還在讀嗎？」

「剛才看完了，因為結局很有趣，我不得不翻看前面，看看被誤導了多少。」

「文字會不會很深奧？」阿遠讀得懂的，不見得我也看得明白。

「不會，流行小說又不是純文學。」

後來我將書帶回家，擱在書架上差不多一個星期才想起它的存在。

然而打開後，我就熬夜一口氣讀完，半夜差點想跑到阿遠家找他討論內容了。

我沒想到這本小說對我影響如此巨大。我本來覺得將人類分屍是一件血腥殘忍、缺乏人性的惡行，是不可觸及的禁忌，可是我如今只覺得這個概念十分迷人。為了達成目的，將遺體視作無機物，擺脫世俗的目光和道德枷鎖，完成猶如藝術品的巧妙設計——

當時我想，假如有一天我能製作這樣的藝術品就好了。

就算代價是性命也值得。

十分值得。

第 二 章

「闞先生，謝謝你花時間來警署一趟。」

在港島總區總部的會見室，許友一以不帶感情的語氣對坐在桌子後的闞致遠說道。這天早上九點，家麒便到丹青樓，以協助調查為由「邀請」闞致遠到重案組的辦公室，讓上司盤問對方。會見室有拍攝錄影器材，許友一預計這次會面有可能成為法庭證據，從闞致遠被帶進房間開始，鏡頭已經在記錄對方的一舉一動，沒放過任何細節。

「嗯。」闞致遠也沒有讓自己的情緒流露面上，只淡然地點頭回應了一句。

「這次請你來，是因為我們有一些關於謝柏宸的問題，希望闞先生你能提供線索。」

「我已經說過很多次了，我從來沒聽過柏宸有跟任何陌生人碰面，而且根本不相信他有能力外出和他人接觸……」

「你誤會了，我們這次想釐清的是另一件事，」許友一緩緩打開手上的文件夾，「先確認一下，闞先生你的職業是作家，筆名是無明志？」

「對。」

闞致遠臉上沒有半分變化，這也是許友一預想中的反應，畢竟對方有接受媒體訪問，從沒有刻意隱瞞身分。

「我們在謝柏宸的房間裡找到不少偵探推理小說，當中不乏獵奇殺人的題材，這個你知道嗎？」

「許督察，你不是想說因為柏宸讀過的小說有殺人分屍的橋段，所以有樣學樣吧？」闞致遠稍稍露出不快的表情。「我以為你們在房間找到暴力遊戲或成人動畫光碟，意圖甩鍋給無辜的創作者，然後將作品當成證據硬指柏宸就是兇手，沒料到你們的手段比我想像中更下三濫，居然想拿小說當藉口……」

許友一沒有回應對方的冷嘲熱諷，默默地從文件夾裡抽出一張Ａ４尺寸的照片。是在標本瓶內、雙掌掩面的頭顱照片。

闞致遠目睹照片，眉毛稍揚，雖然他沒再繼續譏諷許友一，但也沒有被詭異的照片嚇倒。

「許督察，你這是什麼意思？」闞致遠冷冷地問。

「這是謝柏宸的『收藏品』之一。」許友一維持著原來的聲調，邊說邊用食指敲了敲桌上的照片。「闞先生，你似乎不太吃驚？」

「我們當推理作家的經常為作品取材，看過不少這種圖片，再殘酷的也早見過了。」闞致遠抬頭凝視許友一雙眼，「假如看到實物或許會受不了，但照片還好。」

許友一沒有回答。他傳喚闞致遠到警署、不讓對方有心理準備下展示照片，目的就是要看對方的反應——他猜測闞致遠有事隱瞞。雖然對方丟出「推理作家取材」作為藉口，許友一仍然覺得這傢伙的反應不太正常，畢竟就連重案組的同僚看到這種慘無人道的照片，也沒有幾人能冷靜地正視。許友一直覺闞致遠表現出來的那一份沉著，很可能是由於他老早知道這故意擺弄的屍塊的存在。

謝柏宸殺人分屍的惡行，闞致遠早知悉——這是許友一的猜想。

謝柏宸除了闞致遠外沒有朋友，而因為閱讀了對方的小說，心裡產生異常的欲望，最終犯下殺人罪，甚至模仿了小說的場景，布置屍體。根據經驗，不少愉快殺人犯會忍不住向信任的友人吹噓自己的「戰績」，如果謝柏宸要找一個人來傾訴，闞致遠就是唯一人選。

闞致遠亦有可能被對方威脅，指案件是以小說為藍本，他理解到案情一旦曝光便會危害他作為小說家的名聲，加上對方是自己的好友，於是隱瞞不報，只設法引導對方打消殺人念頭。多年來闞致遠都成功令謝柏宸沒再發作，但終究殺人者屈服於邪惡的衝動，殺害並肢解本案的女死者。也許謝柏宸事後感到內疚，又或是擅長推理的闞致遠發現好友再度殺人，向對方發出最後通牒，決定「大義滅親」通報警方，總之後來謝柏宸畏罪自殺，終結事件。

闞致遠冷靜的態度正好符合許友一的預想，對方察看照片時眼神堅定，簡直就像早有準備，確知這頭顱的模樣。

「闞先生，請問你有沒有送過你的作品給謝柏宸？」許友一決定快刀斬亂麻，直擊核心。

「有些有吧。」闞致遠簡單地回答，似乎察覺到許友一正在引導他答話。

「他有沒有讀過內容？」

「我不知道，可能有。」

「他沒有告訴你讀後感想嗎？我以為作家的好友會率先給作者評語。」

「沒有。」

許友一眼見對方沒動搖，於是祭出殺手鐧。他示意身旁的家麒將那東西交給他。

《殺人藝術》。

闞致遠看到許友一將自己的作品放在桌上，跟頭顱照片並排，表情稍稍變化，眼神流露出一點困惑。

「這是在謝柏宸房間裡找到的，書本從書架上排好的書堆中抽了出來，就像他自殺前讀過。」許友一說。

「那又如何？」

「故事裡馬局長的父親死得不明不白啊，但至少『藝術家』最後落網了。」許友一故意裝出輕鬆的語調說：「而現實中的『藝術家』製作出仿冒品後卻畏罪自殺，留下一樁懸案。」

闞致遠正想說什麼，卻忽然止住，臉上掛上一副錯愕的表情，來回瞧向桌上的照片和自己的著作。

「啊？啊……馬局長……是梵谷？」闞致遠雙眼瞪得老大，口中唸唸有詞，就像心靈墜入思海，忘卻自己身處警署，面前還有一個正注視這一切的重案組警官。

然而他這反應，同樣殺許友一一個措手不及。

許友一沒想到闞致遠會表現得如此驚愕，就像要不是自己提起，也沒看出頭顱和小說之間的關聯。

他應該知情啊，這是偽裝嗎——許友一暗忖。他知道有些聰明的犯人很懂得設心理陷阱，假裝對案情無知以博取調查人員的信任，可是闞致遠的反應未免太生動，許友一的刑警直覺告訴他，對方的疑惑和驚詫乃發自內心，沒有半分虛假。

還是說，這傢伙就是有辦法演出這戲碼？自己的直覺錯了嗎？許友一沒能動搖對方，自己的內心卻被動搖了。

「警方的專家研判，謝柏宸是故意模仿《殺人藝術》的內容，將作為高潮的『在永恆之門』套用在自己的『作品』上。」許友一決定試探一下對方。專家云云只是胡扯，但與其說出「我的推測」，用「專家研判」的說服力明顯地有力得多，更容易引對方說錯話露口風。

闞致遠定睛瞧著許友一，臉上的迷惘漸漸退去，取而代之的是雙眼浮現出的笑意。

「等等，許督察，這未免太牽強了。」闞致遠語氣帶刺，就像看透對手的底牌，反過來主動出擊。「沒有藍色的衣服嗎？還有沒有木椅和火爐？」

「沒有。」許友一不理解對方的意思，只能如實作答。

「所以就不一樣啊！從我的角度來看，這屍體和《在永恆之門》毫無相似之處。」

「明明就是相同的姿勢——」家麒忍不住小聲嘀咕。

「《殺人藝術》的故事裡，犯人是以模仿著名藝術品去擺弄屍體，假如有人意圖『模仿書中的模仿』，應該會選擇最明顯的特徵。梵谷的作品最大特徵從來不是姿勢，而是強烈的色彩和畫風，作中犯人『藝術家』對馬局長父親所做的也不是只有雙手掩面，而是讓死者穿上藍色衣服、坐在木椅、置身於火爐前，完美地複製名畫的各個特徵。還有更重要的是，馬局長父親被挑上，是因為他禿頭，和梵谷的畫中人一樣，可是這屍體不單被肢解，沒有呈現出小說中所提及的各個特質，死者甚至有頭髮！警方單憑『掩面』就將它說成『模仿小說』，不就是搬龍門[8]，為揣測強加理由？」

許友一和家麒為之語塞。他們太熱衷於找尋兩者的雷同，卻忽視了兩者的不同，而許友一本來就確信闞致遠有所隱瞞，只要亮出「警方留意到證據」這張牌就能敲出更多情報，結果弄巧成拙，反過來暴露了他們陷於調查泥淖的苦況。

「另一名死者有模仿書中的其他受害人嗎？」闞致遠得勢不饒人，挺起胸膛追問道。

「闞先生，警方不便透露調查詳情——」

「即是沒有吧？」許友一的回覆不打自招，闞致遠反過來將對方一軍：「假如有的話，現在你便會給我看第二張、第三張照片了。推理小說的『比擬殺人』不會是單一事件，必然有連續性的被害者，假如柏宸真的像你們所說被小說影響而殺人，那他鐵定會沿用相同手法去擺弄第二具屍體。我看你們一廂情願地認定柏宸是兇手，明明調查沒進展卻放棄思考其他可能性，只著眼找尋符合你們結論的稀薄證據，死咬著他不放。」

「現實就不是偵探小說，哪有什麼可能性？藺居宅男藏著一堆屍體再自殺，他不是兇手就是共犯！」血氣方剛的家麒搶白反駁道。在上級主導的盤問中胡亂作聲是大忌，不過許友一安排家麒在場，就是想利用他的衝動，看看闞致遠會不會受刺激說出多餘的話。許友一不是沒有思考過謝柏宸被栽贓的可能，只是憑經驗判斷，這可能性實在小得不能再小。

「現實就是有一大票比小說更離奇的案件！大學教授用灌一氧化碳的瑜伽球殺妻、兒子誘殺父母再找記者在鏡頭前偽裝尋親、名媛被前夫一家集體謀殺碎屍、鄰人離境偷渡回港謀財害命製造不在場證明等等，每一樁都有懂得誤導警方、運用詭計的犯人！我們這個高密度的城市就是有不少『其他可能性』的犯罪！」

家麒沒想到對方如數家珍似的將真實案件列出，證明自己的論點站不住腳。許友一此時終於察覺他們太小看這個小說家，本來以為是個只懂紙上談兵的普通人，不料對方能言善辯，面對公權力還能理直氣壯地反擊。

8 粵語，「龍門」即是足球球門，「搬龍門」意思等同先射箭再畫靶心。

由於碰了釘子，許友一臨時採取迴避策略，抓住闞致遠是謝柏宸唯一朋友這點，查問各種瑣事，諸如對方在利用電玩的聊天功能時有說過什麼日常生活細節、對外面世界的態度、對母親有沒有怨言、炒賣股票賺錢的技巧，諸如此類。闞致遠也收起氣焰，平實地作答，只是許友一沒能在這些答案中找到任何線索——即使他重複發問，對謝柏宸的了解還是停留在皮毛之上。

經過接近一個鐘頭的問話，許友一已經再也找不到可以挑剔的事情，只好就此打住，讓闞致遠回去。

「闞先生，謝謝你的合作。不過請你暫時不要離境，你是我們理解已經離世的嫌犯的僅有途徑，警方很希望將來再找你協助調查。」許友一站在會見室門前，對正打算離開的闞致遠說。

「我本來想反問一下警方是不是想限制我的行動自由，不過我可以告訴你們一個好消息，我沒打算外遊。我奉勸你們別將柏宸當成唯一嫌犯，不要急於結案，將罪名推到已死的人身上。」

「謝謝忠告。」許友一皮笑肉不笑地回應。雖然他身為長官，一向能沉住氣，面對這個渾身帶刺的作家，多少想為警方掙回一點面子。「那麼闞先生，我姑且問問你的意見，就當你說的是真相，有神秘的真兇設計了詭計，令謝柏宸充當替死鬼，那麼你認為那個神秘人有沒有可能是從你的著作獲得靈感，將受害者擺出那個掩面抱頭的姿勢？」

闞致遠沒預料許友一有此一問，站著靜默下來，相隔數秒才緩緩說道：「我不能說沒有……」

——啪！

就在二人對話時，家麒將作為證物的《殺人藝術》放進膠袋後，卻一時手滑不小心讓它掉在地上，許友一和闞致遠不約而同地回頭，家麒吐吐舌頭，趕緊將證物撿起。

「……」

「你說什麼？」許友一沒聽清楚闞致遠的回答。

「沒什麼，我說我不能排除那個可能性。」闞致遠搖搖頭，似是無意跟警方糾纏下去。

這趟調查可說是無功而還，家麒看出上司的煩惱，在闞致遠離開後也識相地沒有主動跟許友一討論，只報告說會整理一下會面的攝影紀錄。昨天許友一還以為找到突破口，結果卻只是另一條死胡同。

不過，這場問訊令許友一意識到闞致遠很可能掌握了破案的關鍵。他隱隱感覺到，要找出謝柏宸的犯案過程和動機，唯一方法就是集中調查闞致遠這個男人。

謝柏宸是個離群獨處、與社會脫節的隱蔽青年，闞致遠卻恰恰相反，是半個公眾人物——正確地說，「無明志」是半個公眾人物。有些作家行事高調，很懂得利用媒體宣傳自己，甚至兼職電視或電台的名嘴主持，又或是經營網上頻道等等；有些作家則喜歡隱姓埋名，只掛一個筆名，當「蒙面作者」。闞致遠介乎兩者之間，他從沒有公開過真名，但不時接受本地媒體採訪；沒有兼任節目主持，但偶爾會投書給報章雜誌，寫寫藝文評論。

許友一鮮少閱讀小說，對本地流行文學就更不清楚，所以他看到媒體和讀者對作家無明志的評價後感到十分意外，不曉得香港仍有這種收入甚豐的職業作家。在出版社白玉文化的網頁中，許友一發現闞致遠早在二〇〇三年出道，迄今已出版了接近三十部作品，有一半以上售出外文版權，更有幾部有改編成電影或劇集，對片名他也略有印象。

從一篇二〇一一年的雜誌訪問中，許友一知道闞致遠投身創作的經過：

「大約是二〇〇〇至二〇〇一年吧，當時網路剛興起，各大討論區逐一成立營運，我就在黃金討論區的創作版上偶然寫寫故事……我本來就喜歡閱讀，純粹是將一些想到的古怪點子寫成短篇小說而已。一開始也沒有太多網友留意，但大概兩、三年後有出版社透過討論區的私人信箱聯絡我，說對當時我連載到一半的《死亡神父》很感興趣，希望替我出版並且系列化。於是我便走上全職作家的道路了。」

《死亡神父》的主角是個神職人員，但在晚上卻化身殺人魔，以極端獵奇的手法去殺害目標，逃避警方緝捕。小說出版時引起頗大迴響，因為涉及宗教人士，出版社受到不少批評，但同時令作品受媒體注目，變相獲得大量宣傳，令作者在短時間內人氣急升。小說系列化後不但沒有收斂它的血腥描寫，反而變本加厲，觸及更多禁忌，但有純文學的書評家指出，大眾不該以膚淺的角度去理解《死亡神父》這系列，在文章中分析解構角色和情節，點出故事背後隱藏的寫實意義與反烏托邦元素，嘲諷現實中階級剝削與盲從的羊群心理如何令社會公義失去生存空間、制度如何崩潰。作為系列結局的第五集印證了評論的說法，主角的身分和殺人動機曝光，顛覆了前四集的劇情，為作品劃下完美的句點，亦令無明志的形象從「低俗小說作家」變成「大眾文學作家」。

當讀者們期待無明志新作題材會否更尖銳之際，《死亡神父》完結後卻推出幽默推理

《掃地偵探事件簿》，描寫擔任清潔工的主角如何從垃圾看出戶主的秘密，揭破一起起的案件。雖然角色的對白詞鋒保留了前作的狠勁，但主角和糊塗警官的互動十分幽默有趣，案件亦一洗血腥風格而加入了大量荒謬滑稽元素，開拓了另一個讀者市場。往後無明志的作品在不同路線交替，既有以暴力美學為核心的黑色小說，亦有以感人設定掛帥的舒逸推理小品，更有糅合兩者優點、加上曲折詭計的本格推理故事。許友一在不少評論中讀到，大眾對無明志的評價是「天才作家」，指他對掌握角色的個性和談吐尤其出類拔萃，彷彿能夠讓角色躍出紙頁，栩栩如生。

因為這些評價，許友一不由得深思闞致遠在他面前展露的，到底有多少是真實，多少是偽裝。出色的作家能從讀者的角度去看待事物，知道如何引導他人的觀點，而假如闞致遠是「能夠掌握角色個性和談吐的天才作家」，就有可能像演員一樣，懂得如何演繹其他人物形象。許友一有熟悉的朋友是演員，他見過對方在大銀幕的演出，知道有些人就是有能力在舉手投足之間換成另一副模樣，判若兩人。

——闞致遠看到照片時表現出來的冷靜，真的是因為取材，對駭人的圖像早已見怪不怪？

——他在被告知兇手模仿《殺人藝術》的內容時表現驚訝，那是不是偽裝？

——他否定屍體動作和他的作品有關，那是客觀的看法還是藉詞撇清關係？

——他對警方的敵意，是單純因為無法置信謝柏宸就是真兇，還是另有內情？

這些問題盤纏在許友一腦海。

許友一將調查方向集中在謝柏宸與闞致遠身上，是因為其他線索一一斷掉。失蹤人口組方面沒有個案跟女死者吻合，雖然有三名失蹤少女的父母看過臉部拼圖後認為那就是自己的女兒，但仔細核對特徵後，卻都只是誤認。重案組隊員在丹青樓附近不斷尋訪目擊者，希望有人見過那位身分不明的女生，也有向商戶索取監視器拍下的錄影片段，企圖從中找出受害者的身影，可是截至本年年初政府基於防範疫情訂立了口罩令，指示所有市民即使在戶外行走也得戴上口罩，根本無法憑相貌找到目標人物。坊間猜測兩名死者都是社會的邊緣人，即使失蹤也無人關心，甚至有電台名嘴一口咬定女死者從事援交，來自破碎家庭，由於生活不檢點才會讓「隱青屠夫」有機可乘。

縱使公眾仍十分關注這樁獵奇的案件，由於距離發現屍體當天已超過兩週，媒體的熱度逐漸退卻，而警方在記者查詢調查進度時一再表示暫時沒有新發現，「隱青屠夫」這四個字慢慢從報章和網媒的版面上消失，只有一些訂閱者少得可憐的 YouTuber 為了蹭流量，繼續拍影片炒冷飯。畢竟嫌犯已經自殺死去，大部分記者都認為花時間追查其他「現在進行式」的新聞更有價值，只要等待重案組主動召開記者會再跟進案情便足夠。

當然重案組沒有守株待兔，該做的調查還是有做，只是結果不如人意。警方從謝柏宸的稅務紀錄找出他繭居前就職的公司，許友一嘗試從那兒入手，了解對方是否在工作上和他人結怨，以及有沒有出現精神異常的病徵，甚至奢望身分不明的死者與當時的職場有關，可是那一家只有六名員工的小企業十年前因為錢債糾紛嚴重虧損下倒閉，老闆更已移民海外，重案組無法與他聯絡上。許友一有找到謝柏宸曾經工作過的另外兩家公司，不過一家的主管聲稱對這個見習生缺乏印象，另一家的經理則說記得這個年輕人，可是只覺得平平無奇，是隨處可見的一般文職員工。

就在許友一找尋下一個偵查路徑時，麻煩卻從意外的角度切入，殺他一個措手不及。

「……中區老蘭那邊，就由Ｂ隊跟進吧。」

在會議上，許友一的直屬上級、港島總區重案組組長蔡總督察下令道。自從政府撤銷口罩令和入境限制，市面從疫情復常後，各區的酒吧、夜店等等再度被鍾情夜遊的年輕男女和觀光客擠爆，中區的夜店集中地蘭桂坊更是熱鬧非常，每逢週末水泄不通。這兩、三年被剝奪夜生活的市民縱情消費，醉客重現於半夜街頭，而一眾酒客「重出江湖」之餘，覬覦美色的狼群亦沒有缺席，輕則在夜店裡施「鹹豬手」，重則將醉倒或被下藥迷昏的女生——或男生——半抬半拉帶走，趁對方不省人事時施暴侵犯，蘭桂坊近月已發生多起事件。這些案件本來由中區重案組處理，雖然已逮捕了幾個色魔，但因為還要調查其他像販毒或黑幫毆鬥的麻煩，中區指揮官便請求港島總區派人分擔接手。

「組長，可是我們還在處理筲箕灣的分屍案，人手方面……」許友一向上司提出異議。

「那邊沒進展嗎？」蔡總督察問。

「線索太少，感覺上要拖很久。」

「犯人不是已經畏罪自殺了嗎？」

「按目前已知的線索的確是，只是當中還有很多細節未清楚，連受害人的身分也不知道。」

「那就不用急嘛，反正犯人已死，即使找到證據ＤＯＪ[9]也無事可為，Ｂ隊就先跟進

9 律政司（Department of Justice）的縮寫，負責刑事檢控的政府機關。

中區那邊吧。萬一有哪個色魔完事後殺人滅口，我們面對的難題便更嚴重。」

無可奈何下，許友一只能抽掉人手，指示部下調查蘭桂坊的多宗性侵案。不過他沒有完全放棄分屍案，留下家麒、小惠和阿星繼續調查，他自己更打算採用「非常手段」去查找真相。

「許督察你居然要找我幫忙，看來你真的很頭痛哩。」

「盧小姐，就當給我賣個人情，妳在《*FOCUS*》時我也送過不少小道消息給妳，妳現在不會拒絕吧？」

電話另一端是許友一的朋友盧沁宜。盧沁宜曾在雜誌《*FOCUS*》擔任時事組記者，熟悉調查報導的竅門，也有不少人脈。

「我不是想拒絕，只是你也知道我目前在文藝雜誌工作，社會時事那邊脫節久了，不一定能幫上忙啦。」

「妳願意幫忙就行，我也不奢求有結果。」

「那好吧，一場朋友，彼此幫忙就好。」

許友一沒作聲地苦笑一下，雖然他猜盧沁宜知道他現在的表情。近年媒體與警方關係陷入低潮，時事記者和警員互相猜忌，前者覺得後者會亂用公權力擠壓新聞自由空間，後者覺得前者故意向公眾抹黑警方形象，裂痕難以修補。許友一有點慶幸盧沁宜數年前轉職到文藝雜誌，不然就更尷尬。

「我想請妳找一個叫姜達中的人的下落，他是新達貿易的老闆，只是這家公司在二〇一三年已結業，姜達中應該移民了，但我不確定是英國還是加拿大。我希望能跟他聯絡，詢問一下以前的事情。」許友一說。

「姜達中……新達貿易……好，我記下了。這個人和『隱青屠夫』有關嗎？」

許友一沒料到對方有此一問，稍稍愣住。

「妳知道我目前在跟什麼案子？」

「雖然我不再是時事組，但也會看時事新聞的嘛。」

「那……我無可奉告。」

「嘿，我也不打算追問。我打探到消息再聯絡你。」

「嗯。找天妳和老公孩子一起來我家吃飯吧，我老婆說疫情期間沒跟你們見面，早幾天才問起我。」

「無問題，不過就怕許督察你連回家的時間都沒有吧？要我這個局外人幫忙，說明重案組二B隊差不多火燒屁股了。」

許友一再度苦笑起來。他對盧沁宜有點顧忌，因為對方實在太精明，自己太容易被看穿了。

「好吧，那待我有空再約……」正當許友一打算掛線時，忽然想起一點。「對了，妳現在在文藝雜誌工作，妳認不認識闞致遠這個人？」

「闞致遠？唔……沒聽過這名字，不認識。」

「啊，不對，我弄錯了。妳有沒有聽過無明志這個作家？」許友一一時糊塗，他明明知道闞致遠在工作上沒用真名。

「當然有，我還好像跟他見過一次面……怎麼了？」

「妳能不能夠替我調查一下這個人的背景資料？」
「這個易辦，我只要挖一下舊雜誌的訪問就好。等我幾天。」
「那麻煩妳了。」
掛掉電話後，許友一不由得嘆一口氣。雖然他職位不低，薪水和工作福利比不少上班族優渥，但他也不時萌生去意。他記得當初入職時滿腔熱血，期望為市民服務，當個稱職的好警察，結果發現警隊和一般大企業一樣有職場文化和辦公室政治，除了工作成績外還得看人事關係。他記得一位已去世的前輩叮囑他面對上司要「安份守己」，當時他還覺得自己不會隨波逐流，結果這回被上司抽走人手指派任務，他卻沒有據理力爭，為沉默的受害者們作聲。
還是別想太多吧——許友一舒展一下筋骨，翻開案頭上堆積如山的文件。
三天後，許友一和小惠來到域多利公眾殮房。雖然分屍案沒有進展，謝柏宸自殺卻是無疑點的事實，食環署便安排謝柏宸的家人領回遺體，辦理身後事。因為謝柏宸隱居多年，根本沒有朋友，謝家也沒有幾個親屬，謝美鳳決定在殮房出殯，辦簡單的送別儀式，然後直接到歌連臣角火葬場火化遺體，將骨灰撒在紀念花園。香港因為土地問題，骨灰龕位短缺，將骨灰撒在指定的花園或海灣成為不少人的選擇——活人缺乏生存空間，就連死人也躲不過這個問題。
「隊長，我們會不會不受歡迎……」小惠下車時擔心地問。
「當然不受歡迎，但這是我們的工作。」許友一聳聳肩。「待到對方下逐客令吧。」
意外的是，他們沒有被逐，謝美鳳更感謝兩人前來，因為場面實在冷清得令人心酸。

一般在醫院或殮房直接出殯的儀式都十分簡單，就是在一個小小的房間或類似停車場的半開放空間放置棺木，由主持人安排死者親友瞻仰遺容，默禱後便蓋棺，送上靈車，送別式往往只花半個鐘頭便完成。謝柏宸的這個「喪禮」只有七個人出席，除了謝美鳳、闞致遠、許友一和小惠之外，就只有負責儀式的師傅和謝美鳳的兩位朋友。許友一聽到他們對話，知道年長的婦女叫祥嫂，是跟謝美鳳相識數十載的舊街坊，另一個中年男人是謝美鳳任職的家務助理派遣公司的老闆，看樣子他只是出於僱主與員工的情誼而到場，和謝家稱不上熟稔。

「哎，怎麼不見妳弟弟？」在等候儀式開始時，許友一聽到祥嫂問謝美鳳。

「我也不知道……我已通知他了，他也說會來，可是剛才說有要事可能會晚一點到……我想他一定是工作纏身……」

「妳就別替他說好話吧，阿鳳，阿虎他就是那種人，有什麼事情比送別外甥、支持親姊更重要？」

「不，不要緊，他可能之後會直接到歌連臣角……他一定是打算直接去那邊……」

許友一做過仔細的背景調查，知道謝美鳳有一個弟弟，只是姊弟疏遠很少來往，就連謝柏宸被發現自殺當天也沒有回老家安慰一下親姊。謝美鳳耳根軟，許友一對她仍在朋友面前維護弟弟覺得一點都不稀奇。

「闞先生，儀式在五分鐘後開始……」送別式的負責人向闞致遠說明，闞致遠放下訊息寫到一半的手機，和對方確認程序。許友一察覺謝柏宸的身後事都由闞致遠代謝美鳳處理，而這也是許友一到場想調查的事情之一——他想摸清闞致遠這個人的底蘊。假如是正式的問話，他猜這個名作家只會流露敵意，態度上刻意披上防衛，或是偽裝成另一種個性，這男人露出破綻的時機，就只有在謝美鳳——以及謝柏宸的遺體——面前。人唯有面對親近的人才會展現真正的自我，再擅長掩飾的名演員也不例外。

闞致遠有看到許友一和小惠到場，但彼此只稍稍點頭，沒有交談。許友一留意到闞致遠在儀式開始前不時用手機，心想對方很可能正和編輯討論工作——今天早上白玉文化透過ＩＧ和臉書發布消息，公布下星期將會舉辦一場無明志的線上講座，歡迎讀者登記。疫情過後出版社活動可以回到書店或其他場地舉辦，但因為線上活動能省掉場租，又能讓海外的讀者參與，視訊講座不但沒有被取代，更有愈來愈受歡迎的趨勢。

「各位，謝柏宸先生的告別式現在開始，請到這邊。」負責人打開等候室的大門，讓眾人進入放置棺木和遺體的房間。闞致遠和謝美鳳按照指示獻花和默禱，而許友一和小惠自覺是不速之客，當負責人邀請親友到棺木旁跟逝者告別時，兩人都只留在後方，沒有上前打擾。送別室佈置簡單，沒有祭壇也沒有花牌，只在棺木前方設置了一張長檯，左右各放了一瓶白菊花，正中豎立著謝柏宸的遺照。由於沒有近照，闞致遠和謝美鳳只能用上他年輕的照片，和棺木中那個留著鬍鬚的中年漢相比，就像是在開沒品味的玩笑，戲謔死者二十年來浪費生命——不過縱使那張照片記錄了謝柏宸的青春，任何人都不會覺得遺照比遺體好看，因為那顆左眼下明顯的淚痣，不管在照片上還是遺體上同樣礙眼，就像標示著死者灰暗的人生從開始到終結，一直是無法違逆的悲劇命運。

「嗚……」

在蓋棺的一刻，本來情緒穩定的謝美鳳再次嗚咽起來，她身旁的祥嫂連忙安慰。許友一看到闞致遠也眼眶泛紅，不過他不能斷定那是真正的哀慟，還是用來矇騙他人的演技。

「隊長，我們不跟上山嗎？」小惠問。雖然歌連臣角位於柴灣以南、大浪灣以北的海邊，但火葬場位於偏西的山峽。

「不用了，還是得留一點隱私給他們。」許友一看著謝美鳳邊擦眼淚邊上靈車。他和小惠留在殮房外，等待靈車出發後才離去，可是他忽然看到意外的一幕。

透過車窗，他瞥見闞致遠露出他沒見過的表情。

那是一張陰沉的臉，既不是悲傷，也不是憤懣，就像是專注地思考某事、隱藏著某秘密的樣子。

那張臉讓許友一感到頭皮發麻。

直到翌日，許友一仍對那表情念念不忘，深深覺得自己漏看了什麼。為了確認自己的直覺，他找出當天闞致遠到警署被問話的影片，反覆細看。

——「我們當推理作家的經常為作品取材，看過不少這種圖片，再殘酷的也早見過了。」

——「我看你們一廂情願地認定柏宸是兇手，明明調查沒進展卻放棄思考其他可能性，只著眼找尋符合你們結論的稀薄證據，死咬著他不放。」

——「我們這個高密度的城市就是有不少『其他可能性』的犯罪！」

闞致遠的回答重複又重複地播出，可是許友一無法看穿對方是否說謊，也找不到任何有意義的答案。看了十多遍後，許友一癱坐在座椅上，任由影片播放到自動結束，思考各種可能。

——「啪！」

聲響將許友一從沉思扯回現實，他發現原來當天家麒不小心把書掉到地上的一段也有拍下來。他剛才每次只看到自己放棄繼續查問，向闞致遠表示會面結束的一刻，便將進度條拉回最前方。

「咦？」

就在他打算關上視窗時，他看到螢幕中的自己和闞致遠瞧著家麒拾起證物，卻同時留意到闞致遠的嘴唇在動。

對了，當時他好像說了什麼話——許友一赫然想起。

許友一戴上耳機，將音量提高，嘗試聽清楚背景那模糊的聲音。當時他問對方，假如有神秘人設計陷害謝柏宸，有沒有可能是因為小說而獲得犯案的靈感，而闞致遠的回答是「不能說沒有」。

專注地聆聽了好幾次後，許友一終於聽得出那句他錯過了的話。

——「我不能說沒有……只是任何人對瘋子也是無可奈何。」

瘋子？

許友一覺得這句話很彆扭，難以理解為什麼闞致遠會冒出「瘋子」這個念頭。他提出的是假設的真兇，可是對方卻為這個真兇訂定了形象，是一個瘋子。雖然說殺人分屍這種罪行就是瘋子所為，但這回答未免過於突兀。

除非闞致遠已認定「瘋子」是真有其人，甚至知道是誰。

然而要是他心目中有嫌犯，大可以跟警方報告，許友一恨不得有更多的線索。

「收音清晰嗎？歡迎大家出席無明志老師的線上座談會，主題是『流行小說創作技巧分享』，我是白玉文化的編輯阿雪。在無明志老師開始講座前，我先打個小廣告，《死亡神父》新裝版第一集已經上市，這次我們邀請了台灣著名插畫師羽織老師繪畫封面及插畫，其後四集將會每月推出……」

數天後的週六下午，許友一準時打開瀏覽器，登入由白玉文化主辦的無明志線上講座。他當然使用了假帳號來登記，畢竟他不希望被闞致遠發現他在場。線上講座的好處是，你可以關掉鏡頭和麥克風，換一個沒有人知道的名字，當一個蒙面觀眾。

「……我不說太多了，接下來將時間交給無明志老師。」

「大家好，我是無明志。」

螢幕上出現闞致遠的樣子，而許友一覺得對方的語氣比平時低沉，心想這大概是故意經營的作家形象。講座中闞致遠先談及如何鍛鍊小說創作的基本功，再談及選擇題材、資料搜集等等技巧，亦介紹了一些寫作工具書，並且開玩笑說自己沒有收廣告費。許友一對講座內容不感興趣，但他察覺到闞致遠口才了得，條理清晰，即使自己是外行人也能聽得懂整個講座的脈絡。

「曾經有新人作家問我，流行小說在創作者心目中該如何定位。」闞致遠在談及創作者常見問題時說：「到底要以受讀者歡迎為最高目標呢？還是自己的創作理念優先呢？這是就連老手也會遇上的問題。我的意見是，作為流行小說，『流行』是很重要的，所以必須考慮大眾的接受程度；然而身為創作者也要有一定的堅持，一味從俗甚至媚俗，只會令自己無法獨當一面。現實很殘酷，假如一個作家擁有一定數量的忠實讀者，在選擇題材和風格上便可以稍微任性，『投大眾所好』和『自我滿足』之間就可以傾向後者多一點。」

不知不覺間講座已進行了一個鐘頭，接下來的四十分鐘是線上觀眾的發問時間，有人打開麥克風發問，也有害羞的讀者透過訊息欄以文字提出問題。闞致遠一一回答，有給予有志投身寫作的人明確的建議，亦有閒聊一些像「你最近喜歡哪部電影」之類的日常話題。許友一有想過用文字刺探，可是他無法估計這個精明的推理作家會不會察覺他的身分，怕露餡後會妨礙到將來的調查。

「請問老師什麼時候會有新作？」

一個署名 Joyce 的讀者在訊息欄問道。

「這個啊……其實有一件事我要公布，對各位來說可能是一件難過的事，請各位體諒。」闞致遠放緩了語調節奏，「我目前正在撰寫一部作品，大概三、四個月後便會完成了，而我決定這小說會是我最後一部作品。」

許友一大感錯愕，訊息欄也同時冒出大量留言，除了大量挽留語句外還有一堆問號、感嘆號和表示驚訝的顏文字。編輯阿雪大概也是第一次聽到這消息，視窗裡她的表情就像突然被老闆炒魷魚似的，既焦慮又詫異。

「各位請先聽我說，」闞致遠以手勢安撫眾人，「最近我身邊發生了一些事情，我實在無法繼續寫一些以犯罪為題材的故事了，光是設計大綱已讓我感到疲累，即使寫出來，恐怕也過不了自己一關，我不希望將敷衍了事的三流作品送到讀者手上。我不知道這低潮會持續多久，為免各位親愛的讀者無了期地苦等，我就乾脆封筆，這樣比較有承擔。」

訊息欄中再度湧現留言，只是這次讀者們紛紛表示理解，希望無明志好好休息後再復出，即使多少年他們都願意等下去。

「實在很抱歉，要大家聽到這麼掃興的話題。或者大家先期待一下新作吧。阿雪妳不用擔心，這部作品我準備交給白玉，我會親自跟老闆和總編說明，不會讓妳為難。」

——叮。

螢幕下方蹦出新郵件的通知，許友一本來無意察看，只想關注闞致遠接下來會說什麼話，卻瞥見寄件者是盧沁宜。他打開信箱，發現對方寄來一堆雜誌報章的掃描檔，全都是無明志的資料。

「當中有我們雜誌社沒刊出的資料，請別外流。」盧沁宜如此寫道。

線上講座在略微混亂中完結，許友一便將焦點放在盧沁宜送來的檔案上。當中有不少他已看過，但也有一些是首次讀到。有一張手寫的筆記抓住許友一的注意，他一開始不理解為什麼有這樣的文件混在報導之中，細看下才發現原來是記者的訪問筆記。文字有點潦草但勉強能讀，左上角寫上了像是代表日期的 2014.07.12，下方就以列點短句寫上了受訪者的答覆。許友一發現下一個檔案便是訪綱，兩者交叉閱讀，就更易掌握當時的對答。問題都很平常，而大部分的答案都沒有特別，但有兩行手寫文字令許友一心跳加速。

黃金討論區　短篇小說　玩票性質　受歡迎　白玉聯絡

全職作家　~~大學退學~~醫學院二年級（不公開）

許友一看過報導指無明志大學唸到一半便退學，當全職作家，但在個人訪談中卻從來沒有記者觸及此事，只提及他如何在討論區寫文章，再被出版社發掘。根據這張筆記，許友一估計這是闞致遠故意隱瞞的事，但他沒料到對方是從醫科退學。

許友一想起法醫報告——屍塊的肢解手段既有內行也有外行的特徵。如此一來，闞致遠本身就跟這異樣的情況吻合，因為他曾是醫科生，自然懂得一些技術，但由於只唸了兩年，所以技巧生疏，而且要邊做邊試。

「那麼……所謂『瘋子』……」許友一聯想到答案。

闞致遠知道「瘋子」是誰卻沒有向警方通報，原因是那個人正是他自己。

「隱青屠夫」並不存在，因為是兩個人——自殺的「隱青」是替死鬼，而「屠夫」則是隱青的唯一好友。

小說《（名稱未定）》節錄・1

……

對阿白而言，這個小小的螢幕就是通往世界的窗口。

他不討厭外面的世界，只是他覺得外面的世界討厭他。唯有留在一副能保護他的盔甲裡，他才願意透過小小的窗口，觀察世界，接觸世界。

就像寄居蟹躲在貝殼裡，伸出觸角，探索周遭環境。

阿白是個孤寂的人，但他對這份孤寂感到安心。

在他的小天地裡，沒有他人，也就沒有想傷害他的人，沒有能傷害他的人。

社會由人這種個體組成——這種教科書的理論，阿白嗤之以鼻。

社會的確由人組成，可是人卻不一定需要協助組成社會。

隱藏自己，斬斷自己和社會之間的連繫，抹消自己的存在價值。

擁抱孤寂。

人生本來就是一趟孤獨的旅程，誕生於世上時孑然而來，離世時也只能孤身上路。阿白深信，與他人建立關係、合群地生活只是統治者的權謀，只是用來建立社會、國家、民族的謊言。世上大部分的人為了利益或一廂情願的所謂理想，會選擇欺騙自己，忘掉人類孤寂的本質。

「一切不過是移情作用。」阿白在那個小小的窗口中，如此寫道。

在現實中，阿白無法忍受接觸他人，交談就像背負十字架般沉重，他人的目光猶如刀刺，將自己戳得體無完膚、渾身鮮血。可是，只要透過網路，利用虛擬世界的偽裝，阿白就變得像個普通人一樣，有限度地和他人筆談。

就像寄居蟹，一旦害怕起來，可以縮進他的貝殼裡，保護自己，忘掉不快。

阿白知道，在那個窗中世界有很多同類。

因為戴著面具，各人都能夠沒有顧忌地伸出觸角。

不了解這個世界的人，只會將它當成「遊戲」，認為是小孩子的玩意，是商人斂財的工具；可是對阿白來說，遊戲創造出來的虛擬「社會」，比現實世界更真實，更適合他和他的同類生存。

比起那些在酒吧或夜店說著言不由衷的廢話、浪費時間的社交活動，在某個構築出來的空間結伴對抗魔龍、征服星球、尋找失落的寶藏的這些體驗，不是更充實、更有意義嗎？同樣是滿足個人的欲望，享受成功一刻的滋味，在虛擬世界裡不是更方便、更容易達成嗎？

阿白對隱居多年並不感到羞恥。他知道這是進化了的人種的選擇，是新時代下的生存模式。

人類已經進化到毋須接觸他人亦能獲得一切物質所需。電子銀行、網路購物、串流影音……即使蟄居斗室，日常生活毫無窒礙。科技予人方便，同時讓擁抱孤單的新人類，徹底投入這種劃時代的體驗。

網路就是五感的延伸，虛擬世界是另一種現實。

比現實更美好的現實。

「這想法真灑脫啊。」L對阿白說。

L是阿白在那個宇宙中的同伴。兩人去年在一場限時任務中相識，在某個星球的沙漠裡一起幸運地逃過敵人設下的巨大蠕蟲陷阱。阿白發覺L和他一樣，上線時間沒規律，駐留期間可以通宵達旦，猜測對方和自己是同類，只是對方否認。

「我有好好工作賺錢。」L曾經這樣說。

「最好是吧。」阿白笑道——當然這個「笑」只是角色人物的預設表情之一，而「道」也只是文字框中的幾個白色的字。

阿白和L碰面時，都會聊一些其他玩家——或者該說是那個世界的同伴——不感興趣的話題，漸漸他們的交流從公開的頻道換成私聊。跟冒險、戰爭、尋寶、任務有關的話題，他們都樂意和其他人談論，但假如是虛擬世界以外的嗜好、喜惡、思想、情緒，他們就會私下交談。

縱然如此，阿白和L仍戴著面具，緊抓住寄居中的貝殼不放。

阿白和L彼此都不知道對方的真實姓名、年紀、膚色、種族，甚至性別。他們只當對方是一個有思想的個體，按阿白的說法，就是「靈魂與靈魂的交流」。

不過，他們都有猜想過對方是什麼人。

阿白猜L是個女生，因為L對戰勝其他玩家興趣不大，比起強力的武器，L更在乎拿取一些只有視覺效果的裝飾物。阿白知道這是一種偏見，男性玩家之中也有這種隨性不追求成就的參與者，只是交談的文字風格上L也傾向女性。阿白亦知道對方有猜到他是男性，因為他有時會在私聊中長篇大論說明一些無關痛癢的想法和見解，事後他都覺得自己不知不覺間變成了那些令人討厭的「男性說教者」。可是兩人並不在乎，只要在線上碰面，就會開私聊頻道，天南地北談著無邊無際的事。

不過就算兩人再投緣，也有可能遇上一些不可抗力引發的意外。

例如伺服器故障。

「我們不如交換ＩＧ吧。」Ｌ說。失聯三天後，兩人再次在臨時修好的伺服器上碰面。

「我沒有ＩＧ。」阿白無奈地回答。

「註冊就好，反正不用錢。」

阿白想不出推搪的理由，只好答允。在那個小小的窗戶裡，另外多開了一扇窗。

登記ＩＧ後，阿白懷著不安的心情輸入Ｌ給他的帳號。雖然他對Ｌ這個人感興趣，但同時害怕涉足太深，觸及真實的Ｌ。他怕知道得愈多，他和Ｌ的距離就愈遠。

因為他重視彼此的關係，就更怕受到傷害。

然而Ｌ的ＩＧ頁面卻出乎阿白預期。有一些事實是比較明顯的——例如Ｌ是個女生，帳戶的名字是Lyla——但Ｌ上載的照片中沒有自拍也沒有美食，只有一些風景和像是詩句的文字。

「我有幾個帳號，這個是私人用的。」Ｌ說。

阿白看到這帳戶只有十數個追蹤者——他剛剛為這數字貢獻了一——而正在追蹤他人的數字卻有三位數。阿白點開瞄了瞄，發現不少是熱門的名人或歌手帳號，也有一些比較冷門的藝術家名字。阿白聽Ｌ說過，他——或者該說她——很羡慕藝術創作者的生活態度。

「這樣就不怕失聯啦。」Ｌ在ＩＧ給阿白送上一封私人訊息。

雖然阿白明白這是一個好消息，但他的心就像灌了鉛，對未來感到憂心。他害怕Ｌ會漸漸接近真實的自己，碰到他想隱瞞的事。

就像年齡。

在那個虛擬的宇宙裡，玩家大都是年輕人，雖然也有像阿白這種年過四十的大叔，但只要不說穿，潦倒的中年漢也能忘掉現實，扮演年輕的冒險家、成功者。

阿白害怕Ｌ會因為他的年齡、外表、缺陷等等而失望。他怕兩人之間的關係出現裂痕。

阿白不討厭現實，只是他覺得現實討厭他。

……

第三章

「人格分裂？」家麒詫異地問。

在只有許友一、家麒、小惠和阿星的會議上，許友一將他的發現一一告訴部下，包括他的猜測和推理。在說明闞致遠那句意味不明的「瘋子」後，阿星便插嘴說或許闞致遠是個有雙重人格的精神病患者。

「聽起來好像很荒謬，但現實就是有這種個案嘛。」阿星以手中的原子筆指向貼在白板上的闞致遠的照片。「這傢伙本來就有兩個名字，工作上他是無明志，私生活就是闞致遠，這種過慣雙重身分生活的人患上人格分裂，我才不覺得意外。」

「可是既然說得出『瘋子』，那即是他是有意識地模仿小說殺人吧？那還是人格分裂嗎？」小惠問。

「人格分裂患者有兩種，一是人格之間並不知道彼此的存在，患者會懷疑自己健忘或患上失憶症，經常無法記起某段時間做了什麼事情，不知道當時是被自己另一個人格奪去身體的控制權；另一種就是人格之間互相知道存在，只是人格會在特定條件下交替，人格A作主時，人格B只能在腦袋裡充當觀眾。」阿星解釋道。

「你怎麼會知道這些的？」家麒一臉好奇地問。

「我喜歡看懸疑電影嘛，看完便一時興起找資料看囉。」阿星攤攤手。「就像奈・沙馬蘭的那部《*Split*》……嗯，中文片名叫什麼呢……」

「那部是科幻片吧？」小惠插嘴道。

「科幻也好寫實也好，多重人格就是這樣一回事啊。」

許友一想起案發當日他反駁闞致遠說「現實才不是懸疑電影」，沒料到一語成讖，現在的調查方向卻建立在一個更冷門的電影類型上。

「不管他是人格分裂還是裝瘋賣傻，我們先將他當成頭號嫌疑人來進行調查。」許友一向部下們下指令道，三人紛紛點頭。

雖然許友一可以再次抓闞致遠到警署問話，但他衡量過手上的證據，根本不足以將對方拘捕提訴，而萬一打草驚蛇，只怕闞致遠會有所防範，讓偵查更棘手。在討論過各種可行的手段後，他們只能以僅有的人手進行跟監調查——家麒和阿星分兩班輪流監視闞致遠的行動，小惠則負責背景與環境調查。目前還沒有查出兩名受害者的身分，由於重案組已向媒體發放女死者的臉部拼圖，市民有可能提供消息，怎說也得有一名成員留守辦公室，充當線索和資訊的中樞。許友一畢竟是隊長，還得分心指示其他部下調查蘭桂坊的風化案，只好讓小惠負責這工作。

在開始跟監前，許友一多確認了一項事實——運輸署的檔案顯示闞致遠是自駕族，擁有一輛白色的豐田Camry。由於丹青樓沒有停車場，闞致遠在和住所相隔一條馬路的私人屋苑景峰花園租下一個車位，車子平日停在該處。許友一和下屬們都明白到，在這案件中代步工具是何等重要，就像多年前的「雨夜屠夫案」，汽車是會移動的捕獸器，當受害人登上汽車、和兇手獨處，那就幾乎插翅難飛，無處可逃；而且兇手可以利用汽車物色獵物、以及方便運輸不論生死的受害人，比起繭居在家、沒有駕照的謝柏宸，闞致遠在客觀條件上更符合犯人的形象，嫌疑更大。

然而因為闞致遠有車，跟監行動的難度增加不少，家麒和阿星必須更靈活，才能應付各種狀況。監視目的有二：一是為了摸清闞致遠的生活狀態，了解他的作息習慣、朋友圈子，從而推敲他的個性以及有無犯罪傾向，甚至從中找尋身分不明的受害者與他的關係；二是觀察他在案發後有沒有異常行為，假如他是真兇，很可能還有一些「尾巴」沒來得及收拾，警方只要抓住那些破綻，就能夠將它們變成揭開真相的利器。

在人手不足的限制下，家麒負責從上午十一點至晚上十一點監視，而阿星則會在之後接班，直至翌日早上十一點。家麒觀察過環境後，提出一個大膽的做法，將跟監用的車子停在景峰花園的停車場二樓，恰好和闞致遠的車子同一層。這做法可謂一石二鳥，首先景峰花園停車場二樓有一邊對著丹青樓，能隔著馬路看到闞宅客廳的窗子，即使窗簾半拉上，也能從燈光和人影知道目標人物的行動；另一方面，當看到闞致遠離開丹青樓，只要確認他的步行方向，便會知道他打算開車還是乘搭其他公共交通工具，如果是前者家麒和阿星可以開車尾隨，後者的話立即動身步行跟蹤也趕得及。

而跟監的第一天已有發現。

下午三點多，闞致遠離開丹青樓，前往停車場取車。家麒謹慎地觀察，再保持著一定的距離，開車從後追上。車子離開景峰花園，轉出望隆街，駛上東區走廊，沿著維多利亞港往西前進。家麒猜想對方是不是要到出版社——白玉文化的辦公室位於天后——可是當車子沒有在東區走廊的天后段出口下交流道，家麒便知道他猜錯了。闞致遠來到銅鑼灣才轉進堅拿道天橋，在木球會的彎角駛上禮頓道，然後再經灣仔道和愛群道抵達日善街。

位於灣仔摩利臣山的日善街是條平靜不起眼的街道，因為摩利臣山本來就不在鬧市中心，住宅和非商用大廈林立，在這個約十公頃的範圍內有醫院、學校、游泳池、體育館、公園、教堂、清真寺，甚至有童軍及救世軍這些非牟利組織的大樓。日善街不是主要道路，交通警員少巡查，在路邊停車也不容易被開罰單，不少車主選擇將座駕暫時停在這兒，而這條狹窄的街道和附近的譚臣道一樣，是灣仔區計程車司機換班的常用地點。家麒看到闞致遠的車子放慢車速，停在彎角前，他也連忙煞車，待在對方約三十公尺之後。

家麒打開手機地圖，調查一下附近的樓宇，看看闞致遠到底打算到哪兒見什麼人，卻發現那輛白色的豐田停下來後，司機沒有下車。由於隔了兩重玻璃和一段距離，家麒看不清楚闞致遠在車內做什麼，但他確定車上的是闞致遠本人，而且沒有他人存在。

「他在等人？」家麒暗想。

家麒自覺這猜想很合理，假如闞致遠和某人有約，雙方又怕被第三者目擊，選擇這條幽靜的街道碰頭算是理所當然。

問題是闞致遠等候的是誰，而且為什麼要如此偷偷摸摸。

家麒感到這可能是突破調查困局的關鍵，不禁打起十二分精神，留意著對方的動靜，並且用長鏡頭相機拍攝。只要有行人路過，他都好好打量對方，而他們經過闞致遠的車旁後，他都會稍稍舒一口氣，也感到略微失望。家麒發覺十來二十歲的年輕路人逐漸變多，偶然遮擋他的視線，才想起隔一條街的愛群道有兩家中學，再走半個街口更是香港專業文憑學院的摩利臣山分校——正值下課時間，學生沒變多才怪。

待了差不多一個鐘頭後，白色豐田突然發動，讓正在喝水的家麒差點嗆倒，匆匆收起水瓶，開車跟蹤。

「我看走眼了嗎？」家麒焦灼起來。他擔心剛才看走眼，某人剛好在那些學生紛紛嚷嚷時竄上車，可是他只遠遠看到闞致遠車內僅有一個人。「該不會是怕有人看到，縮起來躲在椅背後吧？」

家麒忐忑地尾隨闞致遠，而車子在市區繞了好一陣子，六點左右再回到筲箕灣。這段期間闞致遠沒有再停車，也沒有其他人上下車，就是在金鐘、中環、西區、銅鑼灣一帶的鬧市兜圈子。由於是下班的繁忙時間，車子的行走距離不算太遠，到過的地點也不多，而回到筲箕灣後，闞致遠將車子駛回停車場，停好車再步行離開。

「的確沒有人啊……」家麒終於能確認自己沒看漏，闞致遠車上就只有他一個人。家麒也跟著將車停好，步行跟蹤，可是闞致遠接下來只走進丹青樓樓下的一間茶餐廳，點了一客咖哩牛肉飯，吃完便拍拍屁股回家。

趕回停在停車場二樓的跟監用車子，看到闞家客廳亮著的電燈和在窗前掠過的身影，家麒知道對方確切回到住所裡。然而如此一來，他心裡的疑問就更大。

剛才開車出行是怎麼一回事？

三點多闞致遠開車離家，到灣仔日善街停頓了約一個鐘頭，然後在港島亂跑了兩個小時，再回筲箕灣的餐廳用餐，最後回家。

這行為完全沒有意義！

家麒開始猜想自己是不是錯過了什麼，可是他翻看偷拍片段，再三確認，也不覺得有什麼東西逃過他的法眼。

「純粹是想兜風？」家麒想到這個可能。有些人喜愛駕駛，一天沒開過車便渾身不對勁，特意開車過過癮也不出奇。可是這種人才不會挑繁忙時間兜風，畢竟世上沒有幾個人喜歡塞車，更何況闞致遠在日善街停車一個鐘頭，這些行徑都和「喜愛駕駛」的假設互相矛盾。

「會不會是作家的癖好？」家麒再想。他不知道職業作家有什麼習慣，但聽說過有些作者會用不同方式找靈感，換環境也是手段之一。所以說不定闞致遠是遇上了寫作瓶頸，特意開車透透氣，挑了人少的街道停下來工作。家麒看不到對方在車內做什麼，不知道闞致遠會不會是拿著平板或筆電在寫文章。

可是這樣子也解釋不了之後在市區亂走的兩個鐘頭。

晚上阿星接班，家麒向他說明闞致遠這些怪異的行徑，阿星搔搔頭髮，笑著說或許不用太在意。

「搞不懂。」

「我不是猜那傢伙有人格分裂嗎？搞不好是第二甚至第三人格跑出來，做出莫名其妙的舉動……不過也有可能就如你所說，是換個環境寫稿啦。會寫殺人為主題的小說作家本來就腦袋不太正常嘛。」

阿星的說法撫平了家麒內心的那一點疙瘩，這天他就能安心回家休息。他在車上已將報告寫好並傳回重案組，確保小惠和許友一掌握相同的資訊。

而他沒料到翌日發生相同的事情。

同樣是下午三點多，闞致遠再次開車到日善街，在差不多的位置停車，而且也是停了約一個鐘頭。家麒滿心困惑地監視著，同樣沒看到有人上那輛他注視中的車子。一個鐘頭後闞致遠開車離開，在中環和灣仔車水馬龍的路上穿梭，然後在五點半回到筲箕灣。這次他沒有到茶餐廳，反而去了超級市場購物，家麒跟在後方，沒發現任何人跟他接觸——對方甚至在超級市場裡用機器自助結帳。

第三天情況再重複，闞致遠於差不多的時間開車到灣仔，一樣逗留至四點多，再在各區漫遊。這天不同的是他在八點後才回家，而開車到過的地點除了市區外還有南區淺水灣一帶。

家麒漸漸認為自己沒猜錯，闞致遠大概是漫無目的地開車，或是習慣進行某種無意義的行程。就像有人習慣每天繞路上班看看風景，或是在家裡明明不看電視卻把電視機亮著，這種「生活慣性」就是不容易打破。阿星說深夜至早晨的監視期間闞致遠鮮少離家，頂多是早上到茶餐廳買早餐，生活平凡沉悶，這更加強了家麒對這推論的自信。

可是第四天情況卻出乎家麒意料，否定了他的想法。

這天闞致遠沒有在三點多外出，反而在四時左右離開丹青樓，步行往筲箕灣地鐵站。在家麒目睹對方沒進入景峰花園的瞬間，他立即知道要放棄開車，三步併成兩步衝到街上，以免失去闞致遠的蹤影。他尾隨對方走進地鐵站，乘坐往西的港島線列車，再在金鐘站轉荃灣線。車上乘客眾多，但家麒沒有讓闞致遠離開他的視線。縱使兩人曾經碰面，家麒卻不擔心太接近會被認出，因為此刻他戴上了口罩——雖然香港的口罩令已撤，但疫情過後仍有不少市民習慣在人多的場所戴上口罩防止感染，家麒就因利乘便，戴上帽子和口罩掩飾，就算面對面也不容易被認出。他沒想過全球疫情也會帶來這種好處。

和故意換裝扮成不起眼路人的家麒相反，闞致遠這天好好打扮，衣著比平日講究。淺藍色的西裝外套、米白色圓領T恤、黑色牛仔褲配白色休閒鞋，加上一副黑框眼鏡，像極是約會裝束，令人想起某些韓國演員的搭襯風格。然而家麒卻覺得對方不像是赴約，因為既然穿戴整齊，跟女友約會自然會開車，犯不著搭地鐵人擠人。

結果家麒再次猜錯——闞致遠的確是和女生約會。

週末的旺角站人潮洶湧，闞致遠一邊用手機通話一邊往C出口前進，在閘口不遠處舉手向一個穿白色露肩襯衣、淺灰色格子短裙、紅色短靴、打扮花稍的長髮女生打招呼。兩人碰面後女生主動挽著闞致遠的手臂，親暱地向通往路面的出口離開。家麒估計那女生頂多二十歲，單以年齡考慮，闞致遠大概已能當她的父親，不過由於他外表年輕，旁人看來就像是對相差約一輪的情侶，尚算合襯。

闞致遠和女伴前往朗豪坊，家麒緊追其後，並不時用手機偷拍。那女生相貌俏麗，不時牽著闞致遠到名牌服飾店的櫥窗前比手畫腳，而男方則以微笑回應，像是享受著跟年輕女友逛街的時光。二人逛了一會後便到四樓一家咖啡店休息，家麒慶幸他們選了這家場地開闊的店，他即使留在店外，也能清楚看到兩人的情況。

家麒倚在手扶梯旁，假裝等人，再用手機的拍攝功能監視著闞致遠和那個女生。兩人都只點了飲料，邊喝邊聊，樣子好不愉快。家麒仔細打量女生，從對方的舉止他猜比他原先估計的年紀還要年輕，很可能只有十七、八歲，豔麗的化妝掩藏不了那股稚氣。

「搞不好是對讀者出手哩。」家麒在心裡吐槽。家麒從網路上看過闞致遠在一些講座中的合照，讀者中不乏十來歲的高中生，正好和這女生年齡相若——只是橫看豎看這個愛打扮的女孩子根本不像書迷，家麒心想她或許只是有戀父情結，或是看上名作家的財富與地位。

家麒無法聽到兩人的對話內容，只能猜那是情侶間沒有營養的廢話，畢竟女孩子一直保持甜美的笑容，有時又故作嬌嗔，伸手拍打闞致遠放在桌上的手。離席前闞致遠掏出手機，滑了幾下，再將螢幕給女生看，家麒猜他們很可能在選接下來要看的電影。女生點點頭，順手拿起自己的手機跟闞致遠臉貼臉自拍，兩人再離開咖啡店。

當家麒以為他們要到朗豪坊的戲院時，事情卻出乎他的意料——女孩向闞致遠告別，臨行前還牽了牽闞致遠的手，一臉不捨地往手扶梯走過去。闞致遠微笑著揮手，然後往商場的另一邊離開。

「現在才不過六點啊？」家麒瞧瞧手錶，確認時間。女孩接下來有其他約會嗎？還是家教甚嚴，要在門限前回家？家麒心想這假設未免太無稽，一來那花枝招展的女生才不像大家閨秀，二來再嚴厲的父母也不會將門限設在黃昏六點吧。家麒又想，闞致遠沒有送女友到車站，也實在有失風度。總而言之，就是感覺有點怪。

然而不到半個鐘頭後，家麒便明白答案了。

六點半左右，在朗豪坊正門，闞致遠迎接了第二位女伴。這短髮女生看來年約二十六、七歲，相貌不及第一位俏麗但更清秀，打扮舉止端莊，身上穿上一襲素色的連身裙，和闞致遠更合襯。兩人會合後結伴到朗豪坊十三樓一家西式海鮮餐廳用餐，家麒本來想再次在店外監視，但十三樓都是名店和高級餐廳，在店外守候更惹人注目，只好硬著頭皮在他們就坐後進入店內。為了能清楚看到闞致遠他們，家麒在服務生安排入座後故意挑剔，選擇了另一張桌子。服務生感到奇怪但也遵從客人的意思，即使原來的座位更舒適、通風更好。

餐點價格頗高但家麒不在乎——反正可以用公費抵銷——於是他點了一客海鮮義大利

麵。他看到闞致遠和二號女伴點了紅酒，兩人愉快地交談著，從女方的反應看來，她也沒想到闞致遠會帶她吃這檔次的餐廳，臉上泛著紅暈。

「這個才是正宮吧……」家麒心想。先前那個長髮年輕女孩是外遇，而這個穩重得多的女生才是闞致遠的女朋友。看著他們桌上放滿琳瑯滿目的海鮮拼盤、牛排和鵝肝，家麒覺得自己點的義大利麵似乎有點寒酸，不過嘗了一口後，又有點高興可以不用自掏腰包便吃到這種美食。「雖然阿星的時段較輕鬆，但他就沒這種好處。」

闞致遠和女伴有說有笑，桌上的餐點逐漸減少，最後服務生送上作為甜點的巧克力拼盤，那女生似乎有點醉意，用叉子將一片巧克力蛋糕叉起，送到闞致遠嘴邊餵食。闞致遠笑著用口接過甜點，家麒心想兩人餐後不是到男方家裡過夜，就是到朗豪坊的飯店開房間吧。

然而一想到這一點，家麒便頭痛起來。入住飯店後就無法繼續監視，只能守在前台等候對方退房，可是如此一來便不得不向飯店職員表明身分，畢竟一個神秘男人在飯店大廳通宵等候，職員不會不前來「關心」一下。家麒知道，即使飯店員工有責任守秘，也難保百密一疏，被闞致遠知悉自己受警方監視。

九點左右，闞致遠和女伴結帳後離開，家麒只能無奈地跟蹤，祈求他們下一站是筲箕灣丹青樓而不是旁邊的高層飯店。當看到他們走下手扶梯來到一樓，家麒放下心頭大石，因為飯店入口並不在這兒。家麒猜想他們會搭計程車回家，卻看到他們攔下一輛計程車後，只有女生上車，闞致遠向她揮手送別。

明明氣氛如此良好，約會卻戛然終結，家麒如丈八金剛，呆立當場，不過這對他來說是求之不得，不用煩惱監視的問題。闞致遠沿亞皆老街向東面緩步走去，抵達旺角東站。旺角站和旺角東站雖然只相差一字，一個是荃灣線和觀塘線的轉車站，另一個卻屬於東鐵線，兩站並不相連，而旺角東站以前沒有「東」這個字，和另一邊的旺角站同名，一般人極易混淆。旺角東站連接著新世紀廣場，這建築物和朗豪坊規模相近，是旺角最大的兩個購物中心之一。

就在家麒疑惑闞致遠為什麼和女友分別，獨個兒來這邊逛商場時，他看到答案。

「原來是時間管理大師。」

一個穿熱褲低胸裝的辣妹和闞致遠會合，一見面便熱情地擁著對方的臂膀，讓豐滿的胸部抵著他的手腕。這女生個頭很小，年齡難以估計，家麒猜可能是二十二、三歲，但也很可能只是被成熟的體態和舉動所誤導。論長相這個染金髮的女生不及先前的兩人，但性感的身材加上小鳥依人的個性，家麒知道她一定比先前兩人更易得男性歡心。闞致遠和辣妹逛商場，期間那女孩不時大獻殷勤，有意無意地增加肌膚接觸——兩人走進一家甜點店，金髮辣妹便故意坐在闞致遠旁邊，勾著他的手吃台式的牛奶冰。

家麒沒胃口吃甜點，只好在店外監視，他看到闞致遠從外套口袋掏出一個類似信封的東西，交給那女生，對方高興地接過後再更加親暱地貼在闞致遠身上，家麒猜想會不會是演唱會門票之類的禮物。闞致遠一如以往般淡淡地微笑，女孩則旁若無人地依偎在對方的臂彎之中。在店員眼中，他們不過是常見的普通情侶，但家麒卻知道這個辣妹不過是「甜點」，先前分手的分別是「前菜」和「主菜」。

所以他是花花公子啊——家麒想。家麒沒打算用「人渣」來形容對方——畢竟假如闞致遠就是殺人魔，「人渣」並不足以形容這個男人的邪惡——但這種私生活不檢點的傢伙，的確脫不了殺人嫌疑。「情殺」是常見的殺人動機，家麒入職時間不長，但也已處理過兩樁謀殺案，兇手都是死者的情人或前任。

十點半左右，闞致遠和辣妹離開甜點店，兩人繼續逛商場。在搭上一條往上的手扶梯時，女生搶在闞致遠前方，再回頭雙手勾著闞致遠的脖子，利用梯級的高度填補兩人之間的身高差異，熱情地擁吻。家麒沒錯過這一幕，以手機拍下了這情景，可是角度關係沒拍到闞致遠的表情，只見辣妹嘴角含春地凝視著闞致遠，直至到達手扶梯頂部，女生才放手，改回勾手前行。

家麒不相信闞致遠會帶這辣妹回家，如何在愛情賓館監視的煩惱再次冒起。然而快十一點商場接近關門時，闞致遠再度和女生分別。兩人走到計程車站，辣妹在上車前再親了闞致遠一下，並且作手勢示意叫闞致遠打電話給她。接下來闞致遠回到旺角東站，獨個兒搭地鐵回筲箕灣的家。

家麒無法理解目前的狀況，「三劈」的玩咖居然沒有床伴，明明每個女生都感覺親近——甚至有一個熱情得令人側目——根本不用費勁便水到渠成，闞致遠卻選擇孤獨地回家。最令家麒難以理解的是他在列車上看到闞致遠的表情，那是一張落寞的臉，就像剛才和女伴同遊的時光愈愉快，此刻形單隻影就愈失落。

「搞不懂。」

家麒有用手機通知阿星闞致遠離家的狀況，所以阿星早準備好車子隨時接應，結果闞致遠回到丹青樓，於是家麒通知阿星在停車場會合。確認目標回到家裡，透過窗子看到客廳的動靜沒有異樣，家麒便將所見所聞告訴阿星。
「作家有這麼受歡迎嗎？」阿星邊看照片邊笑著說。
「你該問的是『有錢的作家』有沒有這麼受歡迎吧。你沒看過這傢伙的家，似乎收入不錯。」
「寫作能賺這麼多？我以為作家都要勒緊褲頭生活。」
「這傢伙應該是金字塔頂端的其中一人。」家麒將話題拉回來，「你看，這會不會是情殺案？例如闞致遠是個劈腿魔人，像暴君要後宮中的每一個女友臣服，可是其中一個忍受不住出軌，結果情夫和女生都被慘殺肢解，而且男的更被弄成像名畫般的怪異姿勢……」
「不對啦，時間對不上，那男的死了十年以上，而女的只有幾個月。」
「那說不定是另一個女友的外遇對象？暗中殺掉情敵，女友便回來了。女死者則是另一個女友。」
「那也有可能……但搞不好你先前說的也對，只是弄錯了一點。」
「弄錯了一點？」
「誰保證他只殺了兩個人？也許十年前已將背叛自己的情人幹掉，而後來的女死者的外遇對象也一樣被殺了，只是屍體還沒有被發現。」阿星聳聳肩。
家麒為之語塞。看到家麒的樣子，阿星笑了笑，再說：「我只是隨便說說而已，不管他殺了多少人，還得先處理手頭上的兩個，能檢控的證據也只有他們。照片中的這三個女生似乎仍對闞致遠著迷，假如出軌引發的妒恨是這案子的殺人動機，她們大概不會成為目標吧。」

這晚家麒久久不能成眠，一直在思考闞致遠這幾天不尋常的行動。雖然可以用「怪癖」作為解答，但家麒總覺得這只是懶於思考、敷衍了事的結論。

翌日家麒接班，跟阿星確認過沒有陌生人進入過丹青樓，闞致遠家也沒有訪客，於是繼續監視。三點過去，闞致遠沒有到停車場開車，四點過去，他也沒有外出搭地鐵。正當家麒以為這天可以休息一下，在停車場待到阿星回來，六點半闞致遠關掉家裡的電燈，離開丹青樓。

一如昨天，闞致遠到地鐵站乘車，家麒再度尾隨，而這次的目的地是銅鑼灣。在繁囂的地鐵站東大堂裡闞致遠等候了一會，接過電話後往F出口方向走過去，向便利商店前人群中的某人揮手示意。家麒看到和闞致遠相約的是一位大約二十歲、相貌裝束都有點平凡的女生，鼻梁上的圓形眼鏡更讓她帶點書呆子的氣息，本來他以為這是闞致遠「後宮佳麗」之一，但兩人碰面後沒有親暱動作，只是並肩而行，家麒便想說不定這只是普通朋友，可能是認識的讀者或工作上的夥伴之類。

兩人沿著軒尼斯道走到登龍街，像是沒想好到哪兒吃飯，最後走到一家日式料理店的門前排隊，家麒記得那是銅鑼灣頗具名氣的餐廳之一。雖然候座的食客不多，家麒可以跟服務員拿號碼牌加入等候行列，但他不想太接近目標人物，然而假如等待他們就座後再排隊，也不一定能在店裡找到他們，最後決定乾脆留在大街，等待他們用完餐離開再跟蹤。沒能觀察兩人的互動固然遺憾，但衡量過風險，家麒知道這是最佳選擇。

八點多闞致遠和女伴離開餐廳，書呆子女生像是對這頓晚餐十分滿意，離開時還特意用手機替店外的招牌拍照。兩人之後到時代廣場外蹓躂一會，再在地鐵站入口分別。家麒已經預想到闞致遠接下來另有女伴，而十五分鐘後他確認自己沒猜錯，對方在崇光百貨門口和另一個女生相會。這個女生外表看起來也是大約二十歲，打扮時髦，黃色背心外披上一件黑色短袖外套，寬鬆長褲上方稍稍露出小蠻腰，感覺上青春性感；誇張的耳環和短髮配襯得特別亮眼，瓜子臉加上明眸皓齒更是讓路上不少男性回頭打量。

這女生和闞致遠打招呼後，兩人便挽手往駱克道走過去。家麒覺得這女生有點似曾相識，不過他很清楚自己從沒見過對方，畢竟他是個擅長認人的刑警——他猜想這股似曾相識的感覺很可能是來自昨晚那三個女生，這個短髮女孩在舉手投足之間，既有點「一號女友」的清爽，又帶點「三號女友」的熱情。

兩人在街上逛了好一會後，走到一家以燉蛋和燉奶聞名的甜點店外候座，由於能夠透過玻璃觀看到店內的環境，家麒便乾脆站在對街監視。半個鐘頭後兩人吃完甜點，再光顧過附近還沒關門的一些服飾店、小吃店，然後回到軒尼詩道。家麒猜兩人就此分手，卻想不到他們走到電車站，乘上一輛往筲箕灣的電車。無可奈何之下，家麒只好壓下帽簷不讓他人看到他的眼睛，硬著頭皮跟上車。闞致遠和女伴牽著手坐到上層車頭的座位，家麒便留在車尾，觀察著兩人。

在電車上，那女生挨在闞致遠的肩頭上，兩人喁喁細語，像是聊著情侶間的私密事，家麒則盤算著接下來的行動，思考著這個女生會不會是闞致遠最親密的女伴，掌握了更多個人情報，還是只是今晚闞致遠忽然有興致，想找女友過夜。

然而家麒再一次計算落空。

兩人在筲箕灣電車站下車後，沒有前往丹青樓，反而走到地鐵站入口，兩人在入口處分別，女生進站前和闞致遠擁抱了一下，而之後闞致遠便獨個兒歸家。站在遠處的家麒抓破頭也想不到原因，不管是否有意過夜，既然兩人已經來到男方住所樓下，上樓喝杯咖啡談談心十分自然，反正時間還沒到十一點，距離尾班列車還有一大段時間。

「或者那女生住柴灣，反正順路，就先陪男友坐電車，再在筲箕灣搭地鐵回去。」阿星來接班時，看過照片和聽過情況後如此說道。

「嗯⋯⋯的確有可能，但他們在電車上依偎的樣子，很難想像到沒有下文。」

「明天是星期一，可能要上班上學吧？」

家麒想了想，這也不無可能。可是這樣的話，就解釋不了為什麼昨天週六晚闞致遠沒有讓三人中的其中一人陪伴過夜。

第二天家麒回到停車場接班後，猜度闞致遠今天會不會再約會，結果三點多對方到停車場，再開車到灣仔日善街，回復兩天前的行徑。翌日的星期二也是如此，家麒開始思考，說不定那個「開車寫稿」的假設是正確的，週一至五是上班日，闞致遠便有規律地到日善街構思作品或寫文章，然後開車兜風，而週六週日則和女生約會。阿星甚至提出「闞致遠是性無能」的可能性，所以只和女朋友們逛街吃飯了事。

可是星期三出現變化，闞致遠沒有開車，五點多離家往地鐵站。

這天闞致遠來到尖沙咀，家麒從對方的衣著猜想是約會，結果的確沒猜錯，只是他沒猜到這次的約會對象——雖然打扮比較樸素，但家麒認得是週日晚的「第五號女友」。這回對方沒有穿露臍裝，也沒有誇張的耳環，而是有點普通的連身裙配上牛仔布外套。兩人先在海濱長廊散步，再到尖沙咀中心一家法國菜館用餐，家麒這次亦跟進餐廳裡，監視兩人活動。八點左右兩人結帳離開，家麒猜闞致遠很可能又有下一場約會，結果卻大跌眼鏡，兩人牽著手再在街上漫步，然後光顧了諾士佛臺一家小酒吧，坐在門口露天的座位上喝酒。

差不多十一點，兩人離開酒吧往彌敦道方向走過去。家麒無法預計他們接下來的去向和行動，是要分手呢？還是一起到闞致遠的家呢？說不定是到愛情賓館過夜？該不會是續攤再喝吧？女生似乎有點醉意，動作比先前大膽，走路時將身體緊靠著闞致遠，等候過馬路時更正面環抱著對方，讓頭枕在對方的肩膀上。

兩人走進地鐵站，在月台上擁抱著，家麒便猜想二人準備分別，因為他們沒有靠近月台兩邊，反而在中間相擁，代表了兩人分別乘搭上行和下行的列車。而就在他們仍牽著手說著話時，家麒看到一個意外的人物從剛進站的列車車廂上走出來。

週六晚那個穿熱褲低胸裝的辣妹。

今晚她沒有穿熱褲，但裙子也一樣短得露出雙腿的大部分肌膚，而她甫下車便和闞致遠對上眼。

家麒料想接著便會上演爭風吃醋的戲碼，就算不是大打出手的女子擂台，肯定也會是撕破臉的修羅場。可是辣妹只揚一揚眉，嘴角帶笑，稍稍向闞致遠點點頭便繼續走，然後和月台上另一個有點年紀的男士揮手，熱情地勾著對方的手臂。闞致遠也沒有露出特別的表情，只是在目睹辣妹的瞬間略微愣了愣，再微笑著揚揚手打招呼。仍然和闞致遠牽手的女生有看到這一幕，但表情沒有什麼變化，只繼續和闞致遠卿卿我我。

「我真笨！就是這回事啊。」家麒在心裡暗罵。

家麒終於察覺到這些女生並不是闞致遠的女朋友——不，的確是女朋友，不過只是兼職女友。兼職女友是一門遊走於灰色地帶的特殊行業，女生透過社交平台招客，收取報酬陪客人約會逛街吃飯，有些更明碼實價，列出牽手、擁抱、親吻各服務的價錢，而當然更有不少女生提供性服務，和援交、私鐘[10]、賣淫一樣，只是名字不同。大部分從事這職業的女生認為「妓女」或「援交妹」不能和「兼職女友」相提並論，因為兼職女友會從約會開始和客人接觸，有權挑選客人，老的醜的胖的不選，帥哥或看對眼的就可能變成砲友甚至戀人。她們主張兼職女友只是網上交友的一種延伸，只是附帶金錢利益的一種交友活動而已。

家麒回想起數天前見過的細節，漸漸釐清一些當時沒理解的行為和反應——例如第一名女生不是和闞致遠從手機選擇看哪部電影，而是確認網上銀行的轉帳；又像是辣妹收到的信封，裡面才不是什麼演唱會門票，而是一張張大額紙鈔。如此一來，闞致遠沒跟那些女生過夜就十分合理，因為兼職女友不一定願意上床，也有一些想先約會一、兩次，變成「熟客」才將客人升級成「入幕之賓」。

不過這樣子的話，家麒理解到今晚約會的女生很可能是被闞致遠看上了，相隔三天便再付費約會，大概就是為了盡早和對方熟稔起來。那一晚的電車之旅也能支持這一論點，闞致遠可能要求女生多陪自己一會，所以女方便送他回家。

闞致遠在下一班往荃灣的列車駛至時和女生分開，對方揮手向闞致遠道別，泛紅的臉帶著溫婉的微笑，家麒猜闞致遠大概下一回就會和對方共度春宵。然而就在這一刻，女生

10 香港從事兼職賣淫的女性的別稱，類似台灣的「外送茶」。

用右手撥一下頭髮，露出耳朵，家麒感到電流通過全身，整個人打了一個冷顫。

他知道那股似曾相識的感覺從何而來。

雖然整體長相並不相似，但輪廓、嘴唇和耳朵十分相近——眼前的女生就像那個標本瓶中的女孩。

在不足三秒間，家麒腦海裡浮現符合目前一切狀況的答案。

失蹤人口組一直沒查出女受害者的真實身分，沒有親人通報，代表了她是孤兒，或是來自破碎的家庭，換言之很可能是獨居、沒有朋友和同事的女生，可是她相貌娟好，在這個城市中要自力謀生，從事兼職女友就是一個選擇。相對地由於她沒有親朋、沒有正職，人間蒸發後自然也沒引起迴響，搞不好租住的劏房[11]業主會以為她因為欠租逃跑了，這種人正好是殺人魔的最佳獵物。

兼職女友很容易被熟客摸清底蘊，假如客人心存歹念，要設計謀害女生並不困難。闞致遠就是利用這方法下手，而他經常到日善街守候，大概就是在物色獵物——摩利臣山有兩間中學、一間專上學院，家麒估計那是他除了利用兼職女友之外另一個找尋下手目標的途徑，甚至是在調查某個已經約會過的兼職女友，看看她的日常生活如何、有沒有相熟同學之類，準備在事後如何收尾，評估風險。

而眼前這個女生，和被殺的女孩有相似的氣質。

她很可能就是闞致遠的下一個獵物。

「請勿靠近車門……」月台上警告車門即將關上的廣播音響起，家麒從沉思中醒過來，並且知道眼前必須下一個重大決定。

——才不用猶豫啊！

家麒跑了起來，在車門關上的一剎那閃身進入往荃灣的列車車廂之內，幾乎被車門夾到。車廂裡的乘客沒有在意，畢竟在香港這個節奏急促的城市，在車門關上前衝上車的乘客無日無之，大家已見怪不怪。

家麒瞄向左方，看到那個女生坐在一排座位的最右邊，正在垂頭滑手機。

家麒知道，比起監視闞致遠，找出這個潛在的受害者的身分更重要。

因為她會是讓犯人露出破綻的關鍵。

11 「劏」在粵語有剖開之意，「劏房」即指將原住宅單位分割成數個更小的房間，以供多人居住，面積往往只有三坪或更小。

逝者的告白・II

我不知道寫這些東西有沒有意義，但既然開了頭，就不妨多寫一點吧。

反正人生本來就沒有什麼意義，對不對？

我小時候從來沒參透這一點，一直相信那些「人生意義」的鬼話，像是「天生我才必有用」、「天將降大任於斯人也必先苦其心志勞其筋骨」那些八股廢話，為自己的不幸找藉口。

根本是放屁。

這些根本是上位者欺騙下位者的謊言吧？牲畜的天賦使命就是用自己的血肉餵飽獵食者，假如我是農場主人，我大概會和豬群雞群說，牠們的「豬生意義」、「雞生意義」就是好好養肥自己，然後變成我們餐桌上的美味大餐。

多麼的混帳！

因為人生沒有意義，所以這不是遺書，也不是遺言，就只是我一時興起，想寫一下這些無意義的廢話。

我們這個世界就是遵行弱肉強食的法則。弱者的意義就是被強者支配、剝削。

不過我很清楚強者和弱者的定義不是絕對的。像我這樣的弱者，也擁有偽裝成強者的時刻。

即使短暫，我也嘗過踐踏他人、從高處睥睨他人的滋味。

那是甜美的、令人上癮的滋味。

而讓我初次品嘗這美味的，便是阿遠。

那時候我們仍然是中一生，就在我沉迷讀那些令我眼界大開的小說的時候。

「這本我看完了。」午休時，我將阿遠借我的《少女復仇記》還給他。「不太合我的口味。」

「哦？松本清張很受歡迎啊。」阿遠接過書，邊用叉子捲起義大利麵邊說。當時我們在校園一角吃著從附近一家茶餐廳買來的便當。

「故事算有趣啦，只是不夠血腥獵奇。最好像上次你借我的《獄門島》那種，把屍體弄得古靈精怪的，或者像《奪命十角館》那種大開殺戒，無處可逃的……」

「柏宸你就是偏愛這種。」阿遠哈哈大笑。「我剛看完《本陣殺人事件》，課後回家借你吧。作者就是《獄門島》的橫溝。」

「太好了！」

「話說回來，你不用特意帶書回校啊，回家再還我不是更方便嗎？」

「啊……我小休時會看書消磨時間嘛。」

那其實只有一半真實，我將小說帶回校，是故意讓同班同學看到我在讀他們看不懂的小說，炫耀一下自己比他們有頭腦。事實上這有點用，我就聽過兩個女同學竊竊私語，說我其貌不揚，成績又不特別好，沒想到是個會閱讀的男生。在她們眼中，流行小說就和純文學沒分別，兩百頁以上的文字書就是初中生不會有興趣的文學巨著。

當天課後我從阿遠手上拿到《本陣殺人事件》，晚上就迫不及待讀完了。為了重溫內容，翌日我將書帶回學校，偷空多讀幾遍。

「老師找我，今天我不陪你吃午飯了。」午休時，阿遠來到我的課室對我說。據說學校推薦阿遠代表中一生參加什麼聯校的交流活動，大概因為他成績最好，談吐得體，可以用來充當學校的門面吧。這天老師找他開會，所以我要一個人吃午餐。

買了三明治和汽水，我就待在平日我和阿遠習慣用餐的地點，邊吃邊看書。三明治很簡單就被我消滅了，可是後來有幾個二年級的學姊來到附近，吱吱喳喳地聊天，妨礙我讀書——平日她們偶然會來，不過通常我也會跟阿遠在打屁說廢話，不覺得她們刺耳，這天靜下來看書才發現她們聲量頗大。我只好合上小說，找另一個既清靜光線又充足的位置，繼續投入那個雪地中亂刀砍殺的密室殺人之謎。

「哦？『大粒癦』？好久不見，我還以為你轉校了嘛？」

因為差不多經過了半年，我完全失去危機感，忘掉大飛這個惡霸的存在，更忘記了阿遠每天帶我吃午飯的地點是有特別用意的。

大飛的手下二話不說便把我架住，然後大飛的拳頭就落在我的肚子上，差點讓我把剛吃下去的午餐吐出來。他們四個人將我錢包裡僅有的三十塊搶走，再輪流用我的身體練拳。

「嘿？這是什麼？小鬼扮大人看什麼書？」大飛的手下之一撿起我掉在地上的小說。

「別碰！還給我！」我緊張地大嚷。拿我當沙袋不要緊，但那是阿遠珍惜的書本啊。

「『別碰』？嘿，我偏要碰。」那個叫阿三的跟班拈著封面一角，將小說搧在我臉上。

「『大粒癦』，你不懂校規嗎？不可以帶和上課無關的物品回校啊。」大飛接過小說，訕笑著用力拍打我的頭頂。「我就好心替你處置它，讓你好好記得遵守校規的重要性。」

「不要！」

我的呼喊沒能制止大飛的動作，他用力將小說分成兩半，再一口氣撕掉數十頁，天女散花似的將破碎的紙片散落地上。

我忘了他們當時是怎麼離開的，只記得我哭喪著臉，跪在地上努力地將書頁一一撿回來，嘗試將它們塞進七零八落的兩截書皮當中。之前被大飛打多少次我都沒哭過，但這次我實在忍不住，直至午休完結的鈴聲響起，我才好不容易擦乾眼淚，整理好儀容回到課室。

而我手上仍緊抓著那本體無完膚的小說。

課後我沒有和阿遠一起回家，只著緊地跑到附近的書店，想找一本新的《本陣殺人事件》賠給他。可是書店都沒有賣，我鼓起勇氣問店員，對方卻說他們沒賣台版書，建議我到銅鑼灣或旺角找。我沒去過那些書店——之前到銅鑼灣逛街都是阿遠帶我去——心裡七上八下，不曉得該不該如實告訴阿遠，希望他不會發怒。

他應該不會發怒吧？

結果我錯了。

晚上他在他家門接過那本殘缺的小說時，臉上露出詫異的神色，再深深皺起眉頭，狠狠地瞪著我。我害怕得結結巴巴地說明大飛做了什麼，努力賠罪，並且保證拿到零用錢便會到旺角的書店買一本新的賠給他，他卻沒有回應，只留下一句話，再關上家門。

「你回去吧。」

接下來的幾天，阿遠都沒有在午休時找我吃飯，我只能孤零零地吃便當，課後也不見他的蹤影。

我猜他一定討厭我了，畢竟明明他已告訴過我大飛一黨的行蹤，我卻大意地跑到他們的必經路線上。

然而一週後的星期五，阿遠卻在課後來到我的課室外攔住我。

「跟我來。」他命令道。

我想他是要跟我說絕交吧，或是要打我一頓出氣。後者比較好，假如被他打幾拳他便消氣，我很樂意受一點皮肉之苦。

我不想失去這個好朋友。

「來，換上這件衣服。」我們來到二樓梯間一個暗角，阿遠從背包取出一件綠色T恤，遞給我。

「什麼？」

「還有鞋子，這雙你應該合穿，鞋頭鑲了鋼板，本來是工業用的安全鞋。」他給我遞上一雙沉甸甸的皮鞋。

「等等，這是什麼啊？」

「戰鬥用的裝備啦！快一點，不然那些傢伙就跑了。」

「那些傢伙？」

「大飛和他的手下啊！我們去復仇。」

我嚇了一大跳。

「我們兩個人不夠他們打啊？」

阿遠掏出一個附噴嘴的塑膠瓶子，半透明的瓶子裡裝著一些紅色的液體。

「這是我特製的辣椒水，用的是比指天椒辣上幾倍的泰國鳥眼椒，先發制人的話，他們只有捱打的份。」

「可是就算我們突襲成功，明天他們就會搜捕我們啊！而且你是優異生，萬一被記過……」

「所以我要你換衣服嘛。」

我低頭瞧了瞧，才發現那件T恤原來是阿公岩福利會中學的體育服。阿中是鄰區的一間Band 5學校，校譽比銘中更差，據說有五成畢業生會成為古惑仔，可說是黑道的培訓中心。

「還有這個泳鏡和口罩，戴上它們就不怕被辣椒水嗆到，外面再戴一個頭套，對方便認不出我們。這幾天我都在調查大飛的行蹤，確認什麼時段什麼地點不會有第三者在場，今天不動手就要多等一個禮拜啦。」

阿遠早準備好一切。本來我不會願意冒這種險，但因為發現阿遠沒有討厭我，心裡的喜悅就讓我變得大膽起來。我聽指示換上衣物和鞋子，並且戴上黑色頭套，看到阿遠和我一樣一副去搶銀行的怪模樣，不由得笑了出來。

「書包放這兒，我們行動後再回來拿……等等，你要將校服穿回去啊。」

阿遠指了指我放在一旁的白襯衫。

「我們不是假扮阿中的不良學生嗎？」

「是，所以只將體育衫穿在裡面，外面要穿回我們的校服。」

我不理解阿遠的意思，但也照著辦。

我們從梯間暗角竄出，跨過圍欄，來到學校後方的一個小斜坡上。斜坡下是一條通往市區的小路，平日很少人經過。

「來了，」阿遠指了指小路的一邊，「行動期間千萬不要說話，我做什麼你跟著做就好。」

我點點頭。阿遠率先滑下斜坡，大飛和三個手下沒想到有人突然殺出，一時愣住，而就在他們還沒來得及反應時，阿遠已朝他們臉上猛噴辣椒水，他們紛紛掩著眼睛，邊咳邊倒地。

「咳——我的眼——我的眼——咳——」

即使隔著面罩和口罩，我也聞到辣椒水刺激的氣味，實在無法想像到被它噴中眼睛會有多痛。阿遠二話不說就往地上的大飛身體猛踹，我見狀也不甘後人，加入用力踢向那些手下，尤其是那個拿書搧我的阿三。

「別、別打……咳……」

阿遠動起手來完全沒有保留，每一腳都落在大飛頭上，我只見對方抱著頭、蜷縮著身體，盡力保護自己。我也有趁勢踢了大飛幾下，只是論氣勢論力度都不如阿遠——阿遠大概看到對方抱著頭，再無法踢中臉孔後，便狠狠朝大飛胯下踹了幾腳，大飛只能改為掩著下半身，痛苦地在地上滾動。

不到一分鐘，他們四人已遍體鱗傷，鼻青臉腫，阿遠就打手勢示意撤退。我跟著他從另一條無人的路線回到學校梯間，喘著氣地脫下面罩，為剛才的復仇行動感到興奮。

而那是我第一次看到阿遠的那個表情。

阿遠一向冷靜，表情從來都沒有大變化，但那時候他雙目放光，臉上掛著我沒見過的燦爛笑容，和我一樣喘著大氣。

所以阿遠的基因裡也有這種瘋狂的因子——當時我這樣想。

我猜我們內心深處都有這種獸性。只要在某個時機，這種原始的獸性便會無視理性枷鎖，迸發出來。

阿遠高興地拍了拍我的肩膀，像是稱讚我做得好，我只能回報一個靦腆的微笑。

我們那時候就像普通的中學一年級小鬼，露出發自內心的笑容——只是讓我發笑的理由，大概和這個年齡應有的經歷不太相符。

我將裝備一一脫下歸還，差點忘了還有那件穿在裡面的綠色T恤。我們接下來便回家，讓阿遠將東西藏好。

「阿遠，對不起，那本書……」我看到書桌上那本破爛的《本陣殺人事件》。

「不要緊。書本事小，再買就可以了。我該早一點教訓那混蛋，這樣子你便不用受難。」

那個週末我們去了旺角遊玩，阿遠帶我光顧樓上書店，我還挑了幾本死人特別多的小說。週一回校我就擔心起來，一來怕事情敗露，被老師抓去訓話，二來怕大飛知道我們是犯人，會來對付我們。

結果一整個禮拜都平安無事，回到往日阿遠跟我吃午餐的平常日程。

再一個星期後，我們便聽到消息了。

大飛和手下在附近跟阿公岩福利會中學的一群不良學生打鬥，全部人被抓到警局。據說大飛他們早幾天在人家學校外面找碴，毆打了幾個低年級學生，結果不良學長出頭，最後上演全武行。

這時候我才理解阿遠要我將那件體育服穿在裡面的用意——聽聞大飛一口咬定是阿中的傢伙先伏擊他們，指對方還故意穿上我們銘中的校服，假扮是同校學生動手，卻不知道他遇襲前有瞄到那兩個犯人校服內穿上了阿中的綠色體育服。而且阿中的不良分子常常穿工業安全鞋，方便打架時造成更大傷害，這兩點都令他確認犯人身分。

我沒有跟阿遠提起這件事，因為熟讀推理小說的我們都知道，胡亂提起案件只會給第三者無意間聽到，走漏風聲。我們都假裝那是大飛和阿中的混混們的糾紛，當成旁觀者一樣去欣賞事件。

我清楚記得大飛在地上抱頭的狼狽樣子。支配他人的滋味實在是無與倫比，直至今天我還是會因為想起那一幕而感到痛快。

殘虐弱者的確是一件愉快的事。不管什麼道德教訓，什麼秩序法律，強者就是能夠享受這種快感的群族。

世上每個人都會將鋤強扶弱掛在嘴邊，說那是正道，但人類天生就是追求成為強者的物種，我們只會從剝削弱者身上獲得快感。

這大概才是人生的意義，最原始的意義吧。

第四章

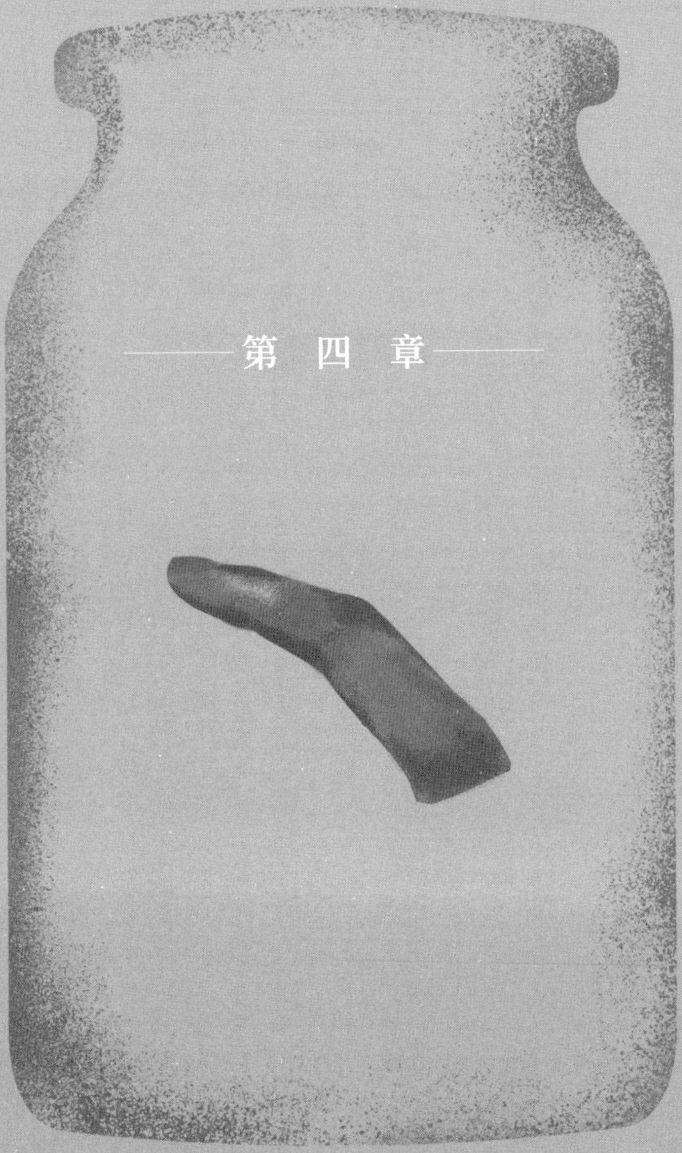

璦瑩看看手機，時間是黃昏六點五十五分，距離約定時間還有五分鐘。雖然她十分鐘前已抵達尖沙咀站，但她只待在月台的座位上，靜待約會時間到臨。她不想被客人誤會她很渴望見面，除非對對方有好感，否則她只會讓自己早一分鐘抵達。她知道有些同行會故意遲到，使用「飢餓行銷」的手法令急色的客人更願意花錢在自己身上，但她覺得「做生意」還是得講究一些像守時的基本禮儀。

璦瑩今年二十歲，從事兼職女友已有一年多。她不是那些好高騖遠、貪榮慕利的女人，人家利用這工作賺快錢、買名牌，她卻是不得不以身體作本錢來謀生。

璦瑩已經很久沒跟父母聯絡。她父親因為健康問題失業，母親為了照顧丈夫和璦瑩的弟弟也沒有工作，一家只靠政府的綜援金[12]維生，住在公共屋邨。連同父親的殘疾津貼，綜援金額算是抵得上日常開支，可是璦瑩在家一向備受冷落。

她的父母重男輕女，只願意將錢花在比璦瑩小七歲的弟弟身上。

「女兒就是賠本貨，他日嫁出去，哪會拿錢回家孝敬父母？」這是母親常掛在嘴邊的話。

由於弟弟自幼獲得栽培，課業成績不錯，相反璦瑩初中時已因為受父母輕視，青春期變得十分反叛，雙親對她就更看不順眼。高中時期她經常逃學，中六[13]那年才察覺到唯有在文憑試[14]取得高分數、入讀大學才可以徹底自立，擺脫家庭；可是為時已晚，她臨急抱佛腳只能在考試拿個不上不下的成績。父母對這結果冷嘲熱諷，璦瑩在和他們大吵一架後便離家出走，決心跟家人斷絕關係。

雖然進不了大學，璦瑩卻成功拿到專業文憑學院的入學資格，報讀為期兩年的廣告及媒體高級文憑課程，畢業後更可以選擇繼續進修，報考本地或外國大學的學士學位銜接課程。她決心要為自己的人生作打算，闖出一條屬於自己的活路。

不過，志氣再高，還是改變不了她不名一文的現實。

學院有提供資助計畫，璦瑩申請了學費貸款，兩年加起來六萬多港幣的學費算是解決了，可是除了畢業後要背負這筆巨債外，她還要兼顧在學時期的日常開支，最後把心一橫，選擇當兼職女友，以最短時間賺最大額的金錢。

璦瑩想得很清楚，她知道這生意並不長久，收入會隨著年齡下跌，二十七、八歲很可能已經被當成破銅爛鐵，喊不到好價錢，要拚就只有趁自己仍然青春貌美、身材窈窕、皮膚吹彈得破的這段時期。她不介意跟男人上床——她討厭那些找藉口說「賣笑不賣身」比較高尚的偽君子——因為她知道只有這樣做才能保障她數年後的生活。在這個金錢掛帥的社會裡，笑貧不笑娼，她寧願將來衣食無憂地在豪宅裡流淚悔不當初，也不願意蝸居五十呎劏房過朝八晚十一的貧苦打工生涯。

看到時間差不多，璦瑩從座位站起，隨著擁擠的人潮步上手扶梯，往出口前進。剛出閘她便瞧見那個正在等待的客人，她連忙換上工作用的表情，表現得像期待約會的女友模樣，一邊揮手一邊急步走近對方。

12 香港社會福利中的一項入息補助計畫。
13 香港的中學教育以六年學制為主，初中及高中各三年，「中六」即為高中三年級。
14 香港中學文憑考試（英語：Hong Kong Diploma of Secondary Education Examination，縮寫為 HKDSE 或稱 HKDSE Examination），慣稱「文憑試」或「DSE」，是香港自二〇一二年開始的六年制中學公開畢業考試。

「不好意思，來了很久嗎？」瑷瑩以親切的語氣問題。

「不，剛到而已。我們先去吃飯？泰國菜合口味嗎？」

「嗯，你選的我都ＯＫ。」

瑷瑩話畢便緊緊抱住對方的手臂，對方也理所當然地牽她的手，就像情侶般向出口走過去。

對瑷瑩來說，這只是工作，毫無私情。比起其他同業，她幾乎不挑客，猥瑣好色的中年漢、只懂自說自話的宅男、大汗淋漓的胖子，她都樂意提供服務。她唯一的堅持是不會在第一次約會便上床，這是她說服自己當「兼職女友」的條件，彼此先「交往」過，才可以有更進一步的肉體關係。

今天的客人叫大衛——她當然知道這是假名，就連聯絡用的ＩＧ帳號也一定是另外開的——已經不是第一次碰面，她早有心理準備這晚會上賓館。事實上，昨晚他們才同在尖沙咀約會過，在地鐵站裡她還裝出一副依依不捨的樣子，跟對方擁抱了好幾分鐘，知道男人受不了這種誘惑，必定會盡快再「光顧」自己。只是她沒想到這太有效果，對方回家途中已發訊息過來再約，瑷瑩剛好這一晚沒有客人，就乾脆答應。

不賺白不賺嘛——她想。

瑷瑩覺得大衛看起來滿斯文的，不過她看出那副眼鏡只是裝飾用，手臂摸上去還滿有肌肉，這反而讓她有點抗拒。她一向不喜歡那些強壯的顧客，他們好像為了表現雄性力量，硬要自己在床上配合奇怪的姿勢，搞得她死去活來——這才沒有半分讚美的意思，她就曾經因為這原因扭傷過，被迫停工休息了一個禮拜。瑷瑩從來不對性事感到飢渴，她和很多女生一樣，只祈求有一個關心她的男性，願意傾聽她的心事，能讓她感到受保護。當然她也明白工作就是工作，理想歸理想，現實歸現實，目前賺錢比一切重要，尋找靈魂伴侶留待他日再說。

「怕不怕辣？這道咖哩蟹滿辣的，不過十分美味。」在彌敦道的泰國菜館裡，大衛指著菜單上的圖片問。

「還可以，你喜歡的話點就好了，我想看到你吃得滋味的樣子。」瑷瑩努力扮演著體貼的女友角色。

這頓飯瑷瑩吃得很滿足，兼職女友這職業的其中一大好處，就是不用為晚餐煩惱，而且往往能吃到名貴的菜色。她想起以前一家吃著寒酸的晚餐，父母故意將僅有的肉都夾給弟弟，自己只能吃菜汁拌白飯。她不想再回到那種非人生活了。

「我們接下來到哪兒？逛街還是喝酒？」九點多兩人離開餐館，瑷瑩便牽著大衛的手問道。

「我在馬可孛羅訂了房間。」大衛邊說邊從口袋掏出門卡。馬可孛羅是尖沙咀的一家五星級飯店。

「咦，這麼早……」

「早點上房間就好，反正我跟妳訂了 overnight。」大衛淺笑一下。兼職女友按時間收費，overnight 就是過夜的意思，價格較高。

瑷瑩沒有異議，只是心裡叫苦，她看大衛那體格，猜想不知道自己今晚能睡多少個鐘頭，翌日早上的課又能不能逃掉，好讓自己補眠一下。她唯一慶幸的是對方是個闊客，比起廉價賓館，高級飯店的衛浴來得乾淨，床褥也較舒適。

二人來到馬可孛羅飯店，大衛在電梯按下十六樓的按鈕，電梯門徐徐關上。瑷瑩以為大衛會在無人的電梯裡上下其手，可是大衛還是很守規矩地只牽著她的手，沒有露出半點下流相。瑷瑩有點摸不清這男人的心思，好歹她工作上見過形形色色的男人，這種忽冷忽熱的卻沒見過幾個。

「一六〇三……這兒。」大衛牽著瑷瑩來到房間門前，用門卡輕掃，門鎖應聲打開。他示意讓瑷瑩先進，瑷瑩看到房間裡亮著了電燈，不由得猜想對方是不是要給自己一個驚喜，例如在床上放上九十九枝玫瑰，或是準備了香檳或蛋糕之類。她曾遇過這種火山孝子，只是通常她會從對方的舉止談吐預見到，早一步察覺對方動了真心。

「咦……？」踏進房間裡，看到裡面的情景，瑷瑩卻只能愣住，感到一陣寒慄。

房間裡還有其他人。

「咔嗒。」身後傳來門鎖上鎖的聲音，瑷瑩緊張地回頭，只見「大衛」扭上門鎖。

「你——你們——」

「警察。」從窗前步近的男人舉起了委任證，放在瑷瑩臉前。「我是港島總區重案組許友一督察。」

房間裡還有一男一女分別坐在木椅和沙發上，胸前同樣別著證件，瑷瑩回頭再向大衛望過去，他也從口袋掏出證件，在對方眼前揚了揚。

「我……我不知道，我只是跟他上來……」瑷瑩臉色慘白，心想這回被抓個正著。「大衛」昨天已有付費約會，今天上來飯店，肯定對方已掌握了所有證據，能夠證明自己進行不道德買賣。

「譚璦瑩小姐，請妳不用緊張，我們找妳並不是因為妳從事兼職女友這件事。」許友一淡淡地說，璦瑩卻差點昏過去。她從來沒有在ＩＧ上報過真實姓名，顧客們只知道她叫「Cindy」而已。

「譚小姐，香港沒有禁止個人以性服務換取金錢的法例，只要妳不是被皮條客操控，我們警方也不能拿妳怎樣。」「大衛」邊說邊按住璦瑩的肩膀，推她走向房間中央。

「阿星，讓位子給她坐。」許友一對坐在沙發上的阿星說，再向「大衛」下指示。「家麒，給譚小姐斟一杯水……還有，除下那副可笑的眼鏡吧。」

坐在單人沙發裡，被表情肅穆的三男一女圍著，璦瑩喝光了水杯的水，仍對目前環境感到害怕。

「譚小姐，我們可以高調找妳協助調查，但妳不想職業被家人或同學知道吧，加上事態緊急，我們便用這方法來跟妳接觸。」坐在床緣的許友一向璦瑩說。

家麒猜想璦瑩現在仍無法理解情況。那天家麒看到她和闞致遠在尖沙咀站的月台分手，臨時起意改為跟蹤女方，在車上偷偷接近，瞄到她在滑手機的ＩＧ頁面，默默記下她用來招客的帳號。他一直跟蹤對方，直到對方在青衣站下車，轉乘巴士到專業文憑學院的宿舍才止步。利用ＩＧ帳號的登記電話號碼和宿舍宿生資料，小惠不用一天便查出這女生的身分，接下來家麒便開設名為「大衛」的ＩＧ帳戶，找上璦瑩，連續兩天光顧。選擇飯店房間進行調查的目的有二，一是為了掩人耳目，二是要讓璦瑩有種逃不掉的錯覺，以為跟許友一合作是唯一的出路。

「我們要調查的不是譚小姐妳，而是這個人。」許友一看到瑷瑩仍一副茫然的表情，從小惠手上接過一台平板電腦，向對方展示闞致遠的照片。

「……安迪？」瑷瑩這時候才回過神來。

「這傢伙居然用筆下角色的名字！」阿星笑道。許友一也記得無明志作品中有「霍安迪」這人物。

「他跟妳說他叫安迪嗎？」許友一問。

瑷瑩緊張地點點頭。

「妳跟他約會過多少次？」

「只、只有兩次……」

家麒和許友一對望一下，心想那兩次約會他們都知曉了。

「妳知道多少這個人的事情？」許友一接著問。

「不多……因為只見過他兩次……他說他在出版社工作，但我不知道公司名字，甚至不知道那是不是真的……」

「你們約會時有什麼話題？」

「沒什麼特別的，像喜歡什麼電影、吃過哪間餐廳之類……」

瑷瑩這時候才發現，「安迪」和其他顧客很不一樣。不談自己事情的男人，往往都是醉翁之意不在酒，約會目的只是為了上床；相反不急色的男人，約會時總會大吐苦水，談工作或生活上的煩惱。安迪兩次約會都沒有觸及性愛話題，可是同時鮮少提起自己的生活——相反地，他老是有意無意間問及瑷瑩的隱私，像在學還是就職、和家人的關係、從事兼職女友的原因等等。

璦瑩將她想到的這些異常情況說出來，眾人臉色一沉，讓璦瑩再度惶恐，擔憂自己說錯話。

「他、他還有問我什麼時候紋身，」璦瑩捲起衣袖，露出左手腕內側一個小小的心形紋身，「有些客……男人不喜歡女友有紋身，但他反過來對紋身很有興趣的樣子，又說這是個人的自由。」

事實上，璦瑩對安迪滿有好感，這男人可說是最理想的顧客——花錢闊綽，說話不多，不用提供性服務，約會期間也表現紳士，從來沒有借機偷親亂摸。而且安迪相貌端正，雖然不是帥哥，但穩重的談吐很有魅力，即使年齡有點差距，這種成熟男士也是值得交往的對象。假如對方提出包養自己，璦瑩想說不定她會答應。

璦瑩不知道許友一聽到紋身這件事後，腦海裡冒出多糟糕的聯想。許友一認為對闞致遠來說，這女生是最理想的獵物——和家人關係疏離，失蹤也不會引起注意，從事兼職女友，能輕易讓對方跟隨自己到陌生的環境。雖然有紋身不代表對方行為不檢點，但既然從事這種職業，身上又有紋身，可以估計是那種不甘於平凡的女生，這種特立獨行的女性選擇避世失聯的個案比比皆是，即使朋友察覺有異，通報警方，失蹤人口組也不會重視。

許友一想到，闞致遠問那些問題時，不知道是否已經思考著如何肢解璦瑩，將哪個部位放進哪種尺寸的標本瓶。到底闞致遠是想好好欣賞那個心形紋身，希望將手腕切下來放進一個細長的瓶子，還是考慮到紋身有可能讓他人認出死者身分，打算將紋身的皮膚先削掉再作固定呢？許友一凝視著璦瑩的手腕，不禁進入了兇手的思考空間。

經過一輪仔細的盤問，許友一明白到無法從璦瑩身上得到更多關於闞致遠的有用情報，於是進入正題，提出計畫中的要求。

「譚小姐，警方希望妳能和我們合作，協助從這個男人口中套取口供。」許友一說。

「怎、怎麼協助？」璦瑩仍然像驚弓之鳥，說話時來回瞧向眾人。

「我們預計這男人還會主動約妳見面，到時候請妳按照我們的指示，問及一些話題。我們會先擬定好內容，並且全程監視，通過耳機提示妳，妳的任務十分簡單。」

璦瑩怔了一怔，止住了內心的顫抖，默默地咬了咬嘴唇，臉帶慍色地問：「你……你們要利用我告發他人？」

「是搜集證據，那個男人——」

「我、我不幹！」璦瑩緊緊皺眉，搶白道：「你們要我幫忙侵犯人權，安插罪名？我才不會做這種事！我出賣身體再骯髒，也不及你們用這些旁門左道去監控人民的秘密警察污穢！」

「等等，譚小姐，我們……」

「『法律面前，人人平等』？我呸，你們官字兩個口，怎麼說都能找到理由吧？我不管你們要幹什麼傷天害理的事，總之別奢想我會助紂為虐！」

璦瑩一輪機關槍似的質問，一反她之前戰戰兢兢的神態。許友一受到這些沒來由的指責，倒沒有動氣駁斥對方，因為他深明這個時代警民之間已失去信任，自己硬起來只會事倍功半，得不償失。上級官員不用直接接觸民眾，凡事都可以照本宣科，按「大道理」而行，講求效率，主張以強硬手段去平息社會對警方的怨氣，但身處第一線的許友一清楚了解偵查工作只能建立在大眾對警察的信任之上，而這份信任其實十分脆弱。人與人之間的信任本來就是這樣一回事，需要時間一點一滴慢慢累積，然而十年甚至數十年的信任，可以因為一件小事而產生裂痕，一夕之間徹底粉碎。

許友一伸手擋住正打算跟璦瑩開罵的家麒，示意對方別衝動，再按動平板，打開一張照片，放到璦瑩面前。

那是女死者的臉部拼圖。

「譚小姐，妳有見過這位女性嗎？」許友一沉住氣，以平穩的聲線問道。

璦瑩沒料到對方會祭出這樣的一張圖片，皺著眉搖搖頭。

「我們負責的，是上個月發生的筲箕灣碎屍案，亦即是坊間稱為『隱青屠夫』的案件。」

「咦？」

「雖然大眾以及媒體都認為那個自殺的宅男就是兇手，但我們不會放過調查任何一個細節，以免共犯甚至真兇逍遙法外。」許友一收回平板，邊說邊在檔案中找尋另一張照片。

「就、就算你這麼說——」

許友一點開編號為A0214的圖片，再度將平板放在璦瑩眼前。

「啊呀！」璦瑩瞧了畫面一眼，頓時驚嚇得往後倒，靠在沙發椅背上，別過視線伸手掩面。許友一點開的照片，是仍在標本瓶裡、浸泡在固定液中的女死者頭顱。

「這位就是受害人之一。」許友一仍舊以相同的語氣說：「警方仍未查出她的身分，只知道她被肢解成十二部分，裝在十一個玻璃瓶裡。」

「你、你是要嚇我……」

「譚小姐，可以的話我都不想讓市民看到這種駭人的證物照片，但請妳仔細看看這位死者，留意她的唇形、臉形和耳朵的形狀及位置。」

璦瑩緩緩地瞧向畫面，以震顫的眼神瞄了數秒，突然雙目的焦點定住，臉色迅速刷白。

「她……她……我……」璦瑩結結巴巴，說不出話來。

「是的，譚小姐，妳和她有部分特徵相似。」許友一點開一份闞致遠的雜誌訪問報導掃描檔，上面有對方的照片。「而妳認識的這位『安迪』先生，是一位小說作家，他筆下的故事中有內容和分屍案的某些情況雷同，而且他更住在案發單位的隔壁，是第一發現者。」

許友一這番話的真實性固然有商榷餘地，例如小說雷同部分沒有定論，闞致遠發現的也只是謝柏宸的自殺案，並沒有發現標本瓶，可是許友一的確沒說謊，更重要的是目前闞致遠是頭號嫌犯。

「我們擔心，妳是兇手的下一個目標。」許友一將這假設放到最後才提出，就是先讓璦瑩自己想出結論。比起第三者說出的事實，人更傾向相信自己推論出來的假設。

璦瑩按捺不住不安，即使塗上了鮮豔的口紅也掩飾不了雙唇缺血發白，雙手抖震。

「譚小姐，」許友一繼續說，「妳可以選擇不插手這事，直接在網路封鎖那個男人，拒絕和他見面，這樣子他可能放棄，轉移至新目標。不過，我處理過的案件中，有些犯人對盯上的獵物十分執著，恐怕對方會另找辦法調查妳的底細，然後再出其不意偷襲，這就更難防範。我明白要妳配合我們，假裝不知情刺探情報不容易，但主動出擊，找到確鑿的證據，讓我們有理由拘捕嫌犯，反而最能保障妳的人身安全。」

瑷瑩沉默不語，像是思考著利害得失。

「譚小姐，或者請妳想想其他女性，以及剛才照片中那位可憐的女孩吧。我們的社會有很多毛病，而且有很多潛藏的惡意，而妳現在是少數有能力讓這些惡意曝光的人。為人為己，我認為答案十分明顯，不過假如妳拒絕協助警方，我也會尊重，畢竟緝拿犯人是我們的責任，而不是妳的。」

「我……我明白了。好吧，我答應你。」沉默了好一會，瑷瑩說道，語氣帶點無奈。

家麒和阿星互瞄一眼，心想隊長這招「以退為進」用得漂亮，倒是許友一其實在說真心話，萬一瑷瑩堅拒合作，他便打算放棄這條線索，繼續跟監，等候闞致遠露出下一個破綻。

許友一和瑷瑩議定了基本的行動計畫，確認了聯絡方法，並且讓小惠和阿星協調準備工夫和裝備。許友一亦指出，警方可以用線人費作為名義，支付報酬，反而瑷瑩拒絕，強調她只是盡公民責任，為了逮捕殺人兇手而願意以身犯險，即使她再缺錢也不想從這合作賺取外快。

「妳每天下課後，會以什麼路線離開學院？」許友一想起家麒的報告，知道闞致遠不時到摩利臣山的專業文憑學院附近停留，形跡可疑。

「會看看當天有沒有預約，有的話便搭巴士或地鐵，沒有的話就直接步行回宿舍……」

「步行回宿舍？從灣仔走到青衣？」

「灣仔？」瑷瑩愣了愣，然後稍稍亮出明白的表情。「我修讀的文憑課程只要在青衣分校上課，不用到灣仔摩利臣山分校的。」

許友一回頭瞧了瞧家麒，家麒亦一臉不解，微微攤手聳肩。許友一回心一想，或許闞致遠只知道璦瑩在專業文憑學院唸書，卻誤會了是在灣仔分校上課，所以才會經常到摩利臣山監視。

談了三個鐘頭，擬定好計畫，許友一便吩咐家麒開車送璦瑩回青衣的宿舍。這一晚許友一調動人手，特意指派了另一下屬代替阿星和家麒監視闞致遠，結果下屬回報目標在家沒外出，許友一便估計闞致遠已看上了璦瑩，所以沒有再約其他兼職女友物色獵物，而是準備接下來的計畫。他猜璦瑩暫時沒有太大危險，畢竟闞致遠知道警方還在調查案件，如果這時候弄出女生失蹤或發現屍體，自己便很容易被盯上；但這段時期正好用來接近目標，掌握對方的一切，將來令這女生人間蒸發，就能減少漣漪，神不知鬼不覺地完成犯罪。

會面後才不過三天，許友一已收到璦瑩聯絡，說闞致遠再次透過ＩＧ約她翌日約會，而且問她能否過夜。

「我請他等一下，待會再回覆，」璦瑩在電話緊張地說，「許督察，我該接受還是拒絕？他會不會是想……想對我……」

許友一沒料到闞致遠要求過夜，心想也許對方按捺不住殺人欲望，已經查出了璦瑩的生活狀況，知道她失蹤不會引起注意，於是決定快刀斬亂麻。考慮到璦瑩的個人安全，許友一應該指示她拒絕闞致遠的要求，畢竟警方只想借她來套話，尋找線索。

可是，這可能是人證物證俱在的黃金機會。

考慮了一陣子，許友一覺得不能錯過這種千載難逢的時機。

「譚小姐，請妳答應他，不過妳要好好聽從我的指示。」許友一一邊回答一邊打開擴音器，並且揚揚手叫同在辦公室的小惠加入聆聽。「我們會按照原來的計畫，利用隱蔽式麥克風和耳機保持聯絡，但會同時給妳一支用來定位的手機，我們會全程跟蹤，你們進賓館後我們會在現場附近戒備。進入房間後妳要想藉口讓他先洗澡，再趁他在浴室時檢查他有沒有藏著可疑物品，例如繩子、藥物或刀具，妳一有發現我們便衝進來。萬一沒有發現，或是覺得情況不對勁，妳就趁對方仍在浴室時逃跑，或是託辭洗澡，將自己反鎖在浴室內，我們會想方法中止你們的交易，讓妳平安離開。」

「什麼方法？」

「警察到賓館突擊檢查是常有的情況，萬一他帶妳回家，我就安排同事上門調查噪音之類，總之有方法保證妳的安全。」

「我……明白了。」

「譚小姐，」小惠插嘴說，「說不定我們在你們晚餐時已套取到足夠的資料，妳便可以找藉口提早中止約會，我們不會讓妳冒險。」

小惠的話讓瑷瑩感到安心一點。瑷瑩認為假如警方判斷沒即時危險便不會打草驚蛇，如此一來，她很可能無法拒絕闞致遠的性要求，即使她的身分是個性工作者，她亦無法容忍和一個企圖謀殺自己的殺人魔發生關係。同為女性的小惠提出保證，讓瑷瑩知道警方也有人能理解她的心情——而這正是許友一特意讓小惠加入對話的原因。

翌日黃昏，各人準備就緒，等待行動開始的一刻。許友一特意從中區的風化案調查人員中抽調兩名部下，臨時加入，以確保計畫順利。

「隊長，家麒報告目標已經離家，並且開車出發前來。」

在位於港島東的太古城停車場內，阿星向同在車內的許友一報告。這輛黑色ＳＵＶ隸屬重案組，每逢有重要行動，許友一都會用它作指揮車，而現在車上就有他、阿星、小惠、調班加入的漢華和邦妮，以及作為誘餌的璦瑩。

「譚小姐，請妳說幾句話。」

「呃……測試，一二三四。」

阿星左手按著耳機，右手豎起拇指，示意收音清晰。剛才小惠替璦瑩別上一枚心形胸針，璦瑩看得再仔細，也沒能看出它藏著麥克風。

「再來是這個無線耳機，妳就將它戴在左邊耳朵，讓頭髮蓋住。」小惠遞上一個和蘋果 AirPods 差不多大小的單邊無線耳機。

「這會不會太明顯了？萬一被對方發現……」璦瑩擔心地問。

「就是明顯才能混過去，妳說是手機的藍牙耳機就行。耳機再小也有可能被看到，假如那種『欲蓋彌彰』的隱藏式耳機被發現，妳反而百口莫辯。」阿星插嘴說。

璦瑩戴上耳機，聽到阿星朝他的麥克風說話的聲音，向他點點頭，然後再接過小惠手上一個紫色的行動電源。

「耳機和麥克風已連結上這個行動電源，它實際上有手機功能，裡面安裝了ＳＩＭ卡，我們會用它來追蹤妳的位置，萬一遇上妳無法用說話求助的緊急狀況，妳就長按旁邊的按鈕三秒，它會傳訊息過來，到時我們就會第一時間插手，讓妳全身而退。」

璦瑩接過那個撲克牌大小的行動電源，把玩了一會，完全看不出異樣，再將它塞進包包。

「附帶一提，這東西真的有充電功能，就算妳放在桌上為手機充電，對方都不會察覺。」阿星笑道。

璦瑩本來還以為她要像電影那樣子，在衣服裡收藏接收器，擔心過萬一擁抱時會被發現，但監聽的科技似乎已發展到一個難以偵測的境地。

許友一簡單地和璦瑩再確認指示，提醒她對話的重點。五個鐘頭前璦瑩已收到許友一撰寫的文件，內容是警方希望獲得的情報──闞致遠對案件的看法、與謝柏宸的關係，以及個人的犯罪傾向。最理想的情況是對方不小心說溜了嘴，將一些只有警方及兇手才知道的細節說出來，假如抓到這些「合理疑點」，警方就有足夠的理由拘捕對方，進行更深入的搜查。

「ＯＫ，行動開始。」

距離約會時間還有五分鐘，璦瑩步行至太古城中心的中庭，等候「安迪」聯絡。她到現在仍不知道闞致遠的名字──許友一沒有告訴她以免她露出馬腳──不過她有私下在網路搜尋過，看到對方在報章的訪談，知道他用上「無明志」這個筆名。她深呼吸一口氣，在心裡告訴自己接下來要扮演女友的角色，盡量忘掉對方可能是個殺人魔的事實。璦瑩很討厭個別顧客，但她每次跟他們約會都能好好掩飾，裝出一副戀愛中的女孩的模樣，所以這回她深信自己也能瞞過對方。

在等候期間，她瞄到中庭另一邊的服飾店櫥窗前，戴上口罩的阿星正低頭滑手機。她故意別過臉望向另一方，以防有人留意到她認識對方。阿星外套胸前有一個小洞，而一個隱蔽式的鏡頭正從洞口拍攝著前方的景物，影像即時傳送到指揮車裡許友一的平板畫面上。

這次行動的部署中，阿星和小惠在現場接近監視，許友一留守指揮車，調班而來的漢華和邦妮同在車上，而指揮車旁則停了另一輛車子，一旦需要跟蹤，漢華和邦妮便會利用那一輛支援。

「報告，目標剛下車，我留守停車場，等候指示。」家麒利用通訊機向許友一報告。

許友一注視著平板上的影像，然後看到璦瑩接電話。

「嗯……我到了，在中庭那個洋娃娃展覽前面……」

耳機傳出璦瑩的聲音。即使許友一不在現場，他仍能掌握一切動態。

兩分鐘後，闞致遠在畫面出現，璦瑩看到他便熱情地挽他的手臂，許友一見狀也不禁佩服起來，心想這個二十歲的女生能克服恐懼，好好飾演女友這個角色。兩人的對話沒有特別，不過許友一第一次聽到闞致遠柔和的語氣。

「我在樓上的上海菜館訂了位子，吃滬菜可以嗎？」闞致遠問。

「嗯，我正想吃小籠包。」璦瑩扮演著善解人意的女友。

二人走到餐廳，阿星跟在他們後面入座，而小惠則留在店外。阿星選擇了一個好位置，能夠清楚地拍到闞致遠和璦瑩的桌子。

「譚小姐，這是測試，假如妳聽到我的話便摸一下鼻子。」許友一按下通話按鈕，隔空對璦瑩說——璦瑩一邊繼續和闞致遠閒聊，一邊假裝鼻子癢，用左手摸了一下。許友一這樣做，除了確認璦瑩的耳機運作正常外，也是為了讓對方知道他們就在旁邊，她的安全受到保障。

闞致遠和璦瑩點了好些美味的菜色，五香牛肉、涼拌黃瓜、小籠包、擔擔麵、炖雞湯、紅燒獅子頭，讓只點了炸醬麵和豆漿的阿星口水直流。阿星想過順道嘗嘗該店有名的小籠包，可是考慮到隊長正在看，就不敢放肆。

「工作忙嗎？」就在服務生奉上雞湯時，璦瑩向闞致遠問道。許友一知道她開始進攻了。

「還可以。」闞致遠言簡意賅，微笑著替「女友」盛湯。

「我看你有點累的樣子，要好好休息。」

「有些工作可不等人，要趕緊完成。」

「能夠 Work From Home 嗎？」疫情後在家工作已是常態，璦瑩知道這問題一點都不突兀。

「可以，只是在家工作也不能偷懶。」

「如果太忙，我不介意到你家附近約會，陪你吃快餐店或茶餐廳。」璦瑩溫婉地笑道。

「哈，好，那一言為定。」

「你家在……筲箕灣，對吧？那次我們一起搭電車，我從來沒試過坐到總站。」

「嗯。」

「筲箕灣的租金高不高？我畢業後假如唸遠距課程，便要考慮住的問題。」

「香港現在哪兒的租金不高？」闞致遠苦笑一下。「不過假如不介意樓齡長，也有一些算便宜的。」

「那我考慮看看，或者到時跟你住得近，可以常常見面。」璦瑩那含羞答答的笑容，幾乎連許友一也能騙倒。

「我不介意開車跟妳約會。」
「啊……不過啊，筲箕灣的治安好嗎？我一個女生獨居……」
「我覺得還好，我那邊也住很久了。」
「可、可是，前一陣子不是發生了什麼很可怕的命案嗎？什麼『隱青屠夫』……」
瑷瑩這句話一離開嘴巴，許友一便立即留意到闞致遠臉色有變。
「那只是個別案件吧。」闞致遠很快回復原來的樣子，淡然地說。
「你知道發生在哪一棟大廈嗎？這樣我會提防一下，以免被經紀騙我租下凶宅。」
「我……」闞致遠面露難色，停頓半刻再說：「我知道。我正是住在那一棟大廈。」
「咦？天啊，太可怕了！位置近嗎？你不會見過那犯人吧？」
闞致遠陷入沉默，低頭不語。
「怎麼了？」
「我想我們還是別談這個吧。」闞致遠抬頭，微微一笑，像為剛才的沉默致歉。
瑷瑩沒想到對方會直接說出終止話題，料想無法苦纏，但耳機傳來許友一的聲音。
「別退，追問下去。」
許友一看到瑷瑩稍稍皺眉，但她瞬即回復原貌，伸手撫摸闞致遠擱在桌上的左手。
「你認識犯人嗎？我很抱歉讓你想起可怕的事……你有什麼事情也可以對我說，將東西老藏在心裡，會憋出病來。」
「他……是我認識多年的鄰居。」
「是朋友？」

「嗯。」

「你不敢相信他會做出那種可怕的事？」

闞致遠沒回答，只露出悲傷的眼神，直瞧著璦瑩。在那一刻，璦瑩差點覺得警方的指控都是子虛烏有，面前的男人才不像殺人魔；可是與此同時，她察覺到這男人的眼神中閃過一絲異常，令他的表情顯得有點不自然，有點造作。

就像是在盤算著什麼的表情。

「我——」

就在闞致遠再開口之際，服務生來到桌旁，送上熱氣騰騰的蒸籠。籠裡有四個美味的小籠包。

闞致遠將左手從璦瑩溫暖的掌心中抽出，向服務生點頭致謝，再對璦瑩說「趁熱吃，但小心燙」。璦瑩無法讓話題繼續，只好暫時撤退，再度裝起嬌羞女友的表情，夾起小籠包，裝模作樣地將它吹涼，並且說要餵「男友」吃。

她不知道的是，遠在停車場的許友一這時在心裡用了多少髒話咒罵那個服務生，偏偏挑這個時候上菜。

在那之後，璦瑩再找不到切入的時機詢問案件的事情。許友一在耳機中提過好些指示，可是要不是璦瑩無法直接發問，就是在提及案情之前已被闞致遠轉到另一話題上，更反過來抓住璦瑩的課業來討論。

「廣告的確很重要，根據我在出版行銷上的經驗，一件商品是否暢銷，本身的品質決定了販賣週期長短，但第一步的行銷定位左右了顧客的第一印象……」

璦瑩有點正在上課的錯覺，但因為她知道「無明志」是個暢銷作家，心想對方的意見搞不好可以當成內容寫進功課內。

「沒辦法了，進行 B 計畫吧。」許友一對璦瑩下指示。

所謂 B 計畫，就是在賓館裡趁闞致遠洗澡時，檢查私人物件。許友一估計，這晚對方動手殺人的機會很微小，大概不可能找到什麼決定性的證物，但璦瑩仍可以檢查對方的衣服和皮夾之類，用手機拍一些照片，再找機會逃跑或藉詞中止交易。

飯後二人離開餐館——阿星在闞致遠向服務生示意結帳前早一步離座——璦瑩便親密地牽著闞致遠的手，挨近他的身旁。

「接下來去哪兒？喝酒？」她問。

「我有開車，留待到飯店才喝，」闞致遠勾著璦瑩的手，「我在珀寧訂了房間。」

許友一不由得暗暗叫苦。珀寧是銅鑼灣的一家四星級飯店，假如他們上愛情賓館，警員很容易干涉，因為那些小賓館的接待人員一向怕警察；可是四星、五星的飯店就不同，職員比較重視住客的隱私，就算願意合作，過程也不會太愉快。

管它的，事後被投訴再說——許友一心想。

兩人沒有立即出發，反而在太古城中心裡閒逛，闞致遠更和璦瑩光顧一家電器店，送了一柄價值二千多塊、能提升肌膚活力、促進膠原蛋白增生的電子美顏器給對方。璦瑩收到禮物自然十分高興，可是她沒有忘掉任務——畢竟她有點擔心，如果計劃不順利、眼前男人真的是殺人魔、這晚對方又心懷不軌的話，這美顏器只會用在她已失去生命力的臉龐上。

差不多十點，闞致遠和瓊瑩前往停車場取車。就在兩人還沒抵達前，許友一已安排好接下來的部署：小惠和家麒同車，尾隨目標，漢華和邦妮則先開車到珀寧守候，阿星就和許友一合流，晚家麒一步出發。

「阿星，我來開車，你留意GPS。」許友一對剛上車的阿星說。阿星坐上副駕駛座，打開平板，地圖顯示著瓊瑩的位置，車子剛開進太古灣道，準備駛上東區走廊。

許友一的耳機傳來音樂聲，知道那是來自闞致遠車內的音響。他對這首英文歌有點印象，但想不起來，而且他根本沒有心情去思考這一點——他只留意著瓊瑩和闞致遠之間的對話。瓊瑩有嘗試再挑起問題，關注闞致遠的交友關係，故意促狹地查問他有多少個女友——許友一曾指女死者可能是「女友」之一——但闞致遠都以玩笑話輕輕帶過。

「目標剛從七號出口下交流道。」家麒利用對講機報告。

車子已抵達銅鑼灣，許友一和阿星的指揮車仍在東區走廊上。許友一預想很快會聽到在飯店等待的漢華報告說目標進入視線範圍，殊不知接下來仍然是家麒的聲音，而且語氣有點緊張。

「目標沒駛進百德新街，繼續沿告士打道前進。重複，目標沒駛進百德新街……」

「隊長，GPS定位報告相同，目標已接近景隆街。」阿星趕緊說。

假如目的地是珀寧，車子該左轉進百德新街。許友一不確定原因，於是按下按鈕，提示瓊瑩。

「車子錯過了路口，快問對方。」

許友一話畢便聽到耳機的音樂聲中傳來瓊瑩的話音。「咦？你是不是走錯路了？」

「我看時間尚早，打算順路兜兜風，看看夜景。」闞致遠如此回答。

許友一和部下們都從耳機聽到闞致遠的答覆，不過他們都不確定這是不是事實。最壞的情況是闞致遠打算將璦瑩帶到荒山野嶺，對她不利，但也有可能如他所言，純粹是趁道路暢通，享受一下載著女伴駕車兜風的樂趣。

「二號車留守原地；一號車跟緊一點。」許友一下令道。

「目標登上堅拿道天橋，重複，堅拿道天橋。」家麒的聲音再度響起。

許友一腦裡飛快運算，思考著闞致遠的目的地——車子駛上堅拿道天橋，假如直走的就很可能是打算經過香港仔隧道往港島南區。南區人煙稀少，跟「荒山野嶺」差不多，許友一心裡不由得冒起不好的預感。

「目標已下橋，從五號出口下橋……」家麒的報告讓許友一精神一振。如此一來闞致遠不像是前往南區，比較像是前往跑馬地馬場一帶，繞一個圈子再到飯店。

「報告，目標轉右往皇后大道東，我們在橋下被紅燈拖延住了，請ＧＰＳ跟進。」

「阿星，報告目標位置。」許友一說。

「大道東伊利沙伯體育館前方路段，西行——」

就在阿星緊盯著畫面，說出定位位置時，眾人耳機中的音樂聲突然止住。

「咦，停車了？」阿星瞧著平板，地圖上的標示仍停留在馬路中心。

「一號車，報告目標位置！」

「視線受巴士阻擋，無法確認，重複，無法確認——」

許友一不禁大力踏下油門，從堅拿道天橋追上去。家麒和阿星還沒察覺事態嚴重，但許友一已知道他們陷入大麻煩。

耳機裡不但沒再傳來音樂聲，就連環境噪音也沒有了。

這並不是闞致遠停車關掉音響，而是儀器出問題，沒再傳來聲音。

「一號車！目標定位顯示於體育館外路段，報告位置！」

「體育館外沒有目標蹤影，重複，沒有目標蹤影——」

「GPS標示仍然在那兒啊！」阿星嚷道。

許友一沒有回答，他知道GPS已無用，地圖上只顯示著儀器失靈前的最後位置。他按下按鈕，嘗試向璦瑩下指示。「情況有變，立即中止行動，盡快找藉口離開！」

然而耳機依然沒傳來聲音，許友一不確定自己的警告有沒有成功傳達。

「一號車，沿大道東繼續前進，經灣仔轉上告士打道往珀寧方向。」許友一下指令。

「收到。」

家麒明白隊長的指示，假如闞致遠真的是兜風，車子便該經過駱克道、軍器廠街駛上告士打道，再回到銅鑼灣。在失去對方行蹤的現在，只能假設車子就在前方，全力追上。

許友一同時致電璦瑩，打算裝作朋友來電，用暗號通知對方情況有變；可是當電話傳來語音信箱的訊息，許友一直覺他們已經朝最壞的方向前進，直奔那個無可挽回的結局。

十五分鐘後，家麒和許友一的車子都已回到銅鑼灣，但路上就是不見闞致遠的白色豐田Camry。在飯店外監視的漢華和邦妮也沒有發現，璦瑩行蹤成謎。

「阿星，你事前沒有檢查過追蹤器嗎？」許友一語氣冷冽地問道。他平日對部下友善，但工作上出包，他就會嚴厲對待。

「有啊！我還檢查過電池，確保已經充滿電……啊……」

「想起什麼了？」看到阿星頓了一頓，許友一追問。

「沒有，我再三檢查過了，假如有問題就是支援科那邊的責任。」

阿星如此回答，心裡其實想到另一件事——他有打開過那個偽裝成行動電源的追蹤器的外殼，看了一眼裡面插ＳＩＭ卡的位置，如今卻不肯定當時有沒有不小心弄鬆了部件。假如ＳＩＭ卡接觸不良，訊號便會斷掉，即使那裝置一旦偵測到ＳＩＭ卡便會自動重啟連線，可是他無法通知璦瑩用力拍打或搖晃一下追蹤器，以外力令鬆掉的零件回到原位。

「隊長，會不會不是珀寧，是柏麗？」為了將功補過，阿星提出想法。銅鑼灣有另一間名字相近的飯店，一樣是四星級。

許友一指示漢華和邦妮繼續在珀寧監視，指揮車就駛往柏麗，希望有新發現。可是當他和阿星到達柏麗，向停車場的職員查問後，便知道過去一個鐘頭之內沒有白色豐田來過。家麒提出調查同區的飯店，可是灣仔及銅鑼灣的飯店旅館多如牛毛，根本不可能逐一搜查。

「等等，說不定ＧＰＳ沒有故障？」小惠通過對講機說道。「他們消失的位置正好有帝誠和峻景兩家飯店啊！」

許友一驚覺這盲點，於是指示家麒和小惠開車到伊利沙伯體育館對面的兩家飯店調查，可是無功而還，兩間飯店的停車場都不見闞致遠的車子。

時間一分一秒流逝，許友一覺得他們就像盲掉的獵犬，在偌大的平原上追著稀薄的氣味，搜尋一頭隱藏起來、叼著兔子的豺狼。他好幾次掙扎著要不要通報總台，讓巡警協助搜索闞致遠的車子，但他猶豫著一旦有軍裝警員發現並截停對方，璦瑩的臥底身分便有可能被闞致遠識破，而在警方無法逮捕闞致遠的日子，瓊瑩就有可能成為對方的報復對象，即使今天能全身而回，難保闞致遠一、兩個月後才出擊，令瓊瑩成為新的受害者。

當然，前提是瓊瑩今晚仍然活著，沒有被殺害。

「啊！」

就在一個鐘頭過去，許友一差不多決定放棄，要求巡警及巡邏車插手時，阿星突然高聲大嚷。

「GPS復活了！」

許友一轉頭瞧過去，看到地圖上的標示落在金鐘，與此同時他的手機響起，來電顯示是瓊瑩的號碼。

「喂！許督察！你們怎麼搞的？」

手機傳來瓊瑩精神奕奕的聲音，許友一頓時如釋重負。他接聽時曾想像過來電者是闞致遠，以為對方會故意來電嘲諷警方無能，指示他們收屍。

「譚小姐，妳現在是一個人？」許友一說畢才發覺自己多此一問，對方會說出「許督察」，就證明闞致遠不在她身邊。

「當然啊！你們——」

「請妳立即到金鐘道的巴士站，那邊人多，妳比較安全。我們現在來接妳。」許友一打斷瓊瑩的話，對方表示明白後就掛線。

在許友一開車往金鐘途中，阿星確認瓊瑩身上的追蹤裝置已再上線，他們的耳機再度收到瓊瑩身邊的環境聲。許友一估計瓊瑩已摘下耳機，而且他亦想不到有什麼話要對她說，所以保持沉默，直到他們駛至金鐘道巴士站，在候車的乘客隊伍旁看到活生生的璦瑩，他才鬆一口氣。

「快上車。」阿星打開車門，緊張兮兮的璦瑩便登上ＳＵＶ。巴士站禁止一般車輛乘客上下車，所以候車的人都不禁多瞧兩眼，心想哪個有錢的混蛋故意違規。

「許督察！這是什麼惡作劇？怎麼和說好的完全不一樣？」璦瑩甫上車便連珠砲發。

「譚小姐，我們實在很抱歉，但妳平安無事就最好了。」許友一答非所問，邊說邊將車子駛往重案組所在的港島總區總部大樓。大樓就在一個街口之外。

「平安無事……？等等，你們不是一直在飯店外戒備的嗎？」璦瑩聞言大吃一驚。

「對不起，一個鐘頭前器材故障，我們在皇后大道東便失去你們的蹤影……」許友一無法再裝出強硬的語氣，只能如實相告。

璦瑩怒目圓瞪，一副難以置信的樣子。

「即是說，假如那傢伙剛才想殺死我，我便沒救？天啊！難怪我老給你們提示，你們卻完全沒有回應！你們這些——」

「譚小姐，這是我們的責任，我明白是我們犯錯了。但我們很希望妳能不計前嫌，給我們說明過去一個鐘頭發生的事情，這些情報對調查有很大幫助……」

璦瑩心想對方臉皮真厚，但她也有很多事情想問清楚，所以只能嘆一口氣，答應許友一的要求。車子駛進總部大樓的停車場，家麒、小惠、漢華和邦妮亦差不多同時抵達，許友一也沒有正式地讓璦瑩到辦公室錄口供，只在停車場打開ＳＵＶ的車門，讓部下們同時聽取這段空白期發生的事情。

「車子進入灣仔皇后大道東後，去了哪兒？」許友一問。

「上了司徒拔道，安迪說那邊能看到山下的夜景，值得一看。」

家麒不禁拍了一下額頭。峻景飯店旁有岔路往山上去，只是當時他們沒想過車子會往那邊跑。

「然後車子去了金鐘？」

「嗯，我問他為什麼繞路來到金鐘，他反過來一臉奇怪，說他就跟我說訂了金鐘的飯店，他以為我問他有沒有走錯路時已知道了。」

許友一回想起路線。假如闞致遠一開始的目的地是金鐘，那他從東區走廊下交流道，會以為瑷瑩問他的是為什麼不繼續走東區走廊，而不是指為什麼他錯過了百德新街的街口。他那句「順路兜風」就更合理，假如目的地是珀寧，到灣仔兜風才不是順路，但從銅鑼灣到金鐘，途經司徒拔道的山路雖然有點遠，但至少是向西前進的方向。

「所以不是珀寧？」

「對啊，他開車到了ＪＰ曼豪。我跟他說這明明是曼豪不是珀寧，他就愣了愣，問我他之前說了什麼。他原來在曼豪訂了房間，嘴巴卻說成八竿子打不著的珀寧！他說本來打算訂珀寧，但珀寧客滿，於是改訂更貴的曼豪了。」

眾人啞言失笑。ＪＰ曼豪是位於金鐘的五星級飯店，而最諷刺的是，它和他們現在所在的警察總部只隔一街之遙，相鄰的警政大樓更有窗戶可以直接看到飯店房間。

「我們先到酒吧喝了兩杯，」瑷瑩繼續說，「前台職員還親自到酒吧接待辦入住手續，給安迪送上門卡，我猜他花了不少錢。我當時故意重複說明房間樓層和號碼，安迪問我怎麼老在唸，我以為露餡了嚇得半死！要是知道你們根本沒有在監聽，我就不用冒險！」

「妳如何找藉口離開？有沒有趁他洗澡時檢查他的隨身物件？」

「所以我就問你們，到底這是什麼惡作劇？為什麼要我經歷相同的事情兩次？」

璦瑩的問題讓許友一感到不解。

「什麼惡作劇？」

「安迪一進房間，關上門，便一臉凝重地跟我說他不是找我上床，只是想找一個私人地方跟我好好談一下。我以為他要對我不利，又無法讓他進浴室而感到慌張，他卻打開手機，給我看了一張照片，然後說出和你們上次說過差不多的話。」

「差不多的話？」

「他說我被筲箕灣碎屍案的真兇盯上了，希望我擔當內應，在約會時刺探情報！這不是惡作劇是什麼？」

許友一和部下們面面相覷，完全沒想過會有這種發展。

「我們談了好一陣子——當時我還以為你們在偷聽，既然沒有指示我便硬著頭皮繼續拖延——他說了一堆話，說那個男人很危險，叮囑我要小心為上，假如我不願意合作，至少不要再答應跟那個男人約會，就怕某一天對方會按捺不住，將我殺死再肢解……我問他是不是知道什麼內幕，他便說雖然沒有實證，但那男人有動機、有條件犯案，而警方只打算草率結案，將罪名全推到自殺的隱青身上，真兇逍遙法外，我的處境就十分危險。後來我拖到不能再拖了，便隨便胡扯一句說他太奇怪了，連約會費都沒收便離開，倒是他沒追上來，只說他之後會再跟我聯絡，請我仔細考慮一下他的話。我回到飯店大廳仍收不到許督察你的指示，便乾脆打電話給你了。」

「對方手機中的那個男人是妳的熟客？」許友一問。

「對啊，」璦瑩打開手機相簿，滑了幾下，「安迪拍的那張照片有點模糊，但我一看就認得是誰了。」

璦瑩將手機遞給許友一，畫面上是一張璦瑩和男人的自拍照，地點似乎是某間夜店。男人看來年約五十，衣著卻和年紀不相稱地新潮時髦，搭在璦瑩肩上的手抓得牢牢的，就像想往下探，滑進璦瑩的低胸裝裡面。

「他是老客戶，平均每個月都會約我兩、三次，不過近來不太頻繁，或許找到新『女友』吧。他說他叫 Jasper，真名我就不知道了。」

許友一對照片中這個笑容帶點邪氣的中年男人有一種奇異的感覺。他沒見過對方，但總覺得有點眼熟，就像在哪兒看過這張臉。

「你們警方確定安迪就是犯人嗎？Jasper 又是怎麼一回事？」

璦瑩的疑問正好和重案組的一眾刑警心裡的問題重疊，而許友一對這個突然冒出來的男人更感到頭痛。

因為他知道萬一鬮致遠說的是事實的話，警方先前在對方身上浪費的時間將會嚴重危害調查。

這給予真兇一段很好的喘息時期，讓他消滅證據，逍遙法外。

而且這更給予他機會擇日再度出擊，製造另一套標本。

小說《（名稱未定）》節錄．2

……

「可是披頭四再厲害，要是約翰和保羅沒有受到海灘男孩的《寵物之聲》啟發，《胡椒軍曹》也不可能面世喔。」

「但我們不能忘記海灘男孩先受到以披頭四為首的英倫搖滾影響，才能突破原來的風格啊，假如沒有『英倫入侵』，他們只會停留在加州風的衝浪搖滾吧？」

阿白從沒料到L能和他聊音樂的話題。兩人喜好不同，但鍾情的年代卻相近，都是上世紀的搖滾。雖然彼此針鋒相對，不時爭論哪支樂隊、哪個音樂人較偉大，但他們心底都慶幸有這樣的一個知音人。

而當L向阿白坦言自己的性別和年齡時，阿白更對她如此熟悉六十年前的美國音樂感到不可思議。

「你這是性別歧視、年齡歧視。」L在訊息中如此吐槽。

「這只是經驗之談。年輕女生要迷流行音樂，就該迷Coldplay、Imagine Dragons、BTS或Mirror。只有大叔才會喜歡海灘男孩和Aerosmith。」

「那是偏見，鍾情古早英倫搖滾的你是大叔嗎？」

阿白的手抖了一下，然後他決定如實相告。

「對啊，我就是個大叔。我說過我是個家裡蹲吧，我沒說的是，我已經二十年沒有外出了。」

L一時沒有回應。阿白並不以長年繭居為恥，但他擔心對方就和一般人一樣，會因此對自己心存芥蒂，尤其他已踏入中年。

他在乎L對他的看法。

「其實啊，我也想當個家裡蹲。要是我有方法足不出戶也能養活自己，我就徹底地躲在家裡，這輩子永遠不到外面。外面的世界只會勾起痛苦的回憶。」

L的回覆讓阿白有點意外。由於交流日久，L偶有談及生活瑣事，阿白已經知道L不是沉迷線上世界的宅女，在遊戲以外是個獨立外向的女生。他以為L對人生充滿熱情，沒料到她也會說出這種消極的話。

不過阿白能夠體會L的感受。

人唯有獨處的時候，才能做回自己。這個世界就是充滿虛偽，為了適應群體生活，人們不得不掛上假面孔，表現出合群的姿態。假如有人遭遇過痛苦的經歷，生無可戀，人們卻只會丟出一堆狗屁倒灶的理由，嚷著「自殺解決不了問題」、「痛苦會隨著時間消散」之類，意圖強加自己的思想到他人身上。

即使明明傷痕還沒有癒合，為了在社會生活便要假裝復原，明明內心如刀割般疼痛，卻要在人前裝堅強。阿白好想往那些勸告「自殺解決不了問題」的傢伙臉上揍幾拳——人就是為了解決問題而生存嗎？人是電腦程式嗎？

所以讓我躲在貝殼裡吧——阿白內心如此吶喊著。

「假如連自己的生死也無法掌控，人不過是奴隸。」阿白有感而發。

「你有沒有想過自己會如何告別這個世界？」

「不知道，但假如有一天我想走了，大概用燒炭吧，乾手淨腳，而且聽說不太痛苦。」

阿白頓了一頓，繼續發訊息道：「當然我暫時還沒這個打算，既然我能夠渾噩地當個家裡蹲，那就不妨再多當一段時間。」

「那就好，我不想你死。我很自私，我不想失去一個談得來的好朋友。」

縱然是冰冷的文字，阿白卻從螢幕上感到溫度。

阿白和L漸漸成為知心好友，無論有沒有登入遊戲，他們都習慣每天透過網路談話，有時可能只是互道一句早午晚安。他們都覺得有這樣一位沒碰過面但親近的朋友，填補了內心的某個空隙。

然而某天，一個小錯誤改變了二人的關係。

「18y 156cm 47kg
純約／一小時／$300
午餐／一小時／$500
晚餐／兩小時／$1000
RM／見面另議
Overnight 免問」

阿白正漫無目的地瀏覽著串流電影平台時，突然收到L的訊息。他先對內容有點疑惑，後來再想了想，便明白發生什麼事。他沒有回覆L，只繼續看有什麼新電影上線，十分鐘後，來自L的訊息視窗再度亮起。

「對不起，傳錯了。」

「嗯。」阿白只淡然地回答了一個字。

L沒有再回應，保持沉默。

「上次你提過的那部韓劇好像拍了電影版續篇，不知道沒看劇集版可不可以直接看。」

阿白看到L沒反應，主動挑起話題。

「你不在意嗎？」良久，L回應。

「在意什麼？」

「我傳錯的訊息。你不知道那是什麼嗎？」

「我知道那是什麼意思。」

雖然阿白足不出戶，但對外面世界的認識才不淺，網路世界充斥著各色各樣最新的資訊，甚至是平常人鮮少能接觸到的。他很清楚那是兼職女友的價目表，除了年齡、身高和體重的個人資料外，「純約」就是指純粹逛街、唱K、看電影等一般約會的收費，「RM」是房間 Room 的縮寫，意指性交易。

「你鄙視我嗎？」L問。

「我身為一個繭居的社會棄子，還怎可能鄙視他人？」阿白打上一個吐舌頭的顏文字。

「可是其他人都只當我是下賤的妓女。」

「管別人怎麼想。為了在這個垃圾社會生活，人不得不委曲求存，大眾以為女性出賣肉體是賺快錢，卻不知道這工作背後的重擔。出賣色相是世上最古老的職業，說明了這是人性的根源問題，但現代人還是要以道德角度去控訴賺皮肉錢的女性，這就是最徹底的偽善！」

L沉默下來沒有回應，阿白便繼續寫出他的心底話。

「我認識你久了，清楚知道沒能讓你發揮所長，令你從事這種吃力不討好的工作，出問題的是這個像糞坑的世界，而不是在你身上。現實是一團團由惡意、歧視和自私組成的黏糊糊化合物，踐踏弱者就是讓自己顯得崇高的捷徑！崇尚加害者、怪責被害者的歪理就是這世道的金科玉律！媽的，我愈說愈氣了。」

「你不覺得我骯髒嗎？」

「那些滿嘴仁義道德、卻仗著財力權勢壓榨他人的混蛋才骯髒。」阿白覺得自己好像說得太過了，稍作停頓筆鋒一轉，再幽默地在訊息輸入欄寫上：「話說我有時一週才洗一次澡，論骯髒你遠遠及不上我。」

阿白不知道L此刻對著手機默默流淚，慶幸自己交了這個素未謀面的摯友。

那天之後，L比先前更健談，還願意和阿白談及被客人騷擾或粗暴對待的苦況，阿白亦樂意擔當L的心靈支柱，聆聽L的煩惱，和她一起找情緒出口。L對阿白最感激的是他從來沒有改變過對自己的態度，她覺得阿白是世上唯一一個可以完整地接納她、尊重她的人。

然後某天，L按捺不住，向阿白提出了這個訊息。

「我們可以見見面嗎？」

阿白瞧著文字，不由得緊握了冒汗的手心。

他不曉得如何回答對方。

他緊緊捏住自己的貝殼，猶豫著該不該躲進去。

……

第五章

「這個 Jasper 是誰？」

盯著白板上那張譚璦瑩送過來的照片，將腿擱在辦公室裡另一張椅子上的許友一暗想。

經過一整天的討論，許友一和部下們都無法得到結論。昨晚的行動可以說是失敗透頂，但無可否認同時對調查有著莫大的幫助，家麒認為應該繼續監視闞致遠，許友一卻指示部下回家休息，重新制定調查方向。畢竟過去兩個禮拜他們都沒有休假，尤其是阿星和家麒兩人，每天跟監超過十二個鐘頭，許友一猜他們精神上已達臨界點，在緊繃的情緒下根本不能作出客觀的推理。

不過許友一自己卻沒有鬆懈，在部下們離開後，仍獨個兒留在辦公室裡，思考案情。

迄今的調查都是以闞致遠為真兇或共犯的角度展開，而理據是對方表現出有事隱瞞的樣子、著作和案情有相似的內容、可疑的交際活動，以及許友一身為刑警的直覺。然而昨晚闞致遠對譚璦瑩的要求卻透露出另一個可能性——對方的確有所隱瞞，但他的異常行為是為了蒐證，就和警方一樣。

最重要的是，闞致遠似乎知道這個「Jasper」是誰，並且認為對方才是殺人分屍的真兇，是令謝柏宸揹黑鍋的幕後黑手。原來的「人格分裂」假說已經變得不切實際，闞致遠有可能將「另一個自我」當成第三者，但譚璦瑩能夠證明 Jasper 這個神秘人的存在，那闞致遠追查的就不可能是自己。

許友一察覺自己過於聚焦於單一想法。無明志的作品之中，有像《死亡神父》以殺人魔為主人翁的小說，但也有《掃地偵探事件簿》這種本格推理故事，而許友一因為前者一直認為闞致遠有犯罪傾向，卻忽略了後者是以偵探作為敘事角度去拆解謎團。就像筆下人物，偵探小說作者自命不凡，認為警察無能，唯有自己才能破案——假如闞致遠有這想法，就能解釋很多不合理的狀況。

——我問他是不是知道什麼內幕，他便說雖然沒有實證，但那男人有動機、有條件犯案……

譚璦瑩的這句話最教許友一在意。警方在調查這個案子時，只在意如何查出死者的身分以及謝柏宸和他們的關係，「動機」在連續殺人魔的案件中從來不占重要的位置，因為心理異常而犯案的兇手才不需要動機。可是闞致遠不但指出 Jasper 有條件涉案，更指出他有犯案目的。許友一反覆思考，到底自己忽視了什麼？殘酷的分屍案背後到底有什麼動機？

「隊長，還沒下班嗎？」漢華走進辦公室，看到許友一仍在，於是問道。

「嗯。老蘭那邊如何？」許友一回過頭問道。

「解決得七七八八[15]了，只有兩宗還沒抓到犯人，被害的女生醉得不省人事，連如何醉倒都忘得一乾二淨，根本無從入手。」漢華搖搖頭，再有感而發地說：「不過最近夜店的客人減少，應該是前一陣子那波『報復性消費』熱潮已過，搞不好往後幾個月會變得蕭條，我看接下來分區重案已有足夠人手，不需要我們協助了。」

「那就好。你辦好一點，我寫推薦也能輕鬆一點。」

「謝謝隊長。」

15 粵語中指「差不多」的意思。

處事穩重的漢華職級是警長，比家麒和阿星他們高級，這也是許友一讓他處理中區性侵案的原因。漢華很快會接受升級評核，直屬上司許友一的報告會是重要參考資料。

「這個 Jasper 的身分還沒查出來嗎？」漢華指了指白板上的照片。他昨晚也在場，雖然不是完全了解調查細節，但至少知道這個神秘的中年漢是嫌疑人之一。

「註冊ＩＧ帳號要用電話號碼認證，明天便會拿到吧。」許友一心不在焉地回答。譚璦瑩有將 Jasper 的ＩＧ帳號名稱一併給予警方，可是那個帳戶沒有貼過任何照片，就連自我簡介都只填上了「Jasper」一個字，甚至沒有追蹤和被追蹤，整個頁面缺乏有用的個人資訊。

看來就是專門用作跟兼職女友交易的分身帳號。

許友一有要求譚璦瑩再次幫忙，主動聯絡對方，讓警方查清這個 Jasper 的底細；可是譚璦瑩斷然拒絕，一來她從來沒有主動聯絡客人，二來她不願意「再」讓自己孤立無援地置身可能被殺的險境，三來她對警方全然失去信心，不想再蹚渾水。不過她答允了許友一，說假如 Jasper 聯絡她，她便會通知重案組。

所以如今許友一只能自行調查 Jasper 的身分。

「這名字有夠巧合的。」漢華盯著照片下方用紅色麥克筆寫上的「Jasper」。

「巧合？」

「Jasper，Ja–s–per，唸出來就像將『謝柏宸』這名字的後兩個字對調位置。」

許友一沒想過這點，但他搖搖頭，笑道：「就算 Ja 唸起來像『謝』，後面的發音也相差太多吧。你不是想說這傢伙不但讓謝柏宸當替死鬼，還拿他的名字弄個諧音，準備萬一事跡敗露也能混淆警方的調查吧？」

「我就是想這是巧合而已，假如這傢伙是真兇，改這樣的一個名字也不見得有什麼好處哩。」漢華聳聳肩。

「明天便一清二楚了。」

雖然許友一以為確認這個 Jasper 的身分不過是例行公事，結果翌日卻收到壞消息。

「那個號碼是空號。」負責跟進的小惠說。

「怎可能？」家麒問。「註冊時要用簡訊認證啊？」

「那是預付卡號碼，而且登入不用再認證，卡主沒有充值，號碼便作廢了。那個 IG 帳號在三年前註冊，當時還沒實行實名制啊。」

二〇二三年初香港政府才實施預付卡實名登記制度，在那之前誰都可以在便利商店或深水埗的路邊攤買一堆預付卡，追查不到身分。

「看來不只是分身帳號，更是免洗帳號，可以隨時丟棄。」阿星說。

「不如再直接抓闞致遠回來問個清楚？」家麒瞄了白板上寫著「闞致遠／無明志」旁邊的照片。

「這傢伙知情不報，不合作就找個罪狀治理他。」

「行不通，我不認為他會屈服，而且你看我們上次盤問他，露底牌的反而是我們。」許友一搖頭嘆道。

「釣魚挖這個 Jasper 出來如何？」阿星提議。

「我可以作餌。」小惠自動請纓。

「不，小惠妳沒有臥底經驗，更何況我不認為妳有姿色吸引這傢伙現身。」家麒插嘴說，小惠聞言不由得白他一眼。

「我也不想讓小惠冒險，假如這個 Jasper 是真兇，臥底女探員要冒的風險太大。還有其他手段的話，我就不想用這個容易出岔子的方法。」許友一擺擺手，穩住家麒和小惠之間的火藥味。

「那還有什麼手段？」小惠問。

「可以用餌，但不用亮相。」許友一敲了面前的手機一下。「我們也弄一個假帳號，就像兼職女友那樣子貼一些遮著部分臉孔的性感照，然後發訊息給 Jasper 引誘他。他沒反應便開第二個、第三個帳號，反正現在社交平台上老是有這種垃圾訊息，只要他看上其中一個，我們就能和他約見面。對方在約定地點現身，我們便有方法找出他的身分。」

「可是我們從哪兒找性感照？我不怕從網路上盜用他人的照片引起法律問題，就怕目標會發現是陷阱。」小惠問。

「這個要問問熟識科技的阿星能不能辦到了。」許友一指了指阿星。

「我？」

「現在不只有 Deepfake 將女明星的臉孔移花接木到成人片女演員上，還有 AI 製圖吧。有沒有可能弄一些虛構的、像兼職女友用來招客的照片？」

「啊！」阿星恍然大悟，摸了一下下巴再回答道：「的確能夠辦到。我和支援科談談，給我兩天。」

兩天後，阿星向各人展示成果，那些照片幾可亂真，長相甜美的少女搔首弄姿，穿上性感的衣裝向不存在的鏡頭擺出誘人姿勢。

「我們特意將五官弄得跟譚璦瑩和女死者相似，我猜目標人物對這類型的女生情有獨鍾。」阿星笑道。

阿星註冊好一個新的ＩＧ帳號，自稱 Gigi，個人簡介裡填上「19歲天秤座大學生」和幾個花稍的顏文字，然後貼了十數張以心形或笑臉圖案遮蓋部分五官的照片，並且加上「＃ＰＴＧＦ」、「＃ＰＴＧＦ香港」等標籤，再寫上「新入行，請各位哥哥好好寵愛，多多指教」。

為免跟照片的張貼時間太近引起懷疑，阿星隔天才向 Jasper 寄出「誘餌」訊息，事實上一天之內「Gigi」這帳號已收到三十多封搭訕和問價的來信，獲十多個陌生人追蹤。阿星猜說不定不用發信，Jasper 數天後也會自投羅網，但由於許友一命令著緊處理，他不敢不從，畢竟幾天前追蹤器故障一事已讓自己在上司心目中留下壞印象。

「十九歲大學生，想認識新朋友。」訊息內容十分簡單，但附上一張更性感的照片，阿星預計對方看到後，總會好奇點一下傳訊者的頁面，然後就有上鉤的可能。許友一和阿星已制定好數個後備方案，如果對方無視訊息便以其他方法引誘對方答話，但發展比想像中順利，阿星發信當晚就收到 Jasper 回信。

「有沒有興趣週末賺點錢？」

阿星模仿女生的語氣，跟 Jasper 約好週六下午兩點碰面。對方直接提議上賓館及問價，阿星故意裝彆扭，說想熟一點才發展親密關係，Jasper 的回應雖然有點不悅，但仍同意要求。阿星這樣做是為了方便調查，雖然在賓館房間來個「甕中捉鱉」相對地簡單，但許友一指示的是暗中調查，比起臨時取消約會，在賓館放鴿子更容易令對方察覺苗頭不對，而且由於「Gigi」根本不存在，約會當天亦不可能和對方在賓館房間見面；引誘目標在公眾場合指定地點現身，警方便有多種方法調查，既可以跟蹤監視，亦可以找藉口搜索逃跑中的黑幫人物，直接檢查身分證——約定的碰面地點在尖沙咀美麗華廣場，鄰接夜店林立的諾士佛臺，黑道插手部分店子乃人所共知，警方不時巡邏掃蕩。

為了防止露餡，即使和Jasper約好，阿星仍繼續在IG貼AI生成的圖片，因為估計Jasper仍會留意Gigi這帳號。阿星對持續冒出的陌生搭訕訊息感到啼笑皆非，數天下來來信已達三位數，他不禁聯想到譚璦瑩入息有多豐厚，心想難怪不少女生願意「下海」。他向許友一報告時提及這一點，笑稱這種「地下經濟」搞不好是疫後消費市場復甦的一根支柱，許友一卻只慨嘆這現象折射出來的現實。

這個城市太多孤寂的人了——許友一這樣想。兼職女友不是單純賣身，更是演一場戲，假裝客人和自己是情侶，提供的不只是生理上的滿足，還有心靈上的慰藉。兼職女友比一般賣淫更興盛，只說明了這個城市的人想解決的不只是性需要，更是為了排解寂寞；然而兼職女友不過是一種角色扮演，是鏡花水月，戲一演完雙方不過是陌路人，孤獨的人依舊孤獨。

「A組沒看到目標，Over。」

週六下午，許友一和下屬來到尖沙咀美麗華廣場一期，準備找出Jasper的身分。這商場的入口開揚，而且正對著挑高三層的中庭，許友一身處稱為「L1」的二樓，倚著欄杆居高臨下地俯瞰整個入口範圍；阿星和小惠假扮情侶，站在玻璃門外的金巴利道留意著進入商場的單身男性，而家麒和臨時徵調的漢華則在中庭蹓躂，裝作等候友人。各人以無線耳機聯絡，通報狀況，行動前阿星亦將用來和 Jasper 傳訊的手機交給上司，由許友一親自應付。

手錶分針指向「12」，眾人抖擻精神，緊盯著每個方位。週六下午商場遊客駱驛不絕，不過幸好還不至於人頭湧湧，許友一仍然能清楚看到每個進入商場的人的樣子。阿星、家麒和漢華都報告說沒有發現，他們早已將 Jasper 的外表和身高烙進腦海，即使對方戴上口罩，他們也能判斷對方是否吻合。

「疑似目標出現，綠色 Polo 衫，白色口罩，側門進入，三點鐘方向。」漢華說。

許友一聞言立即往漢華所指的位置看過去，的確有一名中等身材的中年男人走近，不過那男人沒在入口範圍停留，直接搭手扶梯往地庫商場，許友一更看到對方和一個牽著小孩的婦人相會，似乎是跟妻子和孩子——或孫子——約好。

「綠色 Polo 衫無可疑，重複，無可疑，繼續留意。」許友一下命令。

叮。

就在許友一剛對下屬說完，手機傳來新訊息的通知。

「妳到了嗎？」

Jasper 傳來這樣的一句。

「各單位注意，目標可能已接近。」許友一指示道，一邊朝下方入口觀察，一邊瞄向手機螢幕。

「我到了，你穿什麼衣服？」許友一在手機輸入。訊息立即標示為已讀，但相隔近一分鐘，Jasper 仍沒有回覆。

「你在哪兒？」許友一追問。

「妳是不是戴淺藍色帽子、穿白色連身裙，站在F字頭那家店的櫥窗旁？」

許友一看到這問題，立即轉頭向下一瞧，發現有一個穿白色裙子、戴貝雷帽的女生就站在那個位置。他趕緊望向通道兩側，看到家麒和漢華仍在，然而附近卻不見有和 Jasper 外表吻合的男人。就在他準備向家麒和漢華下令留意接近那女生的男人時，兩名和那女生年齡相若的女性走近，熱情地揮手打招呼，女生一臉高興地迎上前去。

在這瞬間，許友一赫然覺得不對勁。在入口附近能夠看到那女生的人，不會逃過家麒和漢華的視線範圍，但他們都沒有發現；另外，Jasper 在形容那女生的衣著時，先強調了帽子，而不是衣服。

許友一猛然抬頭，瞧向平行的方位。

對方跟自己一樣，站在上層俯覽著——許友一緊張地張望，同時疑惑著為什麼對方會知道這是陷阱。

就在這念頭閃過的一瞬間，他看到了。

那個男人站在比自己還要高一層的欄杆旁，朝下而望，對方的樣子和譚璦瑩的照片一模一樣，而且當他看到那戴帽子的女生和朋友會合時，許友一目睹他眉頭一皺，再往後退離開。

「發現目標！」許友一邊開跑邊朝麥克風嚷道：「黑色外套、藍色襯衫，位置在L2往二期的天橋旁！A組立即從二期包抄，其餘留守原位！」

美麗華廣場一期三樓有一條橫跨金巴利道、連接二期商場的天橋，而 Jasper 剛剛就是在靠近那邊的欄杆往下俯視。許友一預計最壞情況已發生，行動曝光，可是既然已看到對方身影，先直接抓人就好。他推開擋在手扶梯前、行動緩慢的遊客，三步併成兩步衝上三樓，嘗試在人群中找出 Jasper，然而他通過天橋直奔對面，和從外趕至的阿星和小惠在二期商場裡碰頭，才發現彼此都沒看到目標人物。

「啊！」許友一狠狠拍一下額頭。因為 Jasper 剛在身處三樓天橋旁，許友一就直覺對方是從那邊逃跑，這時候他才想到美麗華廣場一期三樓還有一個通往諾士佛臺的出入口，對方說不定是從那邊離開。許友一之後嘗試再傳訊給 Jasper，可是對方不但沒有回覆，還直接封鎖掉帳號。

「該死的！」回到辦公室，家麒氣忿地踹了椅子一腳。「到底哪兒露出馬腳了？是那個姓譚的婊子告訴對方嗎？」

「別管哪兒走漏風聲，現在重要的是想方法補救吧。」漢華說道。除了許友一外，家麒在 B 隊裡最敬重漢華，對方一說，自己也不得不收斂脾氣。

「不如再試試從譚璦瑩那邊入手？」阿星說。「比起闞致遠，我想她較容易說服吧。」

「那的確是目前最合理的手段……」許友一抓了張椅子，脫下外套，無力地坐下。「小惠，妳有什麼想法？小惠？」

小惠心不在焉，沒有留意上司的問題，自顧自地在翻看案頭的文件。

「小惠，隊長在問妳耶。」家麒不友善地朝她嚷道。

「啊……不好意思，我早幾天要求的資料剛送來了。」小惠將文件放下。

「什麼資料？」阿星問。

「譚璦瑩和 Jasper 的合照有確切的日期時間，而且她也記得是中區的夜店『Club BB』，我便姑且向店家索取當晚的交易紀錄，假如 Jasper 用信用卡付款，我們便能從這個名單中交叉比對，看看誰和案件有關……」小惠邊說邊將文件遞給許友一。

「天啊，妳知道那間夜店一晚有多少筆交易？」家麒吐槽說，「而且要是用現金就沒轍吧？就怕這種調查只會耗費我們更多時間，到頭來一場空——」

家麒本來還想說下去，可是他察覺到許友一臉色劇變，瞪著小惠呈上的資料，壓抑著抖震。

「隊長，怎、怎麼了？」阿星問。

許友一二話不說，將文件「啪」的一聲丟在桌上，抓起掛在椅背的外套並穿上。他撿起案頭的一支紅色麥克筆，在資料上圈起一個名字，再對部下們說：「我出去一下，你們不用跟來，先調查這個名字。」

家麒和小惠等人都不知道許友一怎麼了，只能看著隊長急步離開。他們不知道許友一內心波濤洶湧，懊惱和發現線索的興奮彼此交戰著。

「哦，許督察，你又要我到警署協助調查嗎？還是打算逮捕我？」

在丹青樓二樓，闕致遠對著一臉慍色的許友一問道。許友一剛才開車到筲箕灣，直接殺上闕致遠的家，瘋狂地按門鈴。

「謝柏宸對你說過什麼？」許友一質問道。

「什麼？」

「我問，到底謝柏宸對你說了什麼，令你懷疑他的舅父是真兇？」

闞致遠聞言臉色一沉，直瞧著許友一的雙眼。

看到名單中的那個名字，許友一頓時察覺先前忽略的細節——漢華的戲言說對了一半，Jasper這名字是假名，但對方會取這個名字，很可能就是懶得思考，直接拿姓氏「謝」的諧音來選用；許友一早調查過謝柏宸的家族，知道他的舅舅叫謝昭虎，不用交叉比對也知道和名單中的那個名字相同。

而更重要的是，許友一對Jasper的樣子感到點眼熟，是因為對方和謝美鳳有相同的眼型，輪廓也頗為相似。要是他冷靜一點，在看到照片的一刻，他應該已發現這個男人就是謝美鳳的弟弟。

那個和謝家母子關係密切，卻連外甥葬禮也缺席的男人。

逝者的告白．III

我一直在想死後會不會遇上外公。

到底死亡後的世界是什麼模樣？陰間是一片漆黑的嗎？有沒有天國和地獄？靈魂到底是否存在？

假如我在那邊碰到外公，不知道他會否仍一臉和藹地接受我這個孫子，原諒我沒有好好聽從他的忠告。

他要我提防舅舅，別被舅舅的花言巧語騙倒。

「阿虎心裡沒有親情這回事。就連親人，他也當成外人一樣，只會判斷有沒有利用價值……」外公如此說過。

外公在我升中四的那個夏天去世了。他本來就患糖尿病，某天跟我和媽在家吃晚飯時突然中風，送到醫院搶救無效，就此告別我們。他原本經營的書報攤也只好收掉，而媽就從兼職換成全職工作，確保家庭收入。不幸中的大幸是外公多年前已還清房貸，我家沒有租金壓力，光是水費電費及生活開支，媽的薪水尚可支撐。我們本來就省吃儉用，所以影響不大。

我記得外公離世時，媽六神無主，喪禮事宜都由貓叔打點。貓叔是個補鞋匠，他的店子就在外公的報攤旁，外公人有三急要上個廁所，貓叔便會幫忙應付顧客。外公猝逝似乎對貓叔打擊不小，雖然他比外公年輕，但不久之後他也乾脆退休，悠閒地過日子，弄孫為樂。

他一定是感同身受吧。

其實舅舅身為謝家嫡子，外公的白事毋須由外人辦理，只是舅舅表明「事業為重」，說抽時間為外公擔幡買水已算是盡了他的責任，媽對舅舅總是包容遷就，所以就沒有堅持，只是她根本做不來，貓叔才會仗義插手。我記得貓叔對舅舅十分不滿，差點要動手代外公教訓不肖子，只是看在媽和我份上才忍耐下來。

「姊，我現在簽的一張保單，光是佣金也有幾萬塊，老爸泉下有知也不想拖我後腿，要我白白錯過機會吧？」

那時候舅舅對媽這樣說。

的確那陣子舅舅比平日更意氣風發，就像只差一步便能出人頭地，為謝家光耀門楣。當然，我知道即使舅舅飛黃騰達，我和媽也不會受惠的。

尤其外公曾經拒絕過舅舅的提案，場面鬧得很不愉快。

時間大約是外公死前一年半，即是我唸中二那年吧。那天是週日，外公早上不小心閃到腰，媽便代班顧攤，讓外公在家休息。中午時舅舅來訪，雖然是假日，但他仍是西裝筆挺，說早上跟客戶見面。

「我這一行才沒有假日，客戶說只有星期天有空，難道我可以擺架子說不方便嗎？」在房間看書的我聽到在客廳的舅舅這樣對外公說。

「既然你這麼忙碌，為什麼花時間回來？」外公語氣硬邦邦的。

「老爸，探望家人哪需要什麼理由？我碰巧在附近見完客戶，看到姊代替你顧攤，就猜到你身體不適了。」

「嘿，你這麼關心親人就好。」外公像是在嘲諷舅舅。

「要我替你貼藥布嗎？還是塗藥膏？」舅舅倒似乎沒在意，親切地問道。

「不用啦，阿鳳已幫我貼了。」

接下來舅舅和外公閒話家常，不過其實都是舅舅在說，吹噓他如何受大老闆重視，抱怨新入職的後輩如何卑鄙地挖牆角，又或者談哪個名人客戶上了哪本雜誌，豪宅怎麼怎麼華麗奪目之類。外公有一搭沒一搭地回應一言半語，連我這麼魯鈍都聽得出他對舅舅的吹牛皮感到厭倦，恨不得趕舅舅走，好好臥床休息。

「老爸，其實你有沒有想過退休？」舅舅突然問。

「退休？好端端的幹什麼退休？」

「你一把年紀，是時候優哉游哉過些沒壓力的生活，犯不著每天一大早擺攤開檔。」舅舅換了語氣，「看看你今天還閃到腰，不就是說明你需要休息嗎？」

「這只是意外。」

「就當是意外好了，但那種不起眼的小報攤能賺多少錢？」

「阿虎你給我放尊重一點，你和阿鳳能三餐溫飽，就是拜那『不起眼的小報攤』所賜。我從小教你飲水思源，但我就知道你聽不入耳。」

「好好好，算我說錯了。我的意思是，現在你付出的勞力根本和收入不成正比，這個你沒有異議吧？以前人家買報紙買雜誌都要靠書報攤，但現在連便利商店都加入競爭，然後嘛，你知道什麼是網站嗎？外國已經有好幾家報社建立了網站，將每天的報紙放上網，免費給公眾閱讀了，家裡有一台電腦就連報紙也不用買，香港遲早也一樣。報攤只會愈來愈難經營，既然早晚都要結束，何不早點收掉？」

「就算利潤微薄，好歹都是一份收入！你一個人到外面闖，我這老頭從來沒伸手向你要錢，難道你現在良心發現，要每月給我家用，分擔這個家的開支嗎？」我聽得出外公在說反話，他的語氣沒半點欣喜。

「對啊，差不多，我現在就有好處給老爸你！」

「什麼？」

「公司推出了新的計畫，稱為『富盈之選』，集保險、儲蓄和投資於一身，利用目前東南亞經濟發展的勢頭，和美國著名的投資銀行合作，設立了新興市場基金。回報相當驚人，而且毫無風險，由於配額有限，我都只向熟客推介，當然肥水不流別人田，有好處我自然會留一份給家人……」

之後舅舅便鼓起三寸不爛之舌，說了一大堆我有聽沒有懂的專有名詞，像什麼槓桿、資產支撐證券、信貸擴張、衍生品合約之類，老實說我也不知道舅舅是不是真的懂。外公似乎愈來愈不耐煩，我悄悄打開房門，從門縫看到他一副老大不高興的樣子，但舅舅仍口若懸河，拿著一個文件夾邊翻邊向外公展示。

「我才沒有閒錢拿來跟你買這玩意。」外公終於忍耐不住，一把推開那個印著舅舅公司名字的塑膠文件夾。「你拿自己的錢去賭，輸光了也是你的事，我還有阿鳳和柏宸要照顧，錢只會花在刀口上。」

「投資才不是賭博，現在通貨膨脹厲害，同一筆錢不拿來滾存增值，將來必定吃虧。」

舅舅換了個姿勢，收起文件，再對外公說：「而且老爸你明明能輕鬆拿個一百萬出來，可以用來買這個『富盈之選』計畫，將來阿宸讀大學，你也不用煩惱學費……」

「我哪來一百萬？」外公一臉詫異。

「這房子拿去按揭[16]，就能簡單提個一百萬了，『富盈之選』的回報比銀行按揭息率高很多，你不用擔心——」

「放屁！」外公勃然大怒，像是忘了腰痛，挺直地從沙發站起，指著舅舅的鼻子罵道：「拿房子做抵押借錢來賭？你是不是瘋了？」

「我就說不是賭，是……」

「我管你是賭還是什麼『之選』！萬一有什麼意外，你要我們一家三口無家可歸，流落街頭嗎？你要發白日夢是你的事，別打我的房子主意！」

「老爸，這計畫真的千載難逢，你有錢賺之餘我也能添一筆業績，何樂而不為——」

「混蛋！我就知道你只在乎自己的業績！你還給我們添不夠麻煩嗎？為了自己的名利就連家人都不放過！給我滾！」

外公大聲下逐客令，舅舅面有難色但倒知進退，不但沒有回嘴，更笑著說假如外公回心轉意可以打電話給他。舅舅一出家門，外公便將舅舅留下的那份什麼投資計畫文件丟進垃圾桶，嘴上唸唸有詞。

「啊——」外公回頭時跟站在房門前的我四目交接，他好像沒意識到我從剛才一直在偷聽。正當我以為外公會怪責我多管閒事，他卻換上驚訝的表情，深深地皺著眉，眼眸裡還帶點悲傷。

「對不起，柏宸，對不起。」

在我認錯之前，外公先對我說對不起。我不明白他為什麼要向我道歉，或者他不希望他們兩父子的爭執被我這個外孫看到？

「背脊還好嗎？」我改變話題，指了指外公的腰。

「被那臭小子氣一氣，連腰痛都忘了。」外公換上和善的笑容。「柏宸，你一定要記得做人要腳踏實地。花無百日紅，就算你舅舅之後真的幹出一番成就，升職當經理，也難保地位長久，畢竟人有三衰六旺。還有，寧可一事無成，也決不可有害人之心，要好好記得外公這番話啊。」

我當時懵懵懂懂的，只能點點頭。

雖然我仍記得和阿遠伏擊大飛時的快感，那種滋味的確一試難忘。

至於外公跟我道歉的理由，我在多年後才知道。

假如早一點知道，我的人生就可能有點不一樣……

不。

那只是自欺欺人，我的命運大概從我出生的一刻已決定了吧。

16 指以房地產等實物資產或有價證券、契約等作抵押之意。

第六章

「先進來再說。」闞致遠在玄關讓出半個身位，一邊示意許友一入內，一邊瞄向對方身後。許友一以為他是要查看自己有沒有帶部下前來，但隨即察覺這動作的真意——闞致遠是不想讓隔壁的謝美鳳聽到他們的對話，尤其他們言談中的嫌犯就是她的親弟。

「為什麼你認為謝昭虎是犯人？」闞致遠剛關上門，許友一便問道。

「我不知道你在說什麼。」闞致遠仍板著臉，但許友一察覺到對方是故意等自己先翻開底牌。

「我們接觸過譚……那個ＩＧ帳號叫『Cindy.T』的兼職女友，知道你和她見過三次面，並且警告她要注意謝昭虎。」

許友一說出這句話，闞致遠稍稍皺眉，盯著對方。

看到闞致遠保持沉默，許友一繼續說：「你對Cindy說雖然沒有實證，但你知道謝昭虎有條件和動機犯案，我需要你提供這方面的資料。」

闞致遠摸摸下巴，以不友善的目光瞧向許友一，緩緩坐到沙發上。許友一看到沙發旁的茶几上有一台打開了的筆記本電腦，電腦旁還有幾本貼滿便利貼的參考書，猜想對方正在撰寫先前在講座中說過的封筆之作。

「我是嫌犯嗎？」闞致遠邊問邊伸手合上筆電。許友一知道當他說出譚瑷瑩的名字時，對方便會察覺自己被盯上這件事。

「在找到真相之前，我不會排除任何人的嫌疑。」許友一答道。「不過，目前我認為最可疑的不是你，所以希望你能合作，提供線索。」

幾個鐘頭前尖沙咀的行動失敗，謝昭虎躲過誘捕陷阱，許友一便不得不改變調查對象的優先次序。

「許督察，在你眼中，我們這些寫推理小說的作家都是只懂紙上談兵的笨蛋吧？警方真的需要我提出不切實際的個人看法？」

「我對你和你的職業沒有喜惡，我只需要事實……」許友一無視對方話中帶刺，「以及基於這些事實的客觀意見。」

許友一這番話留有餘地，表示願意聆聽對方的想法，闞致遠仍流露出不信任的眼神，就像在猜測許友一是不是為了敲出情報，逼於無奈不得不放鬆口氣。縱然氣氛仍然冰冷，許友一決定徹底攤牌，不管對方是否相信他由衷地尋求合作——他只渴求找出真相，為亡者伸冤，假如犧牲一點顏面自尊便能破案，他才不會猶豫。

兩人對視了片刻，闞致遠先別過視線，就像願意姑且降下內心的壁壘，嘗試對話。

「你們一開始便將案件當成變態殺人，是連環殺手的案件吧。」闞致遠說。「的確，受害者被分屍並且保存在瓶子裡，兇手就像『雨夜屠夫』，也有點像美國的『密爾沃基食人魔』傑佛瑞·丹墨，任誰都會想成犯人是出於取樂或異常欲念而殺人。可是假如兇手只是將它偽裝成這類案件，警方便會忽視很多合理的線索了——許督察，一般情況下在一個房間裡發現三名死者，警方會從何著手調查？」

「誰曾出現在案發現場，再來便是死者的人際關係，例如有沒有與人結怨……」

「還有就是誰會從他們的死亡得益。」闞致遠接過許友一的話。「我看你們八成沒有調查過柏宸的資產吧？」

「別小看警方，我們已第一時間調查他的帳戶，知道他在股票市場賺了不少，要不然那時候也不會問你是不是有代他拿錢給謝美鳳。」

「我說的是『資產』。你知道那間房子是誰名下的嗎?」闞致遠伸手指了指牆壁,示意隔鄰的謝宅。

「不是謝美鳳?」

「是柏宸的。」

「什麼?」

「那房子本來屬於柏宸的外公,謝老先生在……嗯,應該是一九九七年離世的。他去世後柏宸和美鳳姨才知道他早就找了一位律師訂立遺囑,十數萬塊的積蓄平分給兩名子女,但房子就給柏宸繼承。當時柏宸尚未成年,房子在法律上如何讓渡、是否由律師暫管我不大清楚,但總之三年後柏宸滿十八歲,房子就是他名下的了。」

「為什麼謝柏宸的外公要這樣做?」許友一感到詫異。

「因為謝老先生討厭謝昭虎。」闞致遠苦笑一下。「我不太清楚他們的家事,但兩父子有嫌隙就連不少街坊都知道。美鳳姨是個沒什麼主見的婦女,謝老先生大概擔心房子由女兒繼承的話,不肖子便會哄騙姊姊,侵吞財產,害女兒和外孫流離失所。柏宸頭腦未必靈光,但至少比美鳳姨知道事情輕重,不會笨到拿房子亂來——畢竟這是他唯一的安心之所。」

「等等,這和那兩個被分屍的死者有什麼關係?」

「我談的是柏宸啊。我懷疑他是被他舅父害死。」

「謝柏宸自殺是毋庸置疑的吧!」許友一不由自主地提高了聲線。

「就算你說的是事實,你能不能保證他沒有被唆使自殺?你也知道謝昭虎以前做什麼工作吧？假如他不是口才了得、懂得掌握人心的技巧，也不可能在保險公司當上小組經理，躋身什麼『百萬圓桌』，風光一時吧。」

許友一稍稍愣住，沒能接上話——他因為記得謝昭虎的名字便匆匆趕至丹青樓，對這個突然冒出來的嫌犯其餘細節一無所知。

「許督察，你還沒調查過謝昭虎，便直接殺上來找我嗎？」闞致遠的表情就像是課堂上怪責學生沒做好功課的老師。

「我的部下正在調查，我先一步來向你索取資料。」許友一盡量壓下尷尬，丟出這個尚算合理的藉口。

闞致遠搔搔頭髮，嘆一口氣，再露出一個帶點無奈的笑容，從沙發站起。

「好吧，我就好人做到底。跟我來。」

闞致遠走到一扇房門前，打開，再按下開關點亮房間的電燈。許友一跟著他進內，發現房間裡只有一扇小小的窗子，四面牆壁都是書架，塞滿大量書本、唱片和電影光碟，有些書籍更直接堆在木地板上，形成一座座小山，凌亂的環境和簡約整潔的客廳相比，宛如兩個世界。靠近窗邊的書架旁有一張同樣被書本和雜物文具覆蓋的書桌，但此刻最先抓住許友一注意的是書桌旁一面架在H形支架上、高九十公分、寬六十公分的直立式白板，上面被以藍色和紅色麥克筆寫上的文字、剪報和用印表機列印出來的圖片填滿。

白板正中央寫著「謝昭虎」三個字，文字上方有一張貌似偷拍的照片。

許友一一眼便看出這白板的用途，它和重案組調查案件時，寫上涉案人物和線索的那一塊差不多，雖然面前的尺寸較小，但上面的資料量卻有過之而無不及。

「這一個月我可沒閒著。」闞致遠敲了敲白板，指向謝昭虎的照片和旁邊的幾行藍色文字。「雖然外表看不出來，這傢伙今年五十八歲，曾在日東保險任職保險代理及分組經理，十五年前被解僱，執照亦被吊銷。從百萬年薪一夕之間變成被業界放逐，似乎是嚴重違規，沒鬧上法庭大概是公司私下擺平。謝昭虎離開從事了二十多年的保險業後，好像輾轉做過好些不同的工作，但應該沒有什麼起色……目前他靠經營網店販賣電子產品維生，以及兼職夜班計程車司機賺取外快。」

許友一凝視白板上的一張照片，穿T恤和七分褲、胸前掛著藍色胸包的謝昭虎站在一輛紅色的計程車旁抽菸，和譚瓔瑩照片中那個夜店玩咖的形象相距甚遠。就在他打算繼續向闞致遠發問時，他赫然察覺那照片的背景。

「這是灣仔日善街？」許友一指著照片問道。

「嗯，他在這兒跟日班司機接班。我花了很多天監視他，甚至跟蹤他接載乘客，可是從來沒有找到罪證。我看到他有時會揹著大背包開工，本來猜想他是不是經營『毒品快餐車』，利用計程車作掩飾來運毒販毒，沒料到他老老實實地當職業司機，乘客都沒可疑……」

雖然許友一聆聽著對方的說明，心裡卻想著另一回事——假如家麒經驗豐富一點，便能留意到闞致遠到日善街的目的，更早察覺謝昭虎的存在。

「經營網店和當兼職司機並不可恥，但謝昭虎十多年前風光一時，人生大起大落，對這種人來說現在的工作就是屈辱，他會想旁門左道巧取豪奪是合理推測吧？」闞致遠以右手食指指向房間的兩個角落，像是示意他們二人身處的空間，「丹青樓是舊樓，單位價錢比市值略低，但畢竟空間寬敞，今天至少可以賣個七、八百萬。柏宸去世，房子便會轉到美鳳姨名下，謝昭虎要哄騙親姊，大概比他以前說服客戶投保更容易……比方說『一個人住那麼大的房子沒意思』、『換換環境免得觸景傷情』之類，即使只能『借』到一半，也有三、四百萬資金讓他東山再起，或是拿來揮霍。這價碼足夠讓人動殺機吧？」

「你如何調查到這些情報？」許友一問。

「我好歹在這兒住了快三十年，見過聽過不少八卦，我還記得大約二〇〇九年還是一〇年左右謝昭虎有來探望美鳳姨，好像因為借錢不遂，鬧得很不愉快。當時我偷聽到他們對話，知道那時候謝昭虎債主臨門，欠人家幾十萬，工作又無著落，唯有求助於美鳳姨，可是美鳳姨只有數萬塊積蓄，謝昭虎便惱羞成怒，罵親姊見死不救。我後來向美鳳姨打探，她其實已將僅有的存款都給弟弟應急了，只是謝昭虎不知恩義，得寸進尺。不過那傢伙後來好一陣子都沒來，再次找美鳳姨時又絕口不提之前的不和，大概另外找到財路了吧……對了，據說謝昭虎以前也住在這兒，他保留了門匙並不出奇，有充分條件栽贓嫁禍，甚至可能設詭計將謀殺偽裝成自殺，我認為他是最值得調查的對象。」

「既然你早懷疑謝柏宸的舅父涉案，為什麼不通報警方？」許友一努力壓下內心的不滿，對面前這個知情不報的作家問道。

「我是翌日看完新聞報導，得悉詳情才聯想到謝昭虎可疑，至於為什麼後來沒對你們說明……」闞致遠狠狠地白許友一一眼，「許督察你當時一口咬定柏宸就是犯人，又說什麼就算有詭計也是柏宸瞞過母親在房間裡禁錮了受害者，換作你是我，會認為通報有用嗎？」

許友一為之語塞。他回想當天的確有點上火，大概是因為那些標本瓶裡的殘肢太嚇人，然後得知謝美鳳縱容兒子繭居而沒有向社工或精神科醫師求助，令他不自覺地湧起某種情緒。他平日都叮囑部下們辦案要冷靜，不要被心情左右判斷，結果這次自己卻在節骨眼栽觔斗，害調查停滯不前。

「那麼，遭分屍並保存起來的兩名受害者又和謝昭虎有什麼關係？」許友一收拾心情，改變話題。

「我有我的想法，但我暫時不想對你說。」闞致遠兩臂交疊抱胸。「我對那案件的了解都是來自報章雜誌，那些內容不盡確實，所以我的意見只是臆測，假如它和證據有衝突，你便會認為我的『所有看法』都沒有價值了。你先回去核實我告訴你那些關於謝昭虎的事，確認我有沒有虛報，我們才繼續談吧。」

雖然這道逐客令下得有點不禮貌，但許友一也覺得闞致遠的話不無道理，而且掌握更多謝昭虎的情報更容易討價還價，引闞致遠吐出更多資料。不過許友一在離開前還是忍不住向對方多問了一個問題。

「就當你最初的假設正確，這不是嗜血的變態連續殺人魔的所為，那麼犯人為什麼要如此殘忍地將死者分屍，並且獵奇地將它們製成標本？」

「許督察，你認為推理小說的謀殺詭計重點是殺人嗎？」闞致遠答非所問。

「難道不是嗎？」

「不，我認為不是。」闞致遠微微一笑，像是換上作家無明志在講座上的樣子。「殺人很簡單的，一、兩句話便可以將一個角色殺死，推理小說的真正詭計在於『處理屍體』。為了隱瞞犯罪，犯人作案後便要想方法毀屍滅跡，確保死者不被發現，從而追查到自己身上，可是人體是很難徹底毀滅的。火燒的話要以高達攝氏九百度焚燒兩個鐘頭才能將骨頭燒成灰，這種溫度的火爐需要特別訂造；用強酸就要冒著破壞容器或排水管的風險，惹來不必要麻煩；至於丟進海裡或埋在山林，被陌生人發現就只是時間問題，幸運的話可能數十年都沒人知曉，不幸的話隔天便被找到了。推理小說中犯人施詭計，要不是針對處置屍體這事上，就是為了省略這些麻煩複雜的鳥事，才會想方法陷害無辜的第三者，或是偽裝成意外或自殺，為『屍體存在』這件事找一個合理的出口。不過，其實除了以上的手段之外，還有一個可行的方法。」

「什麼方法？」

「將屍體藏在自己觸手可及的地方。與其將死者埋在郊外，不如將它保存在家裡，可是考慮到一旦需要移動，運送整個人體的風險很高，所以將屍體砍碎再保存，變成易於攜帶搬運的尺寸，就有百利而無一害。」

許友一不認為正常人會用上這種詭譎怪異的做法，雖然他想駁斥，但一時之間也找不到理由，而且他察覺闞致遠不打算繼續談，就先回去重案組辦公室，和部下們從長計議。

花了好幾天，許友一確認了闞致遠提供的情報，謝昭虎的個人資料基本上都是事實。謝昭虎一九六五年出生，比謝美鳳年輕五歲，一九八一年中三畢業後便投身社會，在一間證券公司擔任「後生」[17]，後來憑夜校進修，考取保險代理執照，獲日東保險聘用。雖然日東規模不及那些跨國的大型保險公司，但也算是本地業界的中流砥柱，而謝昭虎於二〇〇

17 現稱辦公室助理。粵語「後生」指年輕人，因為助理工作多由學歷不高的年輕人擔任，故此得名。

一年晉升為小組經理，建立團隊，招攬年輕的新入職代理成為「下線」。

保險代理收入主要來自佣金，而經理也能從下線的營業額中分一杯羹，原本謝昭虎憑著油滑善辯的口才和靈敏的手腕，銷售成績已十分亮眼，當他升職擁有下線後，薪金更足以讓他成為「百萬圓桌」的成員。「百萬圓桌」是保險業的一個國際組織，所有從業員都能申請加入，只是它設下營業額及收入等條件，獲接納的都是業績優秀的代理。謝昭虎取得這資格外，更獲得日東保險授予傑出員工的名銜，挾著這兩個「勛章」，他洽談的客戶身分也愈來愈富貴，再升職區域經理甚至區域總監，指日可待。

然而謝昭虎風光的日子只延續了七年，一切便歸零。

二〇〇八年，謝昭虎四十三歲，本應正值事業高峰的年紀，卻被日東解僱，連保險代理的執照也被吊銷。許友一從日東一位退休員工口中得悉，那年公司發生醜聞，一名區域經理被廉政公署拘捕，以業內術語來說明，犯的是「銷售假單」及「射單」。「假單」是指偽造業績，利用他人的個人資料，在本人不知情下購買保險，然後再取消，讓代理營業額達到某個標準，賺取公司獎金；「射單」則是將保單轉讓給下線，並且要求下線付上部分佣金，從而同時賺取兩份回佣。兩者都是以虛假文書騙取雇主金錢的行為，屬於貪污罪行。老員工指謝昭虎也涉案，只是他並非核心人物，證據不足，廉署才沒有起訴；可是職業操守已明顯有問題，所以被公司炒魷魚，連代理執照也失去。

「那時候公司裡還有其他謠言，指謝先生說不定還有耍其他不當手段，像串通客戶詐騙賠償金啦，逼下屬女代理陪客人上床換取大額保單啦……他的小組更經常能夠接收一些辭職代理的客戶，我可不知道當中有沒有不可告人的秘密哩。」老員工說。

往後十五年，謝昭虎的資料零碎不全。稅務紀錄顯示他有數年無業，後來辦商業登記開了一間名為「TIGER A」的無限公司，業務內容是商品零售，而地址卻是一間提供秘書服務和虛擬辦公室的商務中心，許友一猜就是闞致遠說的網店——不少創業者會租用這類服務，用作收信或客戶聯絡，而選擇位於中環的商務中心更對生意有利，因為公司地址在核心商業區，能給予客戶更大的信心。許友一依「TIGER A」這名字在網路搜尋，發現在一個網購平台上有同名的商戶，貨品主要是遊戲光碟、電玩周邊、遊戲主機、電腦產品，以及一些跟以上種類無關，像名牌手錶或相機鏡頭等高價貨。不過阿星留意到貨品當中不少是炒賣用的限量版，像某台限量版主機，售價比原價高三倍，他更懷疑那些名牌手錶會不會是贗品。

夜班司機方面也準確無誤，家麒到日善街監視，果然發現謝昭虎行蹤，而從車牌號碼找到那輛計程車的車主及托管打理車輛的車行資料，確認了謝昭虎是跟車行合作的司機。丹青樓謝宅物業所屬權亦一如闞致遠所言，土地註冊處的紀錄中那住宅的業主就只有謝柏宸一個名字，而由於謝柏宸已死，法律上房子便由直系家屬謝美鳳繼承。根據銀行紀錄，謝昭虎的登記住址在港島南區黃竹坑一棟服務式住宅，不過數月前他住在灣仔，從兩處的市值租金和房子尺寸差異看來，許友一估計謝昭虎是因為租約期滿，只好暫時搬到價格較高但空間狹小的服務式住宅，再慢慢物色適合長租的市區單位。

「這個謝昭虎的確有問題。」阿星在會議上說。「就像闞致遠所說，這傢伙有充分的條件和動機犯案，而且從他的經歷來看，他是個會鋌而走險的人，是那種認為只要不被抓住，任何手段都可以考慮的『老江湖』。我贊成進一步徵詢闞致遠意見，讓他看看部分證物，他說不定能提供更多有用的線索。」

「可是我不認為和姓闞的合作是好主意。」家麒反對說：「我們根本不知道他會不會跟謝昭虎合謀，現在是想借用我們的力量剷除對方。搞不好真正想侵吞那房子的人其實是他，搞掉謝昭虎，籠絡謝美鳳，這個親如兒子的外人也有可能橫奪財產吧？」

「這兒邏輯不對，如果他的動機如此，他一開始便不用隱瞞，直接讓我們知道謝昭虎有嫌疑，事情對他更有利。」阿星回應。

「就當這假設不正確，我們可不要忘記闞致遠對警方有成見，萬一被外人知道我們讓一個作家插手主導調查方向，這不只有損警隊名聲，在今天的社會風氣下更是政治問題，隊長和組長搞不好要揹黑鍋。」家麒再道。

「這個你們不用擔心，我們只要考慮能否破案，其餘的事情留給上面的人處理。」許友一重申他的立場。

「我覺得在目前的情況下，不計較立場和身分，『唯才是用』是最佳手段。」阿星指了指會議中包括自己的各人，「我們人手不足，加上隊長才只有四人，即使闞致遠只是出一張嘴，也是不容忽視的助力吧。雖然之前他的行徑十分可疑，但如今看來，所有行動都有合理解釋，而且他找上譚瑷瑩，顯示他還有一些未對我們說明的線索，掌握了更多謝昭虎的情報。」

「所以阿星你認為闞致遠一定不是真兇？我還是有所保留啦。」家麒說。

「我昨天仔細思考過，覺得這說法其實充滿矛盾。假設闞致遠是分屍案的兇手，那麼就有兩個可能，一是謝柏宸和他是共犯，而他沒料到對方忽然自殺，另一是他利用謝柏宸來頂罪，即是他唆使對方自殺或用詭計偽裝成自殺，可是兩者都和現實情況有矛盾。」

「什麼矛盾？」家麒一臉不解地問。

「如果謝柏宸自殺是闞致遠沒料到的，那麼他破門發現對方死亡時，應該會第一時間思考如何處理衣櫥中的屍塊。他可以訛稱謝柏宸仍有氣息，將對方抬到客廳急救，如此一來軍裝同事到場也未必會檢查房間；又或者在他們到場前改變現場環境，例如將垃圾或瓦楞紙箱擋在衣櫥前，同事們就很可能不會發覺。就算他沒有這樣做，也大可以留守在房間外，注意著警員的舉動，對方一旦接近衣櫥便想方法分散他們的注意力，以他身為推理作家的能力，製造這些幌子並不困難。」

「你怎麼知道他沒有嘗試過？」

「我昨天在調查謝昭虎的計程車車主和車行時遇上以前的同僚。」阿星翻開面前的文件，指向筆錄中的某個名字。「他綽號高佬，我在東九龍衝鋒隊時和他同過車。我知道他就是最早到場的同事之一，姑且問問他一些細節，他說當時闞致遠一直留在客廳安慰死者母親，沒有接近房間。」

「就當你說得對，但假如闞致遠就是想偽造謝柏宸畏罪自殺的假象呢？」

「那他就不用衝著隊長說謝柏宸遭人陷害，只要順其自然，我們便會將所有罪名推到那個隱青身上了。」阿星聳聳肩。「而且說到底，高佬的搭檔發現屍塊只是出於偶然，萬一他們沒發現，純粹由食環署人員來移走謝柏宸的遺體，那他的嫁禍詭計不就泡湯了嗎？」

「可是你曾提出闞致遠可能是個人格分裂的精神病患……」家麒死心不息，再次反駁。

「那個推論的大前提是我們不知道他在追查謝昭虎，才會假設他心目中的兇手是另一個自己。要是他真的是雙重人格，誤認兇手是謝柏宸的舅父，不曉得是另一個自己殺人，這便代表了他兩個人格之間彼此不知道對方存在，而我們跟監了他超過一個禮拜，很明顯他沒有精神異常，甚至我們現在知道他每天開車到灣仔的神秘行為，也是出於相當理性的目的啊。」

阿星的論點都確切具體，許友一看在眼裡，心想家麒很可能先入為主，認定闞致遠是壞蛋，卻掉進了思想陷阱。

「我昨天還從高佬那邊聽過他的看法，」阿星再次瞄向眼前的文件，「他說他一開始以為闞致遠是謝柏宸的兄弟，因為當時對方的樣子就和其他發現家人自殺的人一樣，既震驚又痛苦，即使臉上如何裝出冷靜的模樣，還是能從手部的顫抖、談吐的語氣看出那股不安。高佬觀察力很強，心思細密，他比我更適合當刑事警員，只是因為際遇問題一直留在行動部而已，他的話很值得參考。按高佬的說法，我認為闞致遠對謝柏宸自殺真的全不知情，再綜合上述，他是主謀或共犯的可能性應該是微乎其微吧。」

「小惠，妳有什麼看法？」許友一向一直沒作聲的小惠問道。

「我認為不管闞致遠是不是犯人，也可以向他透露部分證據內容，聽取他的意見。」小惠瞄了家麒和阿星各一眼，「假如他是無辜的，讓頭腦好的傢伙提出看法，總會對調查有幫助，相反假如他就是真兇，這便是我們的黃金機會，可以近距離接觸犯人，等待他露出馬腳。」

許友一爽快地笑了一聲。「家麒，阿星，這回你們輸給小惠了。小惠，妳明天跟我一起去筲箕灣，我們看看那傢伙還藏了什麼情報。」

小惠高興地向隊長道謝，家麒和阿星只能摸摸鼻子，自認剛才沒能認清形勢，像小惠那樣子一語道破真正的利害關係。

翌日早上十點，許友一和小惠再度來到丹青樓。由於他們已事先通知闞致遠會到訪，闞致遠應門時自然沒有表現訝異，不過臉上依舊掛上一副不甚客氣的神情。小惠有點擔心對話能否順利，許友一反倒樂觀起來，因為這回闞致遠姑且替兩人斟了茶，多少釋出一點善意。

「謝昭虎的事情我沒有說錯吧？」闞致遠拉過一張椅子，坐在許友一和小惠對面，雙手十指互扣擱在大腿上，給人從容不迫的感覺。

「對，不過有一件事我們沒能弄清楚。」許友一不輸氣勢，故意沒露出謝意，反而平淡地反擊。

「哪一件？」

「你為什麼得知謝昭虎和從事兼職女友的 Cindy 相熟。」

闞致遠面上稍露不悅，抓了抓下巴，語氣帶點苦澀地說：「好吧，畢竟總會提到這個。我懷疑謝昭虎一直有接觸柏宸。」

「所以——」

「你們別急著跳到結論，我不認為他們是共犯。」闞致遠早一步否定了許友一的想法。「柏宸從來沒有明說，但我覺得他偶然提及的一位『網友』，其實是他的舅父。二〇〇八年金融海嘯爆發前，我留意到美國次級房貸危機，於是警告柏宸小心市場波動，他卻說那個『熟悉市場的網友』認為股市繼續向好。我好不容易才說服到柏宸相信我，賣掉大部分股票，動用小量資金改買『Put 輪[18]』，結果恆生指數從五月的二萬五千點掉到十月的一萬二千點，柏宸不只避過一劫，還靠著權證賺了一筆。雖然我和柏宸大都是在遊戲裡筆談，但字裡行間我也感到異樣，柏宸似乎視這個『網友』為親近的長輩，我認為謝昭虎是最合理的可能。」

許友一和小惠都明白到為什麼闞致遠有這推論，保險公司為了增加收入，設立了不少和理財相關的保險項目，不少保險代理更會考取財務顧問執照，推銷相關產品。

「謝柏宸沒有向你坦白說明這個網友的身分？」

「就是沒有所以我才懷疑是謝昭虎，那傢伙很可能故意囑咐柏宸別向第三者透露他們有聯絡，例如說給他的市場情報是內幕消息，關係曝光便會吃官司。柏宸開始繭居說不定也是受舅父影響，當時謝昭虎平步青雲，是個成功人士的範本，柏宸便以為躲在房間裡用電腦炒股也能致富。」

「謝昭虎真的因為這原因要外甥對此保密？他不像這麼好心吧？」小惠插嘴問。

「對，所以不就很明顯嗎？那當然是放長線釣大魚——柏宸是房子的業主嘛。」闞致遠指了指隔壁。「或許對當時財運亨通的謝昭虎來說，房子的價值還不如他一年營業額的一半，可是謝老先生故意將物業『傳孫不傳子』，這口氣可不容易咽下吧。籠絡外甥，將來就有機會吞掉業權……現在回想，說不定那混蛋早就計畫好殺死柏宸，只是一直按兵不動……」

「他們兩人在過去二十年間一直保持聯絡？」

「我估計是，不過關係可能時好時壞。〇八年後有好一段日子柏宸完全沒提起那個『網友』，我猜兩人關係變差吧，畢竟柏宸要是聽從對方的指示繼續持貨，用來賺錢的資金早就賠光了。我想這也是後來謝昭虎親自找美鳳姨求助還債的理由。不過近幾年柏宸又有再提起那『網友』，對方好像投其所好，幫他訂購好些限量的電玩精品，似乎有某些門路，話又變多了。」

許友一想起謝昭虎的網店，正好跟謝柏宸房間裡那些電玩角色人偶、特別版遊戲周邊吻合。

「時間大約是去年年中吧，」闞致遠換了語氣，「柏宸在遊戲中找我聊天，問了我一個怪問題——『你覺得從事兼職女友的女生怎麼樣？』我不知道他問問題的原因，但剛好讀過某篇文章，談及日本社會在疫情鎖國期間梅毒患者人數不降反增，和『梅毒都是外國觀光客傳進來』的傳統看法相異，估計原因就是近年經濟不景氣，援交接客的女性大幅增加所致。色情場所的性工作者會被老闆強迫定期驗身，私下接客的就沒有，所以援交或兼職女友更易造成公共衛生問題……啊，我說遠了。總之當時我就不假思索回答道『很容易感染性病』，結果柏宸和我在遊戲中吵起來，罵我沒同理心，歧視弱勢云云，吵到一半還登出了。好幾天後他消氣了，我才知道原來那個『網友』和他談及『男人之間的話題』，說男人找兼職女友是公平交易，甚至傳過照片給柏宸看，柏宸他居然動心了。」

「成年男性對女生動心很奇怪嗎？」小惠問。

18 權證英語為Warrant，香港音譯為「窩輪」，認購證稱為Call輪（Call Warrant），認售證稱為Put輪（Put Warrant）。認購證價值與標的證券價格成正比，認售證則為反比，股價下跌時認售證價格會上升。

「柏宸是個連外出都不願意的宅男啊！他一向只鍾情動漫電玩角色，我才沒想過他會對現實世界的女性有興趣。聽他說，『網友』是那張照片中的女生的熟客，對方可以介紹他們見面，收費還可以打折。雖然我曾提過性病的問題，但假如這樣子能令柏宸主動離家，到外面走走，那也是難得的契機，於是我也不反對，尤其當時我並不知道謝昭虎有多麼的危險。當時我還開玩笑說可以借他約會用的衣服，倒是柏宸後來打退堂鼓，說還是算了，『三次元的女生不及二次元的』。我問他照片中那女生像哪個演員明星，他卻說不出來，談了老半天我才搞懂，原來他對那個兼職女友產生興趣，是因為對方和他喜愛的某個電玩角色有相似的心形紋身。」

闞致遠苦笑聳肩，許友一和小惠倒沒有太大反應，他們都在思考剛聽到的新情報。

「所以案發後你便找那個 Cindy 約會，嘗試說服她從謝昭虎身上探聽線索？」許友一問。

「嗯，不過我不知道那個女生是誰，甚至忘了名字。印象中柏宸曾說過類似是 Candy 還是 Cathy 的，我只記得是 C 字頭 Y 字尾的洋名，唯有漁翁撒網，約那些帳號叫 Cassy、Cherry 之類的兼職女友逐個見面，看看手腕有沒有心形紋身，找了五個人才知道原來是 Cindy。」

許友一和小惠對視一眼，兩人同時明白闞致遠之前那一串奇怪的約會的理由。

「你沒想過碰巧是另一個名字符合條件、手腕剛好有心形紋身的女生？」許友一問。

「當然有，我的調查名單上有十幾人，事實上我也只抱著姑且一試的心情去找，假如全部落空就再想方法接近謝昭虎，暗中偵查。不過跟 Cindy 見面的一刻，我就幾乎百分百確定她就是謝昭虎的『老相好』，後面的不用查了。」

「為什麼？」

「她的輪廓和嘴唇都酷似你們發佈的那張女死者臉部拼圖，我猜謝昭虎就是鍾情這類女生。樣貌相似，名字和心形紋身又吻合，假如全是巧合，那我也認了。」

許友一赫然明白關致遠的言下之意──譚璦瑩與謝昭虎的關係，間接證明了謝昭虎和身分不明的女死者有關，雖然不能排除巧合的可能，但假如謝昭虎就是對這種長相的年輕女生有欲念，女死者也許一樣是他的床伴，然後因故被殺。

這個城市裡，謀殺的動機往往都是出於金錢和情欲。

「你認為案中的女死者也是兼職女友或妓女？是情殺？」許友一問。

「許督察，我說了那麼多，你不認為該公平一點，換你回答我的一些問題嗎？」關致遠稍稍板起臉。

「好，你問吧。」

「你們是從 Cindy 那邊知道我盯上謝昭虎吧？」

「對。」

「她主動報警嗎？」

許友一察覺這問題背後的意思，思考片刻，決定如實相告。

「不。」

「也對，從事這種工作的女生怎可能主動找上警察。」關致遠皮笑肉不笑地說：「所以你們跟蹤監視我多久了？」

這問題直搗核心，小惠也不禁怔了一怔，許友一倒慶幸同來的不是家麒，否則那個血氣方剛的部下大概會直接跳起來罵「要你管」之類。

「大約兩星期左右。我們發現你行跡可疑，所以接觸了那位 Cindy 小姐，要求她跟你約會時讓我們監視，保護她的安全。」

「保護……所以我曾經是頭號嫌犯吧。你們有同步監聽？」

「我不便透露。」雖然跟監行動有獲得警察部行政授權，但許友一不想對目標人物直接承認。

「嘿，那即是有。不過要是 Cindy 願意協助我套謝昭虎話，我也想監聽錄音用來當證據。」闞致遠兩手抱胸，抬頭瞧向天花板，像是羨慕公權力能行此方便。「上次你衝上來質問我謝昭虎的事，卻連基本背景都沒查清楚，就是說你當天才得悉我向 Cindy 提及的人是誰，畢竟我沒有對 Cindy 說過那傢伙的真名——反正說了她也未必知道。問題是那天距離我和她的約會已過了好幾天，我猜 Cindy 聯絡不上謝昭虎，警方要用其他方法才能確認目標身分，而今天又跟上次許督察『拜訪』相隔好幾天，換言之你們尚未找到足夠證據去拘捕犯人，唯有從我這兒入手。」

許友一打從心底不想和面前這個男人為敵，因為對方精明得有點可怕，雖然這推測不是百分之百準確，卻和事實八九不離十。

「我想知道你們用了什麼方法發現我跟 Cindy 提起的人就是柏宸的舅父。」闞致遠繼續說：「我認為 Cindy 是謝昭虎的罩門，別怪我無情，美人計古今中外都是十分有效的謀略，尤其對手是那種自以為是的大男人，很容易對枕邊人放下心防，不小心說出秘密。她更可以幫我們灌醉他，讓他酒後吐真言。」

「那邊行不通了，警方不能強迫她合作冒險。」許友一回答。「她也沒有替我們聯絡謝昭虎，她只提供了一張照片和對方用來約她交易的ＩＧ帳號，於是我們設了陷阱引誘謝昭虎現身，但行動不太成功，最後從另一個途徑確認他的身分。最麻煩的是我們已打草驚蛇，我不認為 Cindy 能成功套話。」

「陷阱？打草驚蛇？」

許友一將之前利用ＩＧ假帳號釣魚的行動粗略地告訴闞致遠，包括在美麗華廣場如何被對方逃去，指謝昭虎很可能已察覺警方盯上了他，才故意躲在商場三樓觀察形勢。闞致遠問許友一他們設置的假帳號是什麼，再打開手機上的ＩＧ，看看那些靠人工智慧生成的照片。他低頭托腮，單手滑著手機，像是一邊在看那些累積了大量讚好的照片，一邊分析許友一的話。

「唔……不對……或者對方只是走狗屎運……」闞致遠喃喃自語。

「什麼？」

「我想你們或許沒有打草驚蛇，」闞致遠抬頭望向二人，「你說部下傳了假訊息來引謝昭虎吧？那他有沒有回覆其他追蹤者的訊息？我看這帳戶已有過百個追蹤者，至少也有三、四十封訊息問價吧？」

「我沒問他，但似乎沒有。」

「那就功虧一簣啊。」闞致遠微微一笑。「就算他很聰明地在你們行動前持續貼新的照片，以免謝昭虎起疑，但他假如只回覆謝昭虎一人，那就有可能露餡。現在網上有很多討論兼職女友的私密群組，遍佈臉書、Telegram和各大大小小討論區，假如突然有這樣一個美女『下海』，肯定會引起一些好色之徒討論，如果這女生沒有一一回覆潛在顧客，他們會猜測是詐騙或敲詐。假如我是謝昭虎，收到主動招客的訊息多少會有點疑惑，搞不好甚至在那些私密群組看到其他人討論，不過由於女生的外貌難得合意——就像Cindy和那個女死者——禁不起誘惑還是想試約一下。以防萬一，他便先在高處觀察，確認無問題才現身。所以他後來離開、封鎖了這帳號，不一定代表他知悉警方已知道他跟分屍案有關，可能只是認為這個『Gigi』是犯罪集團操控用來敲詐嫖客的騙子而已。」

許友一聽罷闞致遠的分析，心裡舒一口氣，但同時理解對方說這番話背後的動機。

「就算如此，我也不會硬要Cindy合作，警方得尊重她的決定。」

「嘖，你真是死心眼。」

「你不是也對她說過假如她不跟你合作，也請她別再跟謝昭虎見面嗎？你也擔心她的安危，怕她給捲進事件後，成為下一個受害者吧？」許友一想起這一點。

「我由衷地相信就算Cindy繼續和謝昭虎接觸，也不會遇害啦。那只是以退為進的藉口，我裝好人期望她願意答應合作罷了。」闞致遠苦笑，像是對不得不說明這用意感到有點狼狽。

「你這說法有什麼根據？」

「從你們公開的消息。警方為了調查受害者身分，向媒體發放了基本資料——目前找到遭分屍的死者有兩名，一男一女，男的約二十餘歲，女的十五至二十歲，而最奇怪的是男受害者死去超過十年，女死者卻是近半年內遇害。連續殺人魔做案是出於殺人衝動，假如兇手能壓抑這衝動超過十年才發作一次，我很懷疑他殺害這些目標真的是因為異常欲望，還是經過深思熟慮、另有目的的冷靜兇行。犯案跨越十年但受害者不到五名的殺人魔，歷史上幾近沒有。」

「犯人可能還殺了其他人，只是屍體仍沒有被發現啊？」小惠插嘴反駁。

「就當這殺人魔一年只殺兩人，累積至今已殺了二十人以上了，即使這些失蹤人口沒被注意，犯人也得找到地方保存這些『屍塊珍藏』。以香港這個人口密度比天高的城市來說，找一個不為人知的地方收藏數百個標本瓶，大概是不可能的任務吧？而且我才不相信你們警方這麼不濟事，讓這一個危險人物潛伏這麼久。」

闞致遠故意尋許友一開心，但許友一沒在意這些調侃，反問道：「但機會再小，我們也不能忽略吧？」

「你記得上次你臨走前我說過什麼？」

「你說犯人碎屍，是為了處理屍體，不被發現。」

「對，但一個聰明的兇手還會想到這手法的另一個好處——獵奇殺人的變態，往往是『無差別殺人』，萬一屍體被發現，警方看到如此異常的光景，便會聯想到是這類型的殺人魔；那麼逆向思考，兇手明明和死者有瓜葛有關係，只要用上這種邪惡的手段，便能誤導調查人員和大眾了。」

「這……」

「嘟嘟——嘟嘟——」

聽罷闞致遠的說明，許友一還想再說些什麼，懷中手機卻忽然響起。他掏出手機瞄了一眼，再站起來走到玄關接電話，因為他看到來電者是家麒，不想對話內容被闞致遠聽到。

通話不到三十秒，許友一便掛掉電話，回到闞致遠和小惠身旁。

「警署有要事，我們先回去了。」許友一邊說邊向小惠打手勢。

「和這案子有關嗎？」闞致遠平淡地問。

「無可奉告。」

「你不用擔心，我才沒有白目到要跟你們一起去調查。」闞致遠笑道：「電影或小說中會讓業餘偵探跟著查案的警察，全部都是笨蛋。」

「我們會再來請你協助調查。」許友一只留下一句公式化的對白便告辭。

甫離開丹青樓，小惠便問上司：「隊長，那電話是……」

許友一眼神炯炯發亮，按捺著內心的波動，笑了笑。

「女死者的身分似乎有眉目了。」

小說《（名稱未定）》節錄．3

……

這數年間，L交過無數男友。

縱然他們的關係都只建立在金錢利益之上。

L自覺人生就是一場戲，扮演著不同的角色。她沒有自我——演員不需要自我——面對那些扮演著男友的恩客，她就披上一層偽裝，盡力演好他們心目中的理想女友角色。

時而熱情如火，時而冷若冰霜，時而靈巧嬌俏，時而小鳥依人。

只是不管肌膚上如何親近，L的心靈卻像汪洋中的一葉孤舟，隨著風浪漂泊，永遠找不到歸宿。

「男友」不過是同床異夢的陌生人。

在這些陌生人當中，有三個幾乎改變了L的人生航道。

A先生是個事業有成的商人。他和搭檔瞧準機會，趕上潮流列車，成立電競公司舉辦本地活動，並且訓練團隊參加國際比賽，三十出頭已顯赫有名。

他是第一個包養L的男人。

雖然只有短短兩個月，L在這個男人身上，彷彿找到一份心靈慰藉。物質生活以外，A給予她一種特殊的安全感，就像一個避風港，讓她可以忘掉一切，全心全意投入這個虛構的女友角色。

L明白這只是自欺欺人，但她樂意假裝自己找到幸福。

兩個月後，A說因為工作關係要遠赴海外，所以只好中止他們之間的交易。

L沒有抱怨，她很清楚知道這是理所當然的發展。

她不介意內心再添一道新的裂痕。

A先生沒有留下什麼給她，二人告別後就再度成為陌路人。倒是L因此增添了一項嗜好——這段關係剛開始時，她特意接觸A的事業，嘗試認識電玩遊戲是什麼。她本意是想讓自己更了解A先生，盡「伴侶」的義務。

L覺得電玩遊戲和她的個性契合，因為在虛擬世界裡，她能扮演另一個角色。不論現實還是遊戲中，她也只是在玩角色扮演。

第二個和L深入交往的是從事音樂工作的B先生。

B先生的職稱有很多——音樂總監、唱片監製、作曲家、編曲家、電影配樂家、劇場音樂設計……不過L知道那些都是虛銜，年輕時B先生的確是個音樂人，但如今他只是一間有數十名員工的工作室老闆，他不用親自寫五線譜作曲，只吩咐手下創作，再指示如何修改，直至他對作品滿意，便掛上自己的名字。

已婚的B先生比A先生更闊綽，他甚至讓L住進自己的第二棟房子。L不知道自己是「情婦」還是「寵物」，但她不欲深究。她知道好好演這個角色就可以了。

「妳知道妳的名字是一首有名的歌曲嗎？」某天B先生抱著L，不經意地談起這話題。

「是嗎？」

「拼法不一樣，但發音也是Lyla。」

B先生便開始談那位英國著名吉他手的韻事，說他愛上了朋友的妻子，只能將心聲寫成歌曲，宣泄單思之苦。後來朋友和妻子離婚，他成功追求到那位女性，共結連理，朋友也有到婚禮道賀，是西方樂壇的一樁美談。

「所以結局皆大歡喜？」

「只是不長久，那個歌手有酗酒的毛病，婚姻只維持了十年。」

所以世上才沒有大團圓的童話故事——L當時心裡想。

因為B先生的關係，L開始接觸流行音樂，她閒時會聽B先生的唱片收藏，尤其喜歡六、七十年代的美國搖滾樂。同一首〈Summertime〉，比起艾拉．費茲潔拉版本的動人嗓音，她更鍾情珍妮絲．賈普林那滄桑和近乎自毀式的唱腔與編曲。

好景不常，這段關係只維持了四個月。

就和A先生一樣，B先生說因為工作要離開香港一段時間，所以要結束關係。L沒有嘗試挽留，因為她知道這是早晚會發生的事，只是她覺得有點可笑，猜想男人們都愛用相同的藉口，不願意直說一句「我對妳已感到厭倦」。她察覺到對方並非顧慮她的心情，而只是男人的自尊不容許自己在這場買賣中顯得無情無義。她不介意繼續飾演單純愚蠢的小女生，配合對方演這一場低俗的戲。

只有C先生說的「海外」，L覺得是事實。

C先生和A、B不同，他沒有包養L，就只是一般熟客。最初C先生跟L約會的目的都只是性愛，但後來C會純粹找她吃飯聊天，更敞開心扉和她談生活上的煩惱——這反而讓L有點為難，她不知道自己該扮演哪一種角色。

她不打算讓人接觸到真正的她。

C先生是一位年輕的攝影師，每次和L見面，他都會讓對方看他的作品。起初L只覺得那些風景照千篇一律，不懂得當中有何藝術性，但在C薰陶下漸漸理解構圖的美感、光暗的對比、景物蘊含的主題以至攝影者的情緒。藝術進入了她的生命之中，而她開始能夠跟C談論一些審美角度的話題，說出對一些作品的見解。

面對C先生的坦率，L不自覺地降下心防，甚至幻想對方能夠和自己發展有別於這種金錢買賣的關係。她和C一樣，嚮往藝術家的生活，追求的不是物質，而是心靈上的滿足。

然而美夢終究是夢，不可能實現。

「我爸要我到新加坡接手業務。」C某天語氣哀傷地說。C的攝影師工作從來賺不到錢，不過他父親是大企業老闆，他便可以揮霍青春，毋須顧慮財政。只是人的青春有限，C的父親終於按捺不住，封鎖兒子的經濟支援，要他幫忙打理家族生意。C想過抗命，和L雙宿雙棲，遠走高飛，當一個窮困但有志氣的藝術家；可是現實中他就是胸無大志，考慮了一晚，就決定接受父親的安排。

L沒有傷心，這是她預想中的一幕。他很清楚C的個性，知道他不會選擇自己而犧牲父母對他的信任。

只是她不知道為什麼，那一晚她在家裡獨個兒默默地流淚，直至天明。

L後來察覺到，唯有在網路上，彼此在一無所知之下，她才能夠和他人交心。由於看不見外貌，不知道年齡性別，沒有身分和背景包袱，虛擬世界裡她反而可以暴露掩藏已久的自我，接觸他人。

即使她的生命已摻雜了A、B和C遺留下來的點滴，被塑造成一個不同的自我。

「沙丘那邊好像有點不對勁，我建議走小路。」

這是阿白在遊戲中跟L說的第一句話。

經過一年多的相處，縱使兩人沒見過面，L卻覺得阿白的存在宛如呼吸中的空氣那般自然。她知道阿白跟她一樣是社會中被邊緣化的個體，旁人可能以為她只是在找能夠互舔傷口的淪落人，但她清楚明白並非這麼回事——她感受到阿白和她的心靈契合，是能夠彼此理解的知音。

她回想起那天魯莽地向阿白提出見面的要求。她深明這可能破壞兩人的關係，而她根本無法承受這後果，但她還是決定將內心的渴望說出來。

「我宅居這麼久了，已經失去外出的技能。」阿白幽默地回答。

「我可以到你家找你。你不是說過住二樓嗎？我可以爬窗進來，這樣子便不會驚動你的家人。」

雖然阿白有點猶豫，但他最後也答允L的要求，只是他覺得要對方從窗戶爬進來有點苛刻，於是和L約定時間，趁家中無人時從窗戶扔下鑰匙，讓L從後門進內。兩人初見面有點彆扭，阿白表現緊張，畢竟他太久沒有跟人面對面交談，他這個「貝殼」也差不多二十年沒有訪客；反而L很快感到安心，因為她在阿白的房間裡看到那些他以往提及的事情，諸如哪一本小說有趣，哪一款電玩如何獨特，哪一張唱片最值得收藏。置身於這個「繭」內，L確認阿白始終如一，網路上的他和現實中的他沒有差異。

「哈，你也有這唱片。我的名字。」L從架子上取下Derek and the Dominos的《Layla

and Other Assorted Love Songs》，用手指遮蓋封底「LAYLA」的第一個 A 字。

「對、對。」

「可是他們最後還是分開了。」L 指了指唱片封套下方的歌手名字，苦笑一下。

「那……那本來就是悲劇。」阿白從書架上拿下一本書遞給 L，靦腆地說：「那、那個，觸楣頭。」

L 看到書，聽過阿白說明才知道 Layla 這名字來自十二世紀阿拉伯的民間故事。青梅竹馬的凱斯和萊拉相戀，萊拉的父親卻要女兒嫁給別人，凱斯仍然苦苦追求，被旁人冠以「瑪吉努」的綽號，意即「痴心」。瑪吉努求愛不遂，只能鬱抑地在沙漠流浪，吟誦詩歌，萊拉婚後不久亦鬱鬱而終。後來人們發現瑪吉努死於萊拉墓旁，並且刻下了三首詩歌，令這個故事流傳後世。

L 聽罷故事，忽然鼻頭一酸，眼淚沿著臉龐滑下。她不知道為什麼感到悲傷，就像為一千年前某對不幸的男女而哀慟，為他們寂寞的靈魂而痛心。阿白一時間慌了手腳，只能給 L 遞上面紙，縱然外觀看來，他們就像鬧情緒的女兒和手足無措的父親。

阿白不清楚 L 眼淚的來由，但他知道這時候不用查探究竟，甚至不需要話語。

他明白到為什麼 L 想要見面，因為唯有面對面，她才能傳達那股無法言喻的感受，才能讓他撫慰她那個傷痕累累的自我。

兩顆孤單的心靈，在這一刻真正找到彼此。

……

第七章

「好的，我現在過來一趟，請你讓那位女士等一下。」

就在許友一和小惠到丹青樓與闞致遠見面時，家麒收到灣仔分區警署報案室通知，有市民說手上有筲箕灣碎屍案的情報，想告知負責的調查人員。接待的警員初步洽談後，認為對方的資料可能有用，於是聯絡重案組辦公室。灣仔分區警署鄰接港島總區總部大樓，步程不過數分鐘，家麒收到電話後便決定親自過去會見。

「又有通報嗎？」阿星看到家麒撿起手機放進口袋便問道。他們本來正在查看謝昭虎的網店「TIGER A」的資料，家麒看到網站上一套賽車電玩方向盤居然索價超過八千港幣而嘖嘖稱奇，懷疑當中有洗黑錢的嫌疑，熟識行情的阿星卻指那反而是網店裡定價最平實的貨品，報案室的通知正好打斷這段甚無意義的對話。

「嗯，不過大概又是流言吧。」家麒聳聳肩。

自從透過媒體公開了女死者的臉部拼圖，呼籲公眾提供消息後，重案組便不時收到市民通報說認識死者，但數十個報告中沒有一個是事實，當中不少名字在查證後更發現尚在人間。在家麒和阿星跟監闞致遠期間，篩選處理這些報告的工作都由小惠負責，後來他們將焦點轉向譚璦瑩和「Jasper」，家麒才加入協助整理，和好些誤報者見面和通電話，白白浪費時間。

家麒一直期待失蹤人口組那邊會傳來好消息，但至今仍然落空，而他接見過的雙親通常在認屍後露出患得患失的複雜表情——一方面慶幸遭到如此慘酷命運的女孩並非自己的女兒，另一方面憂慮失蹤的女兒已步上相同的末路。當然，看到勉強拼湊在一起的屍體而愣住甚至昏倒的更大不乏人，出乎家麒意料之外的是母親們的忍耐力好像比父親們更高。

家麒想，或許女性更專注於觀察死者是不是自己的親人，男性卻從分割的遺骸看到兇手的惡意。

在報案室等候的是一個個頭矮小的婦人，衣著樸素，乍看之下像是一般四十多五十歲的家庭主婦，但家麒隱隱覺得對方有一股不同的氣質，猜想是由於她挺直腰板坐著、臉上一副從容的神態所致。家麒帶她到會客室後，婦人自稱姓廖，說她可能知道「隱青屠夫案」中女死者的身分。

「她可能是我一位朋友的女兒。」廖女士說。

「為什麼妳的那位朋友沒有親自來？」

「她去年染疫過世了。」

家麒對這答案略感錯愕，但想到過去三年全球死亡人數高達數百萬的疫情，有案件關係者不幸離世也實在不稀奇。

廖女士從皮包掏出兩張四吋乘六吋的照片。「這是那位朋友的遺物，是她和女兒的合照。我偶然發現她女兒和你們的拼圖有點相像，加上她失蹤已久，所以覺得有需要讓你們知道。」

家麒接過照片，仔細端詳。兩張照片都是一位成年女性和一個女孩的合照，第一張拍照地點是室內，家麒從背景中的窗戶和間隔估計是某公共屋邨的客廳，照片中的成年女性看起來還不到三十歲，因為是近景特寫照所以無法看清楚衣著款式，臉上只化了淡妝但仍豔麗動人。擠進鏡頭的另一張臉屬於一個年約十歲的女孩，她身穿一件白色的背心，頭靠在女性肩膀上，露出一個逗趣的笑靨，反而年長的女性的笑容有點不自然。這是一張平凡的母女家庭合照，從鏡頭角度來看大概是女兒用手機自拍，母親是因為忽然被女兒拉去拍照，所以才會露出這種微妙的表情。

另一張照片卻和這一張恰恰相反。這張的背景是室外，從花圃和樹木來看似乎是某個公園，母女兩人並肩站著，這回母親不但有好好打扮，更展露愉快的笑容，相反女兒則臉無表情，視線還瞧向鏡頭之外。家麒一開始以為這是第一張照片中女孩的姊姊，但細心一看才發現是同一人，只是拍照日期大概比第一張晚兩、三年，女孩已稍稍流露少女的美態，不但五官帶點母親的影子，體型也漸漸成熟。

而從這張照片，家麒能夠理解廖女士為什麼會通報警方，相片中的女孩的確和女死者樣貌有點相似。他翻過照片，想看看背面有沒有寫上什麼，但兩張都空空如也，他只從浮水印知道這是某牌子印表機的專用相紙。

「妳說這女孩已失蹤？多久了？」

「好像有四、五年了，我也不清楚，因為我沒有見過她，我只認識她的母親。」

家麒正打算追問，但第一張照片的一個細節突然抓住他的視線。小女孩的左邊鎖骨上有三個黑點，家麒用手指在照片上擦了兩下，確認那不是污跡——那三個黑點成一直線，左右兩點和中間距離差不多，最右邊的一點靠近脖子，其餘兩點微微往下延伸。

看到這三顆痣，家麒倒抽一口涼氣。

他已看過太多次了。

他記得女死者身上相同位置也有三顆痣，首天在殮房聽法醫講解，他已留意到。然後每次帶人認屍，他重複看殮房人員從冷藏庫拉出屍體，死者的臉孔和鎖骨上的痣已經在他眼前出現過十多次。

縱然如此，家麒也無法確認自己有沒有記錯，於是他請廖女士跟他到重案組辦公室，在那邊再問訊。二人來到辦公室，家麒先安頓對方到會客室，再拿著照片，手忙腳亂地回到座位，拉開抽屜找放大鏡。

「怎麼了？」阿星問。

家麒沒回答，找到放大鏡後再打開案頭的電腦，找出屍塊的證物照片。螢幕顯示出女死者鎖骨的特寫，他打開檯燈，用放大鏡觀察廖女士帶來的第一張照片。

「你自己看。」家麒深呼吸一口氣，將放大鏡遞給阿星，阿星反複比對照片和螢幕畫面，也不禁稍微發出驚呼。

「是她？」

家麒一邊點頭一邊打電話向上司報告。

許友一和小惠十五分鐘後便趕回總部，廖女士沒有不耐煩，只靜靜地在會客室等候。

「確認是女死者？」許友一甫踏進辦公室便向家麒問道。家麒出示兩張照片，再將電腦螢幕上女死者鎖骨的位置放大，許友一來回看了幾次，認同家麒的判斷。

「問出身分了？」

「只知道名字。那位廖女士說這個女孩叫郭子甯，二〇〇六年出生，假如她是今年初或去年末遇害，年紀就是十六歲。女孩的母親叫孫秀卿，去年八月因為染疫在威爾斯親王醫院逝世。兩個名字都沒有在警方的檔案出現過，雖然廖女士說這女孩失蹤多年，但失蹤人口組那邊沒有紀錄。其餘細節等隊長你回來親自問。」

許友一點點頭，急步到會客室和這個重要的證人見面。

「我是許友一督察，廖女士，謝謝你通知警方。同事會為這場會面錄影，請問有沒有問題？」

「啊，好的。」

阿星操作攝影機，向許友一打手勢示意錄影已開始。

「請問妳和相片中人是什麼關係？妳如何得到這些照片？」

「我想我最好先說明一下我的工作吧。」廖女士表情略帶拘謹地回答。「我是『靛葵』的義工。」

「那個支援性工作者的組織？」

「對。」

雖然沒有接觸過，但許友一知道這名字。香港法例沒有禁止賣淫，卻有諸多「迂迴」的相關條例，例如禁止以控制他人賣淫謀利、在公眾地方唆使他人作不道德交易、經營賣淫場所等等，於是衍生出「一樓一鳳」這種以妓女獨自在住宅單位營業的方式。靛葵是關注性工作者權益的民間組織，很多「鳳姐」遇劫或是被負責掃黃的警察占便宜也不敢聲張，靛葵便會給予援手。因為靛葵替妓女爭取權益，立場上和主張徹底撲滅性產業的警方迥異，廖女士對表明身分態度自然有點動搖，倒是許友一沒有特別的想法，他對這些組織沒有成見。

「郭子甯的母親是鳳姐？」許友一指著相片中的女性問道。

「秀卿是按摩師，我們也會接觸那方面的從業員。」廖女士回答。

許友一知道不少俗稱「骨場」的按摩指壓中心掛羊頭賣狗肉，暗中提供性服務，估計這個孫秀卿工作的地方正是其一，所以才認識靛葵的義工。

「我先說明照片的來歷吧。」廖女士沒等許友一發問便繼續說：「我是去年年初經他人介紹才認識秀卿，當時她的精神狀況很糟糕……我們組織除了提供法律和健康支援外，也關注性工作者的情緒。這幾年疫情打擊下按摩師收入減少，而且秀卿獨居，一個人很容易胡思亂想，走上絕路，所以我跟她談過幾次。」

「獨居？她沒有丈夫嗎？」

「戶籍上有，但聽說那個男人很多年前已跑掉了，秀卿病重也聯絡不上，不過到底女兒是不是他親生的，秀卿說過她也說不準。秀卿本來只和女兒同住，怎料女兒十二歲時離家出走，她身邊就沒有半個人。我對秀卿認識不深，只見過數次面，更沒想到最後一次是透過手機螢幕。當時她感染了疫症，情況嚴重才求醫，最後救不回來，即使她才三十三、四歲。那時候她大概已作了最壞打算，拜託有個萬一便為她辦理身後事，結果一語成讖。」

「她女兒十二歲便出走？沒有報警嗎？」

「據說沒有，一來秀卿礙於職業關係，不想跟警察打交道，二來她說自己在差不多年紀也離家自立，要回來的自然會回來。但她去世後我到她工作的地點收拾遺物，才發現她的貯物櫃裡有和女兒的合照，我想她只是嘴硬罷了。」廖女士指了指桌上的兩張照片。

「妳去年已拿到照片？為什麼案發後沒有第一時間通知我們？」

「我一直沒留意。去年八月替秀卿辦好喪禮後，她的遺物我只放到靛葵辦公室的一個櫃子裡。這幾天因為要清空櫃子放新的文件，我才把秀卿的東西翻出來，有一位義工碰巧看到照片，說了句『怎麼有點像隱青屠夫案的拼圖』，我才察覺。不過那位義工其實是說秀卿的樣子像你們公布的女死者，我計算過年紀，發現她女兒好像和報紙說的吻合，所以今天才會來警署。坦白說，秀卿去世前我也不大認得她的長相，因為那時候每天都戴口罩，根本沒有仔細看過她的樣子。」

許友一望向照片，發現廖女士所言非虛，孫秀卿的外貌和女死者相似，只是年紀稍大。

「那個……長官，秀卿女兒真的就是受害者嗎？」廖女士問。

「不確定，但初步看來可能性十分大，特徵吻合。我們會繼續調查。」

「唉，假如真的是她，秀卿兩母女的命運也太苦太沉重了……報紙說受害者被那個……分屍吧？這樣說可能有點涼薄，但我有點慶幸秀卿走得早，假如她知道女兒被變態弄成這個樣子，肯定生不如死。其實母女一場，有今生無來世，什麼問題也可以好好談，何苦弄到這田地呢……」廖女士搖頭嘆息。

「妳知道她們的住址嗎？」

「我記得是彩虹邨，但是哪座哪層就忘記了。或者有寫在某本筆記上，我回辦公室找找看。」

「麻煩妳了，假如妳找到請通知我們，我們也會另外調查。」許友一說。因為知道孫秀卿什麼時候病逝，只要調一下住院紀錄便能找到住址，許友一不擔心這回查不出來。

「還有這個，我想或者對調查有幫助？」廖女士從皮包取出一張身分證，遞給許友一。

許友一和部下們都看到，那是屬於郭子甯的兒童身分證[19]。

「秀卿臨死叮囑我代管的遺物中包括這個。」廖女士語氣苦澀。「她女兒出走時沒有帶身分證，而她一直好好保管著，大概是用來說服自己，女兒早晚會回來。」

廖女士告辭後，許友一立即著手調查新線索，指派部下負責不同的項目，翌日便取得成果。雖然女死者指紋有損，但因為警方現在手上有郭子甯的個人資料，於是能夠比對兩者，將變形受損的因素加入考慮，確認吻合程度極高；另一方面查出孫秀卿母女在彩虹邨的確切地址，並且聯絡房屋署協助，讓警方入內搜證。

重案組一行人抵達牛池灣彩虹邨，由於通知了行動部派軍裝警員維持秩序，不少民眾聚集圍觀，有記者更收到消息，知道警方確認了「隱青屠夫案」女死者的身分，準備再次炒熱已沉澱的新聞。房屋署職員打開大門後，許友一看到郭家就和一般公屋貧戶沒大差別，簡樸陳舊的家具、長壁癌的牆壁，還有塞滿雜物、紙盒、塑膠箱和瓶子的廉價木架。從桌椅上的灰塵看來，這房子已經空置很久。

「戶主去年已死，空置住所沒有被收回？不是說公屋單位短缺，輪候時間已經超過五年了嗎？」阿星隨口說道。

「房子的登記入住人數有三人，分別是孫秀卿、她的丈夫郭韜安和女兒郭子甯。大概郭韜安拋妻棄女後，孫秀卿沒有通知房屋署，所以就算她離世，這單位理論上還住著郭氏父女兩人。」小惠回答。

19 香港法例規定，兒童年滿十一歲後三十天內必須在父母或監護人陪同下，登記領取兒童身分證，而十八歲則換領成人身分證。

「可是人都不在大半年了，誰交租？」

「我也有問房屋署的職員，對方說沒有欠租，應該是設定了自動轉帳吧。沒有親人通知銀行，戶口也不會因為戶主死亡遭到凍結。」

「雖然公屋租金便宜，但根據廖女士形容孫秀卿的財政狀況，銀行帳戶該不會有幾萬塊，足夠應付每月租金吧？」

阿星的疑問令許友一產生聯想。闞致遠指犯人很可能是故意偽裝成連續殺人，掩飾他和死者的關係，那說不定和這個提供資金的神秘人有關。許友一指示各人留意有關線索，結果不一會便找到這個問題的答案，只是真相出乎他意料，給予金錢資助的，是香港政府。

「孫秀卿多年前已有申請低收入在職家庭津貼，每個月轉進戶頭的金額，正好抵銷了租金開支。」家麒找到孫秀卿的銀行結單，當中有這兩筆收支。

許友一不由得反思自己是不是太受闞致遠影響了。雖然對方言之成理，卻不一定是事實，現實就是可以有相隔多年才開殺戒的異常殺人魔，郭子甯有可能遇上陌生人，遭到禁錮然後被殺害。謝昭虎有條件有動機嫁禍外甥，但那只是「條件」和「動機」，沒有實證。許友一認為謝昭虎涉案的最大理由，是因為釣魚行動失敗，對方逃離現場；但闞致遠指出對方可能是認為主動邀約的「Gigi」可疑才故意不現身，那即是說「謝昭虎涉案」已無立論基礎。目前唯一對謝昭虎不利的證據，就是譚璦瑩和郭子甯樣貌相似，是謝昭虎鍾愛的類型，可是根本不能排除這是巧合的可能。

或許我們不該花時間在這兒蒐證——許友一暗想。

「隊長，請過來一下……」家麒的聲音讓許友一從思海回到現實，小惠和阿星也不約而同地瞧向他。家麒站在窗前一個抽屜櫃前，面前從上往下第二格的抽屜被他拉開，而他注視著抽屜內。

「有發現？」阿星先開口探問。

家麒從抽屜取出一個相架，然後遞給走近的上司。許友一看到相架裡的照片，心頭不禁一顫。

——這是證據了。

這是一張三人合照，從背景和服裝推測，拍攝日期和廖女士交給警方的第二張照片相同，是在某個公園所拍，孫秀卿和郭子甯和之前那張照片的姿勢神情相近，可是這一張裡面孫秀卿身旁還有一個抱著她的腰、狀甚親密的中年男人。

謝昭虎。

照片中的謝昭虎衣著簡單，不像他和譚璦瑩在夜店合照的那麼時髦，但也不像闞致遠在日善街偷拍的那般邋遢，就像是和家人出遊的一般成年男性模樣，藍色襯衫、黑色長褲，衣袖稍稍捲起露出腕錶，領口鈕扣有兩顆沒扣上。他的表情從容，對著鏡頭展露笑顏，孫秀卿臉上更帶著一抹緋紅，像是陶醉於男伴的臂彎中。

在這照片中，許友一在謝昭虎身上沒看到那張夜店合照中的邪氣，將那兩張照片放在一起，大概會令人覺得是昔日的浪子收心養性，回歸平淡變成好丈夫、好爸爸；然而許友一知道這不會是事實，因為兩張照片的次序恰恰相反，反倒像一個好男人禁不起誘惑，墮進燈紅酒綠的花花世界。

「謝昭虎就是郭韜安？」阿星訝異地問。

「不對吧，就算這是家庭照，也不一定是夫婦。」小惠說。

「要查證這個，問一下鄰居就知道了。」許友一端詳著照片，再示意小惠跟他一同向鄰人查問，家麒和阿星繼續搜查。

「叮咚——」

許友一離開郭家，走到旁邊的單位門外，按下門鈴。大門瞬間打開，探頭出來的是一個年約四十的鬈髮婦女，看樣子她一直好奇偷聽門外的動靜。

「重案組。」許友一出示委任證。「我想向妳請教一下隔鄰單位的——」

「我就知道那一家有問題啦！」鬈髮婦沒等許友一說完便搶白道：「郭太太一看就知道是不三不四的女人，幹那些見不得光的工作，她一直沒回來是不是惹上什麼麻煩了？」

「她已經去世了。」

「哎喲！真可怕啦！一定是被黑社會做掉吧？唉，我就知道她會死於非命……」

「她是病逝的。」許友一不打算讓對方繼續胡扯，於是問道：「請問貴姓？」

「我先生姓林，長官你可以叫我林太太……」

「林太太，請問妳認識這照片中的男人嗎？」許友一向對方出示家麒找到的照片。

「哦？」林太太低頭一看，隨即露出不懷好意的微笑。「阿虎哥嘛，當然認識。不過很多年沒見過他了，應該是鬧翻了吧？」

聽到對方說出「阿虎哥」三個字，許友一和小惠明白到這是很重要的證言，說明謝昭虎曾出入郭家，而且連鄰居都認識。

「他和孫秀卿……即是郭太太有什麼關係？」

「嘿，什麼關係？看到他攬著她的腰來拍照，還用問嗎？當然是郭太太的『契家佬[20]』啊。」

「他經常來探望郭太太？」

「探望？他在這兒住了好一段時間啦。」林太太一臉鄙夷地說。「郭太太應該是當陪酒的吧？多年來都『晚出早歸』，打扮得花枝招展，常常對男人拋媚眼，要是我家男人少一點定力，肯定被她纏上。十幾年前她和老公帶著孩子搬來時還算人模人樣，就是年輕一點，結果老公跑路後就露出本性，真是不知羞恥。後來不知道她在哪兒搭上阿虎哥，阿虎哥就登堂入室和郭太太同居……不過比起那個像古惑仔的郭先生，阿虎哥至少像正當人家，也比較好說話，只是大白天都在家沒上班，分明就是吃軟飯。人家下海賺錢包養小白臉，郭太太卻養個年紀能當自己父親的，真是一樣米養百樣人……」

小惠聽到林太太這番話不禁翻白眼，不過讓證人暢所欲言是刑警的基本功，說話難聽與否調查人員都得一一聽進去，了解證言內容。

「這個阿虎哥什麼時候住進郭宅的？又什麼時候和郭太太鬧翻？」許友一問。

「住進來嘛，大約十年前吧？對了，我還記得當時子甯唸小學二年級還是三年級。他們家子甯後來學壞，中一時常常離家出走，後來更沒回來，郭太太和阿虎哥都不提，我看是犯事被抓進女童院[21]吧，明明小時候十分乖巧……至於阿虎哥不見人，大約是那之後一年

20 粵語，原指奸夫，後引申至被已婚或失婚女性包養的男人或小白臉。

21 香港專門監管十至十六歲女童罪犯的機構。

左右，就是疫情爆發前一年，即是四年前吧。我還記得郭太太大吵大鬧，哭喪著臉求他留下，哎，賤人就是矯情，連阿虎哥也受不了她……」

「阿虎哥和郭太太的女兒關係如何？」

「沒什麼特別啊？當然啦，天下間女兒都不容易接受母親男友來同居，我看子甯不怎麼歡迎阿虎哥住進家裡。大概因為母親只在乎男友，忽略了孩子，子甯才會變得反叛，年輕媽媽不懂持家，更何況是隻『啄地[22]』……那兩母女平日都不跟鄰居打招呼，反而阿虎哥會跟我們寒暄幾句。長官，你們在查什麼案子？和阿虎哥有關的嗎？」

「沒有，我們只是想聯絡郭太太的家人。」許友一故意撒謊，畢竟他考慮到郭子甯遇害的消息一公開，記者便會向郭家的鄰居挖資料。「妳知道郭家還有什麼親人嗎？」

「不知道啦，從來沒有親戚朋友來訪。我連阿虎哥全名都不知道，大家都習慣叫他虎哥或阿虎……」

「謝謝妳的合作。」許友一連名片也沒留下便和小惠離開林宅門前。雖然習慣上刑警該留下聯絡方法，好讓證人想起重要事情時通報警方，但許友一覺得這個林太太能提供的消息有限，姑且省下再打交道的時間。在郭宅蒐證的家麒和阿星沒發現新線索，只找到郭子甯的成績表和課本，以及一些寄給孫秀卿的銀行信件或政府公函。從這些東西也無法讓他們多了解兩母女的背景，頂多知道郭子甯小學五、六年級成績變差，作業簿上的空白顯示她無心向學，以及孫秀卿收入如何不穩定，但至少沒有欠債。

「被姓闞的說中了。」將證物裝箱打包抬上車後，家麒嘆了一句。昨天許友一已將闞致遠的說法告知部下，本來以為證實郭子甯身分後能否定那作家的猜想，結果反而加強了這推論的真實性。

「謝昭虎為什麼要殺害同居女友的女兒？」小惠像是自言自語地問。

「會不會是孫秀卿出軌，他殺掉對方的女兒來報復？又或者郭子甯發現母親男友的某個秘密，於是被滅口……」阿星說。

「我還是覺得是變態殺人，也許某天謝昭虎開計程車，碰巧接載郭子甯，發現她長得愈來愈像她母親，壓抑不了欲念，於是將她擄走、侵犯再殺害。」家麒撇撇嘴，像是勸告同僚別太相信闞致遠的推理。

這天傍晚，許友一在警署召開簡單的記者會，向媒體發放資訊。他公開了郭子甯的受害者身分，呼籲認識她的市民向警方提供消息，同時表示警方急欲會晤失聯的父親郭韜安，可是隱瞞了關於謝昭虎的一切，因為他怕打草驚蛇。記者依然認為謝柏宸就是真兇，所以採訪重點只在兇手如何誘捕受害人以及行兇過程，對此許友一一再表明警方仍在調查中，暫時無可奉告。媒體於是作出種種猜測，像是指謝柏宸仿傚「雨夜屠夫」深夜外出捕獵受害者，偷偷將屍體帶回家再肢解，也有說他是模仿「屯門色魔」專挑公共屋邨的夜歸女郎下手，住在彩虹邨的郭子甯便是實證。

許友一和部下們心裡都明白目前最大難題，就是如何找到謝昭虎涉案的證據，而在那個問題之前他們還要釐清一個事實——謝昭虎和外甥謝柏宸的關係。因為屍塊被發現在謝柏宸的房間裡，假設謝昭虎是真兇，許友一便要提出一套合理的說法，證明謝昭虎殺人分

22 粵語中妓女被蔑稱為「雞」，「啄地」是該稱呼的隱語。

屍後，用某種手段將屍骸移送到外甥的房間裡。

然而這構想只會引出更多問題。

許友一至今仍無法相信謝柏宸無辜，他覺得只有謝柏宸和舅父合謀，案件構圖才會完整。他想不到有哪種詭計可以瞞過長期窩在房間的謝柏宸，偷偷將一大堆標本瓶藏在衣櫥裡。可是，如果兩人同謀犯案，他便要解答謝柏宸為何協助舅父藏屍的疑問，然後還有為什麼謝柏宸會自殺。是良心發現或畏罪自殺嗎？不過這樣的話，為何不留下遺書，讓謝昭虎的罪行公諸於世？他受到舅父的威脅，還是基於親情，準備扛下全部罪名？

又或者，這全是謝昭虎的計畫，謝柏宸被對方灌輸某種思想，給穩穩地操控了？

「我們不如直接抓謝昭虎回來問話吧，反正他曾和受害者同住了好幾年，又是表面上頭號嫌犯謝柏宸的舅父，光這兩點已有足夠理由盤問他了。」翌日的會議上阿星提議道。

「可是我們手上的證據還不足以落案起訴，頂多扣留他四十八小時後便得放人，到頭來還給對方知道我們已盯上他了。」家麒說。

「再次跟監如何？」小惠問。

「不見得有用吧，除非找到內應引對方說話。」家麒說畢，眾人同時想起闞致遠原來打算利用譚璦瑩的計畫。

「我打算聯絡闞致遠，聽聽他的想法。」許友一說。三名下屬這次都沒有異議，畢竟闞致遠指控謝昭虎的說法已證實不是空穴來風，「阿虎哥」和死者郭子甯的確有關係。

第二天下午，闞致遠應邀到重案組辦公室和許友一他們見面，只是這回安排的不是狹小的偵訊室，而是一個配置了白板、投影機和長桌的會議室。闞致遠老神在在，受到禮遇也沒有調侃，許友一和部下們都猜這是因為報紙已報導了女死者身分獲證實的消息，闞致遠摸清了他們有求於自己的底牌，亦同時明白到必須爭取時間，找出證據逮捕犯人。

「你們在郭子甯的家找到什麼？」闞致遠劈頭便問道。

「謝昭虎十年前搭上郭子甯的母親，曾經和郭氏母女同住了大約六年。」許友一回答。他將靛葵廖女士的報案和搜索郭家過程告訴對方，連鄰居林太太的證詞也沒有遺漏。他明白到對闞致遠撒謊只會適得其反，對方很容易便會看穿，而且考慮到謝昭虎的個人情報都來自這個謝家的鄰居，寄望闞致遠能看出一些警方沒能留意的細節。

「我想仔細看看所有證物，包括驗屍報告和你們調查到的謝昭虎的資料。」闞致遠老實不客氣提出要求。理論上許友一不該答允，但他礙於人手不足，調查又陷於膠著，他就不介意稍微犯規。不過許友一在離開會議室前指示家麒留下來從旁「協助」，解答闞致遠的疑問——家麒聽得懂隊長的言下之意，就是要留意闞致遠一舉一動，確保證物不會破損，影響將來的審訊。家麒仍然對闞致遠有成見，他心想就算對方不是共犯，也很可能會徇私，尋找漏洞替謝柏宸脫罪，所以金睛火眼似的緊盯著闞致遠，觀察他有沒有做出可疑的行為。

兩個鐘頭後，許友一收到家麒通知，指闞致遠有一些想法，請各人回到會議室。

「這些證物和報告讓我認為我一開始的推論是正確的，這不是心理異常的無差別連續殺人事件，而是故意偽裝成這類型的案子，好讓自己脫罪的詭計。」

雖然闞致遠說這話時保持著一貫的表情，但許友一看到對方眼神中那股得意，就像考古學家在散落的出土文物中看出彼此連繫的真相，難掩發自內心的興奮。

「你發現了什麼？」

「許督察，我上次提的只是謝昭虎有陷害柏宸的動機吧？我現在就給你他殺害其餘兩人的可能動機。」

闞致遠從桌上撿起驗屍報告，從中抽出一張照片——那是女死者的手臂的部分。

「你們認為手臂上的灼傷疤痕，是女死者生前被虐待的證據吧。我同意這想法，尤其這些由菸蒂做成的疤痕也有出現在手臂的後方，這排除了自殘的可能……」闞致遠笑了笑，「但其實這更證明了柏宸不可能是犯人，柏宸不抽菸的。」

「你無法確認他有沒有偷偷抽吧？」家麒反駁道。

「今天網購很方便，可是網購買不到香菸，一般購物網沒有出售，而海關緊盯任何販賣走私香菸的網店。柏宸的確可以用一些迂迴曲折的方法找代購，可是假如他真的有此需要，大可以託我代勞，我到樓下的便利商店便能買給他了，我又不反對他抽菸。」

許友一稍稍愣住，他這時才注意到這道理。

「這些疤痕的膚色深淺不一，更說明了死者是長時間受虐。」闞致遠指著照片中的圓形傷痕。「但要留意這些是已癒合的『疤痕』而不是『傷口』，假如死者是被禁錮、受虐再被殺，身上應該會有新鮮的傷痕。換言之，就算死者遇害前遭到禁錮，犯人也是等到那些灼傷痊癒後再殺害，這未免有點彆扭——慣用菸蒂長期虐待受害人的變態，會在殺人前好好克制，放棄『嗜好』便直接殺掉嗎？所以我認為這些疤痕是另一個情況下留下的……即使那是同一人所為。」

「同一人？所以還是謝昭虎？」阿星問。

「我認為郭子甯在離家出走前的兩年，長期被謝昭虎性侵。」

「兩年？即是她……只有十歲的時候？」小惠對闞致遠的指控感到震驚，即使她心目中的犯人是個變態殺人魔，她也無法想像對方會對小學生出手。

闞致遠從證物箱子取出郭子甯的成績表。「郭子甯直到小學五年級上學期成績尚算中等，但下學期就開始退步，小六的成績更是一落千丈。假如成績下跌是從升中學開始，我還可以理解成追不上新學校的程度，被新同學拋離，但她卻是在小學五、六年級時出問題。」

「這個假設會不會太大膽？」許友一問。

「這張合照也能佐證。」闞致遠從桌上挪過家麒發現的那張三人合照。「郭子甯的表情僵硬，相反母親和謝昭虎如膠似漆，我能想像到那些老掉牙的家庭悲劇——繼父性侵繼女，繼女向母親求助，母親卻息事寧人，強迫女兒忍耐，說家醜不外傳之類。」

闞致遠伸手取來另一張照片，「同日拍攝的那一張就更明顯，郭子甯連鏡頭都不望，就是不想和拍攝者對上眼——一家三口出遊，三人合照是請路人幫忙拍攝，但相中只有母女兩人，拿相機的自然是『阿虎哥』了。」

「就當你的說法是事實，謝昭虎為什麼相隔多年後殺害前女友的女兒？」許友一問。

「目前資料不足，我無法判斷，但我想到三個可能性。」闞致遠再次指向三人合照，「在提出第一個想法之前，我先說明我觀察到的一些細節——雖然你們找到的銀行結單顯示孫秀卿戶頭多年來沒有太多存款，但這個時候的她收入甚豐，我猜她是那些高級應召女郎吧。」

「你從哪兒知道她收入很好？」

闞致遠從口袋掏出一個匙扣大小的柱狀玩意，扭開按下按鈕，許友一才發現是珠寶商人常用的那種放大鏡。放大鏡附有ＬＥＤ燈，闞致遠將放大鏡放在三人合照上，示意許友一仔細看。

許友一狐疑地湊近，發現闞致遠把放大鏡放在謝昭虎左手手腕的手錶上。那是一只藍色錶盤、棕色錶帶的行針錶，錶面沒有數字只有十二個刻度，而正上方有一個橢圓形的標誌，許友一隱約看到標誌的第一個英文字是Ｐ。

「謝昭虎戴的是這一只。」闞致遠打開手機，展示一個販賣手錶的網頁。「雖然有點冷門，但也是瑞士名牌——帕瑪強尼 Parmigiani Fleurier，這手錶價值超過十萬港幣。謝昭虎在被日東保險炒魷魚後，還因為金融海嘯負債，可是不出數年便能戴這名錶，而且根據你們的調查，鄰居指他是個軟飯男。那不就說明這是女友的收入嗎？」

「這會不會是他從事保險業時留下的財產？或者他故意將僅有的財產換成名錶，再搭上孫秀卿，躲在女友家裡避債。」阿星提出另一個想法。

「這手錶是二〇一五年才生產的款式。」闞致遠指了指網頁上的資料。「況且你們看看孫秀卿，她身上的包包也是名牌。我認為謝昭虎是條寄生蟲，從郭子甯母親身上撈油水的可能性比較大。別忘了他曾經是個口才了得的保險代理，哄騙孫秀卿這種年輕單親母親，不是難事。」

「就當他是白拿女人錢的垃圾，這和案件有什麼關係？」家麒不耐煩地問道。

「你們不是還沒有查出男死者的身分嗎？假如死者就是那個『消失了的人』，不就一切都說得通了？」

會議室的空氣彷彿一下子凝結，許友一和部下們驚覺闞致遠暗示的是什麼。男死者是郭韜安，亦即是郭子甯的失蹤父親。

「因為男死者似乎只比女死者年長幾歲，你們沒想過他們是父女的可能吧？可是只要考慮到男死者死亡的年期，那就大致上和郭韜安吻合……」闞致遠輕鬆地說。

「等等，你的意思是這其實是謝昭虎侵吞蠶食郭韜安一家的邪惡計畫？」阿星吃驚地問。

「根據目前已知的線索，這是最合理的推論。」闞致遠攤攤手。「我的想法是謝昭虎在債台高築之下盯上不務正業、和黑道人物過從甚密的郭韜安，並且留意到他年輕妻子孫秀卿的美貌，於是心生一計，除掉丈夫，誘騙無助的妻子，讓她賣身賺錢，坐享漁利。這種社會裡的小人物一向被忽視，沒有人在乎他們死活。有錢人被偷走十塊錢，警方也礙於受害人的身分地位不得不積極回應，可是沒有社會價值的邊緣家庭，整個被消失也無人關心。」

「別胡說，我們警方一視同仁，不論貧富——」

「就當重案組的各位都真誠坦率，救急扶危，可是你們真的認為警隊數萬人裡每一個都像你們這麼耿直可靠嗎？假如在報案室當值的初級警員稍微偷懶，說服市民息事寧人，某些案子連曝光的機會都沒有喔。人性就是充滿缺陷，而最糟糕的是假如我們否認這事實，只會讓這些缺陷變得更深更廣，而惡徒就會瞧準這些破綻，剝削掠奪弱勢民眾的生命財產，製造更多不幸。」

許友一無從反駁闞致遠的這一番話，因為他很清楚這是事實。

「我不妨再補充一個更可怕的假設吧，」闞致遠指了指桌上的照片，示意話題回到謝昭虎身上，「這傢伙很可能根本不在意孫秀卿這個『人妻』，他一開始看上的是當時只有幾歲大的郭子甯……」

「老天，有人會為了對小女孩出手而假意追求對方母親？」家麒驚呼。

「現代人都不認識納博科夫[23]的經典小說了。」闞致遠調侃道。「謝昭虎對郭子甯有異常的欲念，住進郭宅頭兩、三年還隱藏著，利用那段時間對孫秀卿洗腦，令對方完全服從自己，待到郭子甯長大至九歲、十歲便露出狼相。那個鄰居說過郭子甯常常離家出走，大概是不願意待在家裡受謝昭虎強暴……這兒還可以假設一個細節，搞不好郭子甯發現謝昭虎殺害她父親的秘密，所以她不得不逃離住處。數年後謝昭虎找到對方行蹤，於是滅口，讓他們父女落得同一下場。」

許友一想起闞致遠在日善街偷拍的那張照片，謝昭虎站在計程車旁寫意地抽菸，憑此判斷他是老菸槍也不算是臆測。郭子甯身上的傷疤，很可能就是這惡魔性侵對方時故意施虐，因為不止一次，手臂上的疤痕就呈現不同的面貌。

許友一感到一陣噁心，他無法想像那個男人如何凌虐摧殘這個小女孩，試問十歲的孩子如何面對這麼可怕經歷？在心裡留下多大的創傷？

而最殘酷的是，這女孩只能多活數年，死後更被分割成十數塊，連僅存的尊嚴也殆無孑遺。

「不過呢，剛才說的只是其中一個可能。」闞致遠突然說道。

「你還有其他想法？」

「謝昭虎性侵郭子甯大概沒錯，只是男死者是郭韜安的機率，我猜有七成左右。」闞致遠從桌上另一邊移來男死者的驗屍報告。「受到固定液影響，死亡日期判斷誤差很大，法醫指超過十年，也許那不是我們想像中的十一、二年，而是十五、六年前的死者——謝昭虎仍然在日東保險工作的那段時期。」

「這想法的理由是？」

「因為那時期殺人最『本小利大』。我看過你們的調查資料，謝昭虎被日東解僱，是因為捲進了一些詐騙醜聞吧。假如我是他，考慮到以殺人來解決財務問題，最簡單的做法就是詐騙賠償金——首先利誘一個沒親人、孤獨的無業遊民合作，讓對方擔任受益人，然後再物色一個患絕症的傢伙，以『假單』的手法替他投保，病患死亡後便可以和合作者瓜分保險金。當然謝昭虎不會留下尾巴，也不打算和共犯分享成果，賠償金一出來再殺掉對方便一勞永逸，既不怕走漏風聲東窗事發，亦能吞下全額。」

「那麼郭子甯被殺害的原因是？」

「不知道，有可能和第一個可能性一樣，因為知道謝昭虎殺人，所以被滅口。說不定原本屍塊標本就藏在郭家，郭子甯離家出走後，謝昭虎才發現瓶子曾被移動過，於是一直想幹掉郭子甯，以除後患。」闞致遠語調淡然，對「謀殺」、「滅口」這些話題說得理所當然，許友一不禁猜測推理作家是不是全都是這副模樣。

「屍體藏在家裡，孫秀卿不可能沒發現吧？」家麒反問。

23 以戀童為主題的小說《蘿莉塔》的作者。故事主角為了接近未成年的女孩蘿莉塔而和對方母親結婚。

「『雨夜屠夫案』裡，兇手的家人也沒發現家裡藏著屍塊啊。」

「你說剛才男死者是郭韜安的可能性有七成，那麼這個保險詐騙殺人計畫的可能性有三成嗎？」

「不，我覺得只有兩成。」

「餘下一成是？」

「我不知道。或許就像你們一開始的推測，這是變態殺人魔的案件，男死者是某個工作上開罪謝昭虎的同事，因為雞毛蒜皮的小事，卻令這狂魔動了深邃的殺意。另一方面他可能多年後偶遇郭子甯，不管他之前有沒有侵犯過對方，總之這次重遇卻壓不下畸形的欲念而施暴，可是在過程中錯手掐斃對方，於是將她也弄成標本，並且沿著脖子瘀痕切斷，破壞證據。我仍然不相信是隨機殺人，也不認為分屍是兇手癖好，但本質上這還是一種極端的心理變態犯罪。」

「你不敢把話說死？」家麒訕笑道。

「現實不是小說，最符合讀者期望的不一定是事實，真相有時就是狗屁倒灶的荒唐事，發生機率再小也不能無視。」闞致遠聳聳肩，沒有在意家麒話中帶刺。

「不過，不管是你說的哪一個可能，你還是無法說明為什麼屍體會出現在謝柏宸的房間裡。」許友一說。

「這方面還沒有足夠的線索去支撐我的想法，我說出來只會讓你們覺得我是亂猜一氣吧。但我堅持柏宸是無辜的，他一定是被謝昭虎欺騙，比方說對方訛稱屍塊是電影道具，暫時要柏宸托管之類。」

「這爛藉口怎可能欺騙到人？」家麒率先發難。

「有時再爛的理由也管用啊，你們重案組一定熟悉案例吧，『雨夜屠夫案』裡兇手殺掉多人，找朋友沖洗屍體的照片也沒有露出馬腳，那理由不也一樣爛嗎？」

家麒張口欲言卻無法駁斥。四十年前的雨夜屠夫案中，兇手將受害人分屍並拍下照片，交給在沖洗店的朋友代為沖洗，對方卻沒有報警，原因是兇手說自己擔任兼職攝影師，為殮房拍攝解剖屍體，那個朋友信以為真，甚至為免同事害怕，親自沖洗照片。案件曝光純粹出於巧合，兇手第五次找朋友沖洗照片時，店內的機器故障，底片被朋友送到分店處理，分店職員覺得照片可疑才通報警方。

「可是我仍無法相信謝柏宸沒有涉案。」許友一決定道出他心裡的一個疑問。「就當兇手是謝昭虎，他將屍體放在丹青樓，意圖誣陷外甥是不合理的，因為這和你提出的『謝昭虎想吞掉丹青樓謝家房子』的推理相矛盾——屍體曝光，那單位便成了凶宅，市場價值至少打個六折，謝昭虎這樣做不就會令這計畫的利益受損？既然他這麼聰明狡詐，總有其他方法將利潤最大化，在沒有麻煩下奪取謝家母子的資產吧？」

「就算打六折，今天房子價格仍然……」關致遠話說到一半，苦笑了一下。「我就說我不想在線索不足時提出見解，看，現在我就像個無知的笨蛋了。我承認我還有好些部分沒能想通，但我願意相信我的朋友。」

「那麼，你認為接下來該從哪兒找線索？」小惠問。

「『現實不是小說』不一定是壞事，推理小說的主角必須解答所有問題，但現實中的警察只要找到合理疑點，便能夠送嫌犯上法庭，將工作交給檢控人員。」關致遠指了指桌上的一堆文件，「你們之前有向丹青樓附近的商戶拿監視器影片吧？就是那些在店門拍到人行道的。雖然枯燥，但我認為那是最有效的切入點。」

「你認為我們沒有仔細檢查過嗎？就算多看幾遍……」

「你們之前找的東西跟現在不一樣啊。」闞致遠打斷家麒的話，「你們上次是要看看柏宸有沒有離家，或是郭子甯有沒有出現在附近吧。我們這回找的是謝昭虎——假如某天他出現在丹青樓附近，美鳳姨卻告訴我們那天弟弟沒來訪，那不就是一條線索嗎？」

「那不可行。」許友一搖搖頭。「我們之前已動用了比現在多兩倍的人手，花了超過一個禮拜檢查五間商戶提供的監視影片，但到頭來根本沒看出任何線索，因為市民都戴上口罩，無法辨認。我們也無法縮小日期範圍，因為法醫報告指郭子甯於數月至半年前死亡，我們就調查了那段期間約九十天的影片，即使使用八倍速查看，一天的影片也得耗上三個鐘頭，九十天的便要看一百八十小時，而這只是『一間』商戶提供的錄影資料罷了，我們還得將它乘五。」

「不，這次會容易得多，因為謝昭虎是運送屍塊，他一定拖著行李箱或推著手推車。」

許友一和部下們恍然大悟，理解到闞致遠的目的——警方之前一直從「謝柏宸是犯人」的角度進行調查，假定丹青樓便是第一現場，所以從影片找尋的是「人」；可是闞致遠提出的角度是「謝昭虎是犯人」，屍體曾被移送，找尋的是「物件」。

「我看……調查日期範圍定在發現屍體前的三個月內吧，我不認為柏宸是協助謝昭虎碎屍、製成標本的共犯，所以謝昭虎運送的該是已完成封裝的瓶子，甚至可能分數次運送，那麼日子就會跟死亡日期有一點距離。假如你們人手不足，可以給我影片拷貝，我幫助檢查。」闞致遠說。

「這個不行，影片是涉及個人隱私的重要證物，不能流出。」

「那我到這兒看就行吧？反正你都給我看這些證物和報告了。」闞致遠指了指桌上大大小小的箱子。

許友一找不到反對的理由，於是同意對方的提議。他安排家麒和小惠繼續原來的調查——像調查郭韜安是男死者的可能性、郭子甯離家出走後去向為何——阿星則和闞致遠一起翻看監視器影像。接下來數天，闞致遠就像上班似的，每天一大早便到重案組報到，緊盯著螢幕，觀看以數倍速度回放的影片，然後待到晚上最後一名組員下班，他才一臉不情願地離開。

「我不介意在會議室過夜。」某天晚上九點多，他對指示他回家的許友一說。

「但我介意。」許友一才不可能讓「訪客」獨個兒留在總部辦公室裡，而他又不想逼下屬配合，畢竟檢查影片不同跟監嫌犯，既沒有迫切性也不一定有成果，犯不著將力氣花在這事情上。

話雖如此，看到闞致遠鍥而不捨地檢查一段段平凡的街道影片，多天刻苦耐勞地重複沉悶的工作，許友一不禁故意在辦公室待晚一點，為對方行個方便。

「你每天花十幾個鐘頭在這兒看影片，不用寫新書嗎？」一週後的星期三晚上八點多，許友一走到辦公室角落闞致遠的臨時座位旁，放下一杯咖啡。部下們都已下班，這天他剛好有一樁中區蘭桂坊風化案的報告要整理，於是特意留下來加班，讓闞致遠再多看幾段。

「啊，謝謝。」闞致遠頭也不回，只略微點頭，眼睛仍注視著畫面上快速移動的人和車。

「新書初稿已寫好了，只差修稿和潤稿。」

「是封筆之作吧？」

闞致遠按下暫停，抬頭瞧了許友一一眼。

「對。」闞致遠的表情像是沒想到對方也知曉此事，但同時又似乎理解到對方一定調查過自己，知悉封筆一事其實不意外。

「題材是什麼？」許友一漫不經心地問。他其實沒興趣，只是順著話題寒暄。

「四十歲的繭居族和援交少女的愛情故事。」

「你拿謝柏宸當題材？」許友一訝異地問。

「不，才沒有。」闞致遠苦笑搖頭。「那只是幻想文，是虛構的、為了讓我抒發情緒而創作的故事。柏宸不可能認識郭子甯。」

「但知情者一定會以為你是在寫謝柏宸吧？」

「我這個故事沒有死者，更沒有殘酷的分屍場面。」

「你不是寫推理小說的嗎？」

「推理小說不一定跟謀殺有關的。」闞致遠啜了一口咖啡。

「所以是推理加愛情？」

「唔……或許我說錯了。其實主題不算是愛情，而且恰恰相反，是一個關於『孤獨』的故事。」

「我搞不懂。」

「等到小說出版後，你買一本來讀讀便會了解。」闞致遠像是懶得再說明，轉身按下播放，再度埋首螢幕。
「對了，你為什麼要隱瞞醫科生的身分？」許友一想起這件事。
「沒有刻意隱瞞，只是鮮少提起吧。」闞致遠這回沒有暫停檢查影片，頭也不回地答道。
「我知道你要求記者不公開此事。」
「公眾對『棄醫從文』有不切實際的幻想，以為這樣做便是下一個魯迅或毛姆。我寫的只是流行小說，假如讀者過度期待，嘗試在作品中找尋拯救人生的道理，會為我帶來困擾。」
「寫福爾摩斯探案的柯南道爾也是醫生吧。」
「他是正式掛牌行醫的醫生，甚至將行醫當成正職，寫作當成副業……況且我也不希望媒體將我炒作成『港產柯南道爾』，你很清楚今天的八卦雜誌有多愛『標題殺人法』吧。」
「這也是。」
「不過我倒不介意在某方面跟柯南道爾爵士相似──他曾為兩名判囚的犯人伸冤，討回公道，甚至可以說是引致英國改善法庭上訴機制的關鍵人物。」
「我其實還搞不懂你為什麼如此努力地去證明謝柏宸清白。」因為談到冤獄，許友一將話題帶回來。「假如謝柏宸仍在世，我還可以理解你的心情，但他已經離世了，有必要這麼著緊地偵查嗎？警方和媒體以至大眾都不覺得這是急需找出真相的案子。」
「就是因為沒有人在乎，我才要這樣做。死者無法讓壞人受到制裁，唯有在世的人能代勞。」

「就算是知己好友，有必要做到這地步嗎？」許友一用手指輕敲桌面上記錄著哪些影片已檢查過、哪些沒可疑的清單。

「柏宸……他救過我一命。」

「救你一命？」

「你記不記得嘉利大廈大火？」

許友一聞言愕住。一九九六年十一月下午，位於九龍佐敦的嘉利大廈發生大火，火勢驚人，翌日中午才被撲熄，事件中死亡人數高達四十人，另外有八十人受傷，被稱為香港史上最嚴重的高樓大廈火災。

「你當時在場？」

「我和柏宸當時還是中三學生，發生火災當天我們就在現場一間眼科診所。要不是柏宸冒死架著不小心扭傷腿的我跑十幾層樓梯，我早就成為另一個死者。」

許友一當年也只有十六歲，但他清楚記得從新聞看到的可怕片段——有受害人被濃煙和大火圍困，逼不得已跨出十五樓的窗戶，一躍而下以求活命。後來還有在高層找到已燒成焦炭的骸骨，說明當時環境宛如地獄，稍有猶豫，一念便決定生死。

「你們居然是那事件的傷者？為什麼住在港島的你們會跑到那邊看眼科？」

許友一發問，闞致遠卻沒有回答。

「闞先生，你——」

許友一忽然發現對方不是故意無視自己。闞致遠按下倒轉，將影片退回數秒，並且以正常速度播放。

闞致遠回頭瞧向許友一，眼睛張得老大，即使眼下因為睡眠不足發黑，也難掩那宛如逮住獵物的捕獵者眼神。

乍看之下畫面平平無奇，就是一個老婦撐著拐杖緩步路過，但許友一赫然發現越過車道的遠方人行道上，有一個推著一輛手推車、戴著黑色口罩的中年男人走過。手推車上有一個偌大的、表面上似乎沒有任何文字標示的瓦楞紙箱，而推車的人穿著七分褲和T恤。

即使畫面中人物細小，口罩又遮蓋著鼻子和嘴巴，許友一也能認出這個男人是謝昭虎。

除了因為身高、體型和髮型吻合外，男人胸前掛著藍色的胸包，和闞致遠在日善街偷拍的那一張照片，一模一樣。

逝者的告白・IV

死亡並不可怕，可怕的是在沒有準備之下的死亡。

我至今仍然會夢見那個地獄。

夢中老是重演著相同的一幕，我拉扯著阿遠，在伸手不見五指的黑煙中，強忍著喉嚨和鼻腔的刺痛，一步一步往樓梯下方逃跑。

和現實不同的是，樓梯沒有盡頭，我們沒能找到出口。嗆人的毒煙愈來愈濃，背後傳來地獄般的灼熱，然後我看到腳邊有一具具燒焦了的屍體。

每次從噩夢中驚醒，我總會產生幻覺，覺得眼前的一切正在燃燒。那股恐懼從心底油然而生，就像被無形的怪物緊掐著脖子，令我窒息。

有時我想，這都是那混帳的四流學校害的。

銘中參加了某個慈善團體的保健計畫，學生們驗眼配眼鏡能拿津貼，不過要到指定的眼科診所，於是我和阿遠某天課後就按規定去了九龍佐敦的嘉利大廈。天曉得那正是災難降臨的一天。

我對事後的印象稀薄，有沒有被送到醫院接受檢查也忘掉了，只記得後來回到家裡，當時仍在世的外公比我媽還要緊張，老叮囑我一旦覺得不適便要去看醫生，說怕有後遺症。外公在翌年的夏天猝逝，我有時不由得想，外公會不會經常向上天禱告，寧願自己折壽也要保佑子孫平安，所以我才能渡過一劫，而他就得付出性命。

「所以啊，保險就是很重要嘛，天災橫禍總是突如其來……」

那時候舅舅有回家探望我，當然又一次和外公鬧得不愉快。他沒有再提起什麼「富盈」投資計畫，但向外公和媽推銷說人壽保險和醫療保險如何管用。

「你們想想，這次柏宸幸運躲過一劫，但禍事就是無法預測的嘛！萬一他吸太多濃煙，要長期留醫，保險便能保障——」

「大吉利是[24]！阿虎你給我住口！」外公畢竟是位老人家，對觸霉頭的事很敏感。

「我只是就事論事，天有不測之風雲，人有旦夕之禍福，既然現代社會可以為人命標籤一個價碼，那怎說比起白白死掉，購買保險還讓在世的家人有一筆補償……」

我忘掉後來外公還罵了什麼話，總之舅舅被他趕跑了。

舅舅和我變得熟稔是我中五畢業後的事。

阿遠頭腦好，中五會考成績優異，到一間有名的書院唸中六，我就沒有繼續學業，在一間補習教育機構當見習生。工作滿枯燥的，基本上是影印教材、整理教學用具、掃描文件、核對並輸入學生資料等等。薪酬不高，但好歹是文職工作，比起挨家挨戶推銷商品或頂著大太陽搬運貨物來得輕鬆。

某天晚上九點多下班，我拖著疲累的身子打算坐地鐵回家時，卻遇上舅舅。

「難得碰上，去喝一杯吧？」

「我薪水低，沒錢買保險。」我先旨聲明。

24 粵語中原為吉祥、順利之意，後多用來回應對方的不懷好意，避免觸霉頭。

「我沒打算向你推銷。」舅舅笑著拍了拍我的肩膀。「你投身社會大半年，我這個當舅父的還沒有和你慶祝，擇日不如撞日。吃了晚飯沒有？」

雖然外公的警告言猶在耳，我卻抵不住轆轆饑腸的催促，跟隨舅舅到餐廳吃飯。用餐期間舅舅只是跟我閒話家常，我其實有點意外他真的沒有向我推銷保險。飯後告別時又說有空再約我，看在既可以省錢又能吃到好料份上，我沒有不答應的理由。

那之後的兩、三個月，舅舅不時來找我，一個禮拜總會碰面一次，我漸漸覺得外公或許對舅舅心存偏見，對他產生誤會。舅舅經常跟我談職場的求生竅門，他將一些商界傳聞說得繪影繪聲，揭露辦公室政治的黑暗與狡詐，為我這個社會新鮮人指點前路。

「柏宸，你在那間公司當見習生，未免大材小用。」某次見面舅舅對我說。

「大公司都看學歷，我只有中五畢業，這工作算是合理吧。」

「我當年學歷還只有中三啊，你看我現在不是風風光光嗎？」舅舅故意撥一下領口，我知道他的西裝是名牌貨。

「我又不是你。」

「人家說『外甥多似舅』，我辦得到，你也該辦得到。」

「你說我該去進修？」

「不是那麼遙遠的計畫啦。」舅舅笑了一聲。「我有工作可以介紹你。我有一個朋友在顏氏集團的人事部工作，我拉點關係，你便可以進顏氏當個文員，薪水至少是你現在的一倍。」

「有這種好事？」我大吃一驚。顏氏是上市公司，業務繁多，是有名的大企業。

「當然。不過呢，既然我幫你這個大忙，作為交換，你替我辦一件小事也該沒問題吧？」

「什麼小事？」

「你現在工作的教育機構刊登了招標告示，他們原有的保險計畫到期，正找新的保險公司為員工購買醫療及人壽保險。我想你複製已收到投標文件給我，就是這麼簡單。」

「你要我偷——」

「噓，」舅舅壓下聲音，「不是偷，只是打聽情報而已。商場如戰場，探聽情報乃兵家常事，沒有什麼稀奇的。正所謂知己知彼，我的上司知道這情報，就能瞧準弱點，提出更吸引的投標條件……」

「可是這不是犯法嗎？」

「柏宸你別這麼死腦筋，就算我們投了有利的標書，也不見得人家一定選中嘛，我又不是要你牽線讓我賄賂某位經理。而且萬一失手，你頂多只會被炒魷魚，反正我已為你找到退路，你便無後顧之憂。商業社會就是這樣運作的，你要是墨守成規，只會一輩子當見習生啦。」

雖然我知道舅舅是在危言聳聽，但我的確對他的提案很感興趣。要是能夠在顏氏就職，前途一定比現在明亮得多。

我該接受這齷齪的提案嗎？

那時候，我忽然想起大飛在地上掩面翻滾的樣子。

對啊，這世界就是弱肉強食，安分守己只會讓自己被吞吃掉——這念頭在我腦海裡閃過。

或許正如舅舅所說，外甥多似舅。

我答應了他的要求，翌日趁主管不注意，偷偷打開電腦，找出他們已收到的六份標書，列印出來。沒有人在意我印了什麼，一般公司缺乏資訊安全考慮，我猜我將所有學生的個人資料複製一份，也不會有人察覺。

舅舅對我達成任務十分高興，大讚我聰明長進，我也如願加入了顏氏集團。只是那邊的工作並不如意，職場更多陰險小人，我後來找到另一份工作，便辭掉原職。新公司是一家只有六名員工的小企業，規模遠不及顏氏，但勝在令人安心。

只是我沒想到後來的遭遇，或許我該留在顏氏，甚至當初不答允舅舅的要求，在那家補習教育機構繼續當見習生就好。

反正一切都變得毫無意義。

第八章

「這個人毫無疑問是謝昭虎。」

翌日早上許友一召開會議，家麒、阿星和小惠都提早上班，因為他們昨晚已收到許友一的訊息，得悉闞致遠在監視影片中有所發現。眾人反覆細看，認同影片中的男人很可能就是謝昭虎，而更重要的是影片中他以手推車推著比行李箱還要大幾倍的紙箱。影片來自丹青樓對面利亨銀行大門的監視器，雖然拍不到謝昭虎消失在畫面右方後的去向，但再往前一點有行人安全島，從那邊橫過馬路便是丹青樓樓下。

「拍攝日期是今年一月六號星期五，時間是晚上七點零五分。」許友一向部下說明目前已確認的資料。「可惜的是我們無法在同時段的其他影片中找到目標人物，就只有這短短的數秒。」

「裡面是屍塊標本？放得下全部嗎？」家麒凝視著手推車上的紙箱。紙箱看起來有點陳舊，像是搬家用的大型瓦楞紙箱；箱子以數根彈力繩固定在手推車上，雖然無法從影片判斷重量，但從謝昭虎推車的動作來看，內容物有一定重量。

「雖然只拍到一次，但他有可能分批搬運。」許友一回答，再指向白板上的地圖，「從路線來看，他可能將車子停在筲箕灣東大街那邊，穿過公園，推著手推車到丹青樓。」

「他用計程車來運屍？」小惠問。

「可能是，畢竟那是他開工的時間，他身上也是開車的裝束。」許友一指了指那個藍色胸包，計程車司機每天都要準備找續用的紙鈔零錢，自然會有隨身的腰包或胸包。

「我覺得有點奇怪，為什麼要將車停在那邊？景峰花園停車場也有時租車位，更接近丹青樓。」阿星問。

「收費停車場有監視器。」許友一答道。三名部下頓時理解上司的意思——謝昭虎沒在其他監視器影片現身，很可能就是刻意避開鏡頭，事實上利亨銀行正門的監視器也只是剛好拍到馬路對面，才捕捉到這身影。許友一記得當天向銀行經理索取影片時，那個口若懸河的男人誇口說影片紀錄一定能協助警方破案，又說那鏡頭曾經拍到詐騙犯離開銀行的樣子，是歹徒的剋星云云，沒料到對方居然言中，像是老天爺故意開玩笑。

「假設謝昭虎真的是當天搬運屍體到謝家，那謝美鳳便應該知情，是共犯之一？」家麒問。

「我昨晚已經和闞致遠討論過這一點，他提出了反證。」許友一將一封列印出來的電郵放在桌上。「我當時便指出假如謝昭虎不是趁早上謝美鳳上班時行事，謝美鳳就脫不了嫌疑，闞致遠瞪著畫面左下方的日期時間沉思片刻，再翻看他手機的日程紀錄，說有一月六號晚上謝美鳳不在家的證據——年初政府撤下防疫社交限制，各餐廳紛紛推出優惠吸引顧客，闞致遠說一月謝柏宸託他提款給謝美鳳時，要求他順道列印餐飲套票轉交母親。這便是下載套票的電郵及收據。」

家麒、阿星和小惠趨前一看，發現那是一間位於九龍城、名為「粵薈軒」的中菜館的「星級龍蝦晚宴」優惠套票，圖片中的菜色雖然是中菜，擺盤卻像法國餐，每道菜都是個人分量，看起來十分矜貴。電郵中有說明如何使用票券，一位用的價格原本是五百九十八元，特價只要三百二十八，而下方的付款資料顯示購入了兩張，留座日期正是一月六號。

「闞致遠一口咬定這是謝昭虎設下的圈套，唆使外甥以此慰勞母親，用意是調虎離山，好讓自己用詭計栽贓嫁禍。」

我還特意在美鳳姨面前誇讚柏宸關心她，為他說好話——許友一記得闞致遠說話時一臉噁心的樣子，像是不甘於間接地被謝昭虎利用。

「謝美鳳和姓闞的當晚去了這家菜館？」家麒問。

「不是闞致遠，他說謝美鳳應該是找了她的朋友祥嫂作伴。他說那一晚他好像也是外出用餐，但事隔太久無法確定，只是就算他在家也沒察覺任何異樣，畢竟房子的隔音很好。」許友一轉向小惠說：「小惠妳負責聯絡粵薈軒，確認謝美鳳當晚的不在場證明，我中午也會到謝宅直接問訊——假如謝昭虎真的趁對方離家時放置屍體，謝美鳳歸家可能發現異樣，她的證言十分重要。」

小惠點點頭，用紙筆抄下中菜館資料，阿星則說道：「所以現在首要問題是謝柏宸是自願跟舅父合作，還是被威脅下就範，協助藏屍？」

「大作家上次還說謝昭虎可能訛稱屍體是電影道具來欺騙外甥，除非謝柏宸的智力只有小學生的程度，否則誰會相信？」家麒一臉鄙夷地翻舊帳。他自知口才不及闞致遠，只能在對方不在場的會議中一吐怨氣。

「隊長，昨晚你們有沒有討論過這一點？」小惠問。

「闞致遠一口咬定謝柏宸是被害者，但我仍然十分懷疑。」許友一搖搖頭。「無論是唆使、欺騙甚至是威脅，都無法合理解釋往後謝柏宸為何自殺。謝昭虎是有可能故意讓外甥當代罪羔羊，一石二鳥一併盜取房子的業權，但他真的有能力誘使對方自殺？假如用上強迫手段，抓住了謝柏宸的把柄，令對方選擇自殺，這把柄又是什麼？為什麼謝柏宸不選擇反抗？而且假如謝昭虎掌握了外甥的某個致命弱點，他根本不用讓屍體曝光，直接威脅外甥交出房子就成了。過往的案件中，犯人都是因為無法消除『死者出現』這事實，才將罪名推在第三者身上，可是這次只要謝柏宸不自殺，天下間無人知曉丹青樓藏著兩具被分屍的屍體，我們甚至沒有失蹤報告，恐怕再過十年，案件也不會浮出水面。我就是搞不懂這點。」

「會不會是催眠？」阿星忽然說道。

「催眠？」

「我在網路上看過，有些催眠大師能控制他人的行為，說不定謝昭虎下了一道心理暗示，指令一旦郭子甯被殺一事曝光，謝柏宸便自殺頂罪，只是因為某種原因那暗示提早發動……」

「怎麼阿星你也當上作家啊？」家麒忍不住吐槽反駁，「催眠這種東西只出現在故事裡啦，現實中哪有這回事！」

「不，現實也有，心理治療師也有用上催眠技巧，而且一九八五年的寶馬山雙屍案和九三年的屯門色魔案也有證人在催眠下回憶起重要線索，有實際例子可循……」

「治療或喚醒記憶跟操控目標行為層次上完全不一樣啊！」

正當許友一打算調停部下們的爭論，手機傳來震動，他瞄了一眼，發現是漢華傳來訊息。

——隊長，你有沒有看到這個？

簡短的文字後附上一個 YouTube 連結。

由於漢華只會在公事上聯絡自己，所以許友一沒細想便點下影片連結，卻被影片標題懾住。

「阿星，把筆電拿過來。」

阿星和家麒看到上司神情有異，便不再執著於口舌之爭，連忙按指示將筆電移到許友一面前。許友一在YouTube網站首頁便看到那支影片，雖然只上傳不到一個鐘頭，已基於演算法登上熱門推薦之列，而家麒他們此刻也看到那聳動的標題。

揭秘！隱青屠夫受害者閨蜜現身說法　預言「遲早遇上變態殺手」

影片來自八卦雜誌《八週刊》的YouTube頻道，詳細資料中還有指向雜誌網站的連結，而預覽圖則是一個長髮女生的背影，並且在角落附上警方先前發放的郭子甯拼圖。許友一按下播放，頭三分鐘都是複述已公開的案情，內容毫無新意，但之後有一位化名「阿Y」、自稱曾收留郭子甯的二十歲女生受訪。聲音經過變聲器處理，而內容比怪異的聲調更刺耳。

「那時阿甯無家可歸啦，我就好心收留她。她當時應該出來『賣』了不久，我有一個熟客出高價玩『三人行』，他在網上約的另一個女生就是阿甯。那時我也只有十六歲，不過一看就知道阿甯比我還小，她分明就謊報年齡……那個客人怎會不知道？大家都不說穿罷了。」

「她跟我住了大約一個月吧，很孤僻少話的女孩子，不過聽說她老媽也是幹我們這一行的，老爸早跑掉了，似乎混黑道。她那時候不知道從哪兒找來人家的身分證，搞不好是偷來的吧，毛都沒長齊就說自己十八歲，鬼才信吶。」

「我之前沒報警是不確定死者是不是阿甯啦，我認識她時她只有十二、三歲，樣子變化很大。況且我該怎麼跟警察說明？告訴他們我也是出來『賣』的嗎？我想阿甯的顧客也沒有報警吧？因為那不就承認自己『衰十一』[25]，要坐牢的喔？」

「我那時有好好照顧她，好歹我是前輩，不過她很頑固，我勸她的她都不聽。例如我跟她分析，說包養其實不划算，兩、三萬一個月好像出價很高，但只要勤奮一點，不用半個月便賺到了，她卻覺得被一個男人包養更好。我叮囑她千萬不要跟客人回家，在賓館交易安全得多，她又一再接要求上門的客人。我那時就警告過她，說香港有很多變態，十幾年前不就有個援交妹被殺害肢解嗎？那兇手還將骨頭混到菜市場去，多嚇人……妳上門接客就冒這種風險，遲早遇上變態殺手，被人間蒸發也沒有人留意啊……」

「唉，結果不就是這下場囉？隱居的宅男都是變態，阿甯肯定是受不住利誘，害自己喪命……依我看，那個宅男兇手不是晚上偷偷外出殺人，而是阿甯自己送上門才被殺的，兇手老母九成是共犯，搞不好那變態錯手殺死阿甯，是他老母幫忙碎屍。對無業的四十歲兒子沒意見的女人本來就不正常，就算警察因為兇手已死而拿他沒辦法，也該拘捕那個老母嘛。縱子行兇，不是和兇手一樣大罪嗎？我知道長官辦案不用我們這些小市民指點，但兩個月來警察都沒幹實事，凡事無可奉告，又不容許人家批評……冤有頭債有主，至少該要共犯負點責任啊……」

25 香港法例有禁止「與未成年少女發生性行為」的條文，因為有十一個字，坊間黑話便以「衰十一」取代之。

「阿Y」還發表了不少個人看法，然後記者又找來曾在電台節目說中女死者是援交女生的名嘴，再度陳述他指責郭子甯咎由自取的主張，作為這影片的總結。

「呸！外行人就是愛說三道四！我們就有調查過謝美鳳，確信她不知情啊！」家麒搶先砲轟。

「只同住過一個月便是『閨蜜』？」小惠對譁眾取寵的標題用詞感到不是味兒。

「隊長，我們要找這個『阿Y』來問話嗎？」阿星問。

「不用，我擔心的不是這邊。」許友一邊說邊站起，「記者們今天可能會因為這報導圍攻謝美鳳，我怕他們愈挖愈深，留意到謝昭虎與郭子甯的關係。假如謝昭虎有所提防，我們的調查就可能遇上更多障礙，我們必須先發制人。」

四人離開辦公室，開車前往丹青樓。許友一的預感完全準確，謝家門外已有多名記者守候，而他們看到負責的重案組警官到場，自然一擁而上，伸出麥克風和錄音用的手機，搶著發問。許友一向記者重申警方已經進行深入調查，不會放過所有嫌疑者，但同時表明目前沒有拘捕任何人，暗示《八週刊》受訪者的指控並無憑證，謝美鳳並非嫌犯。回答過部分問題後，許友一以防止騷擾住戶為理由要求記者離開，家麒和阿星便守在丹青樓大門，記者們則繼續留守大樓之外，期待能夠抓住採訪「屠夫母親」的機會。

記者退去後，許友一按下謝宅門鈴，可是無人回應。

「是不是上班去了？」小惠問。

正當許友一打算回答，走廊另一端卻傳來開門聲，他後退兩步一看，只見闞致遠從門後探頭，與他打個照面。
「記者被你趕跑了嗎？」闞致遠問。
「沒有『趕跑』，我是很客氣地『請求』他們離開。」許友一故意將重點緩慢地說出。
「謝女士在你家？」
「不，」闞致遠指了指身後，「但你們先進來再說吧。」
許友一明白對方對記者有所提防，於是和小惠重臨闞宅客廳。
「我今早留意到《八週刊》的影片，及時告訴了美鳳姨，勸她請假避避風頭。」闞致遠說。
「她在哪兒落腳？你該知道我們打算今天詢問她一月六號晚上的事。」
「她到祥嫂家暫住，就是我昨晚說跟美鳳姨作伴去吃那龍蝦晚宴的朋友。」
「我記得她是誰，小惠也見過她，就在謝柏宸的喪禮上。祥嫂住在哪兒？我親自跑一趟。」
「馬鞍山。美鳳姨有寫下地址，請等等。」闞致遠走到大門旁的鞋櫃旁，櫃子上放了一些雜物，還有幾張便條。
就在許友一伸手要接過便條時，闞致遠忽然縮手，收起紙條。
「讓我同行吧。」闞致遠要求道。
「警方辦案——」
「我在場，美鳳姨較好說話。」
許友一想了想，覺得對方也有道理，而且假如謝美鳳真的想起某些線索，可以直接向闞致遠求證，不用一來一回浪費時間。

「好吧。」許友一邊說邊伸手打開大門。

「慢著，你不是想這樣子大搖大擺地走出去吧？記者只會尾隨我們，找上美鳳姨啊。」

「你不是要我們喬裝吧？」

闞致遠笑了笑，指了客廳的另一邊。「丹青樓的單位有後門嘛。」

三人通過後門和後樓梯，打開鐵閘，來到丹青樓後方的窄巷。許友一抬頭一看，跟刷成灰白色的工業大廈外牆相對的就是鋪設了水管和電線管的丹青樓平台，往左能看到謝柏宸房間的窗戶，而另一端則大概是闞致遠的家。

「你家也能看到這巷子嗎？」許友一問。

「嗯。謝宅有房間朝向大街，我家另一面卻只是對著大廈，家裡每一扇窗子都沒有景觀可言。」

「假如有人開關鐵閘，你會聽到聲音吧？」

「我在那個房間的話才會聽到。」闞致遠指了指窗戶。「那是你上次到過的書房，如果你想問謝昭虎會不會半夜利用後門出入，我可幫不上忙，我沒有趴在書桌上睡覺的習慣。」

許友一其實想試探闞致遠的反應，他心裡想的不是謝昭虎，而是謝柏宸。他仍未完全放棄謝柏宸有偷偷外出接應謝昭虎的想法，心想假若這時丟出這問題，闞致遠有意隱瞞的話，自然會察覺問題背後的意思，答覆可能會略顯遲疑，或是高調反駁；可是對方很爽快地假設自己問的是謝昭虎，讓許友一覺得闞致遠是由衷地深信真兇是那個狡詐的男人，柏宸是被害者之一。

三人避過記者，繞道來到重案組ＳＵＶ所在的景峰花園停車場，許友一指示小惠用電話通知家麒留守在丹青樓大門多一會，引開記者，並且讓阿星帶車匙過來。

「不如我來開車吧，你們的車子留給同僚用，我們見過美鳳姨後，我再送你們回警署。」闞致遠提議道。許友一覺得可行，於是小惠便將情況告知家麒，三人再走到闞致遠白色豐田 Camry 的車位。

車子經東區海底隧道往沙田方向前進。許友一坐在副駕駛席，小惠則坐在後座。

「你們跟美鳳姨談過後，便會逮捕謝昭虎嗎？」闞致遠一邊駕駛一邊問。

「暫時還不可以。」

「為什麼？謝昭虎搬運屍體的影片便足以證明他有嫌疑吧？加上他和郭子甯的關係……」

「律政司會問及謝柏宸在案中的角色，我還沒有一個合理的說法可以提供給他們。」

「我就說是謝昭虎操控了柏宸嘛，他能夠操控郭子甯母親，那就可以當成證明。」

「假如我們現在就起訴謝昭虎，我只能跟檢控官說明謝柏宸是協助藏屍的共犯。證明他們同謀，比起證明謝柏宸被舅父操控更容易說服陪審團。」

「這不是事實！」闞致遠聲調提高。

「我們根本無法證明哪一個是事實，一旦將謝昭虎送上法院，那就是控辯雙方的戰爭，到時焦點不再是找出事實，而是找出哪個說法最能服眾。」

「即使那是謊言？」

「即使那是難以實證的說法。」許友一故意迴避了「謊言」二字。

「這樣的話，我也可以證明柏宸無辜，只要說法有足夠說服力就行了。」闞致遠嘛嘛嘴。

「例如我可以說柏宸被舅父長期洗腦，將他塑造成屈服於邪惡親人的可憐形象，畢竟他並不如坊間所想是個無業宅男，財政上可以證明他是個『家居工作的投資者』；又或者主張他被謝昭虎催眠，無意識下協助了對方藏屍……」

「你不是想說謝昭虎還下了一道自殺的指令，因為意外發動才令謝柏宸燒炭身亡吧？」許友一不自覺地用上阿星的說法。

「對啊，這說法很好，只要我找到心理專家背書，陪審員相信就解決了，嘿。」

「催眠才不可能逼人終結自己的生命吧？」

「大概是，但正如許督察你說的，案件上了法院，事實便不再是焦點。」

連小惠也察覺到氣氛有點不對勁，可是她無法介入，而許友一和闞致遠之後便不發一語，車廂中瀰漫著一股令人不快的沉默。數分鐘後，闞致遠似是有意緩解三人之間的尷尬，按下面板螢幕上的按鈕，讓音響播放音樂。

「David Bowie？」許友一聽到歌聲，順口問道。

「哦，你是歌迷？」闞致遠反問。

「不，只是我在朋友家中聽過好多次，所以才認得那聲音，我倒沒聽過這首歌。」

「這是二〇〇三年的大碟《Reality》，我最近開車都聽這片。Bowie推出這專輯後便十年沒有新作，直至二〇一三年推出《The Next Day》。」

「所以你才是歌迷。」

「也不算是，英倫搖滾我比較喜歡披頭四……」闞致遠頓了一頓，「這是柏宸最喜歡的專輯，所以我最近都在聽。」

「他是樂迷嗎？我記得他房間裡只有少量唱片，小說、漫畫和電玩光碟反而更多。」

「今天聽音樂都用串流平台，ＣＤ已被淘汰了，而且他只是對這唱片情有獨鍾，尤其喜歡第四首歌。」

「是有名的歌曲嗎？Bowie的歌曲我只知道七〇年代的，像〈Space Oddity〉或〈The Man Who Sold the World〉之類。」

闞致遠沒有回答，只伸手按了三下螢幕上的雙箭頭按鈕。喇叭傳來陰鬱且淒美的鋼琴聲，然後便是那動人的嗓音。

「〈The Loneliest Guy〉，『最孤寂的人』。」闞致遠淡然地道出歌名。

許友一沒想到謝柏宸會喜歡這種音樂——剎那間，他覺得有點理解闞致遠堅持謝柏宸無辜的原因。懂得欣賞這種旋律的人，不像是會作奸犯科的壞蛋，歌詞中的那股無奈和愁苦，就像一個歷盡滄桑的孤客，對自身不幸的慨嘆，然後拚命擠出一絲苦笑。假如謝柏宸真的協助舅父藏屍，很可能就如闞致遠所說，是謝昭虎以某種手段做成，而自殺就是他唯一能做出的反抗，對宿命的反抗。

二十分鐘後車子抵達馬鞍山，闞致遠先致電謝美鳳，然後按指示找到祥嫂居住的居屋[26]錦禧苑。祥嫂本來住在筲箕灣，八年前喪偶，女兒和女婿不忍心她寡居，於是接她到馬鞍山

26 全稱為「居者有其屋計畫」，乃香港政府興建並出售的房屋，以低於市場價值的價格售予合資格的申請者。

的家同住，但她經常到筲箕灣探望舊街坊。

「許、許Sir，我真的毫不知情啦……請你相信我，柏宸是個好孩子，他不會殺人，我也不是什麼共犯……那個女孩子從來沒來過我家，柏宸一直待在房間裡，沒有什麼援交女上門……嗚……」

「你們警察怎可以不分青紅皂白，欺負一個手無縛雞之力的老人家呢？八卦雜誌亂報一氣，你們就立即來抓人，淨是顧面子不做實事，虧你們還說什麼公正無私……」

許友一剛進祥嫂的住所，兩個婦人就連珠砲發，一個哭哭啼啼在求情，一個就擋在好友身前挺胸怒罵。

「兩位稍安毋躁，我們沒有打算拘捕謝女士，只是有一些事情想問一下。」許友一指了指闞致遠，「謝女士，我們還讓闞先生同來，假如是逮捕的話，我只帶軍裝警員就行了，妳說對不對？」

謝美鳳緊張地瞥了闞致遠一眼，看對方點頭微笑，她才稍微放鬆，祥嫂也退下來讓雙方好好說話。

「這位是祥嫂吧？謝謝妳讓謝女士暫住，丹青樓那邊有不少記者，就怕警方也無法好好和謝女士溝通，擾亂調查。」許友一說。

「相識多年，阿鳳遇上困難當然要幫忙啊！我外孫今年上大學住宿舍，家裡還有空房間，女兒都很支持我接阿鳳過來。」

「妳的女兒和女婿都上班了？」

「嗯，他們一個在中環上班，一個在尖沙咀工作，哎，還好他們的老闆挺有良心，疫情期間沒有裁員，不過聽說景氣還是上不去，就怕來年還是要另謀出路……」

許友一確認房子裡只有謝美鳳和祥嫂兩人，就放心發問，不怕情報外洩。

「謝女士，我來是想問一下今年一月六號晚上的事情。」

「隔了幾個月，我未必記得起來……」

「那是星期五晚上，而且闞先生說妳去了吃龍蝦晚宴。」

許友一的話讓面前兩個婦人表情同時亮起來，從反應他知道那是事實無誤。

「啊，對，對。那家粵什麼軒……就在九龍城……」

「粵薈軒！啊呀，他們的龍蝦真的美味啊，雖然分量是小了一點。」祥嫂插話道。「唉，我就說大眾都誤會柏宸了，雖然只躲在家裡，但還是關心老媽的『孝順仔』嘛！我家女兒雖然接我回來住，卻從來沒有請我吃龍蝦晚餐，老人家不是貪小便宜，只是偶然要有實際行動，我們才能知道那份心意……」

「那天妳幾點離家？」許友一向謝美鳳問。

「大概六點半吧？因為我怕迷路，約了祥嫂七點半在九龍城的宋皇臺站，再一起到那中菜館。」

「只有妳們兩人嗎？」

「嗯，因為套票只有兩張嘛。」祥嫂答。

「妳們用餐到幾點？」

「大約九點？」謝美鳳側起頭像是在回憶。

「是九點沒錯，我記得很清楚，因為我跟女兒說十點前便會回家，從九龍城坐地鐵回來要四十五分鐘。」祥嫂補充。

「謝女士，當天妳回家後有沒有察覺有什麼和平日不同？」

「不同？沒有吧……」

「妳回家後有沒有跟謝柏宸說一聲？」

「我記得當時他房間隱約傳出喇叭的聲音，不知道是在打電玩還是看電影，我就沒有騷擾他，平時我在他忙碌時敲門，他都會大發脾氣……我也明白啦，我聽說買賣股票時慢個一、兩秒，價位浮動便決定是賺錢還是虧本，所以我都盡量少跟他說話……」

「所以和平時一樣？」

「嗯……啊，倒有一件事有點不同。那一晚他沒有洗盤子。」

「洗盤子？」

「我離家前準備好咖哩飯，放在他門外，結果回家後看到他已吃過飯，將骯髒的餐具放在門旁矮櫃上讓我收拾。平日他用餐完畢都會洗好才放出來，或是直接洗好放回廚房，但那天他卻沒有這樣做，可能有事情在做，忙得不能分身吧。」

「那之後有沒有察覺任何不尋常的事？」

「應該……沒有吧？那之後一直很平常，直到……直到柏宸突然做傻事的一天……」

「謝女士，請問妳家平日有訪客嗎？」為免謝美鳳再度陷入悲傷，影響問話，許友一趕緊改變話題。

「沒有，就連祥嫂來探望，我也約她到附近喝下午茶，或到公園聊天……」

「連妳弟弟都沒有到訪？」

「阿虎？他是會上來啦，大概每兩、三個月便會來一次吧，有時也會密一點，像一個月內來兩、三次。」

「那傢伙每次來找阿鳳都是討錢吧！」祥嫂一臉不屑地插嘴說：「沒有正式工作的柏宸反而有家用給阿鳳，常常吹噓自己做大生意的阿虎卻當姊姊是提款機，哼。」

「不是啦，阿虎只是周轉不靈，這幾年疫情嘛，各行各業都賺不到錢……」

「他才不缺錢啦！我本來也不想跟妳說，前陣子解除疫情措施，我和麻雀友到中環鄘記吃燒鵝，就在蘭桂坊附近碰到他，五十多歲還裝小伙子，衣著時髦，更牽著個年紀跟我外孫差不多的小女生。他只是貪心，利用阿鳳妳的善良，每次四、五千的，想榨乾妳的積蓄！」

「妳……妳大概是認錯人吧。」

「才沒有！那傢伙在柏宸出事後都沒來探望妳對不對？他連喪禮都沒來！這種人狼心狗肺，阿鳳妳就乾脆跟他斷絕關係……」

「謝女士，妳弟弟最近都沒來過妳家嗎？」許友一接過話問道。

「的確沒有……但我們有通電話，他不是不關心我和柏宸啦……」

「你們最後一次見面是什麼時候？」

「好像是去年十一月還是十二月？」

「看！就連過年也不來探望一下親姊！」祥嫂又插嘴大罵。

許友一回頭和小惠及闞致遠交換一個眼神，剛才的一番話已讓他確認好幾個事實——

謝昭虎一月六號沒找過謝美鳳，那之後也一直沒再主動接觸姊姊，像是故意遠離事件中心，避免招來警方注視。

在叮囑謝美鳳暫時留在香港、警方很可能還要找她協助調查後，許友一和小惠回到車上，讓闞致遠載他們回去重案組辦公室。一路上，闞致遠沒再和許友一討論案情，因為他們都知道彼此的分歧沒有因為謝美鳳的供辭而縮小——銀行監視器影片加上謝美鳳的作證可以當成逮捕謝昭虎的合理疑點，但在謝柏宸的角色上，許友一和闞致遠的意見可謂南轅北轍。

「隊長，郭韜安方面有消息。」剛踏進辦公室，早一步從丹青樓回來的家麒便向許友一報告。「因為鄰居曾說郭韜安像黑社會分子，我請當年在黃大仙區反黑組工作的朋友幫忙，找到一個在二〇一〇年前後擔任臥底的同事，他說可能有郭韜安的情報。」

「你約了他見面？」

「嗯，他現在在毒品調查科工作，就在隔鄰總部大樓。他說中午可以過來一趟。」

「到時通知我，我想親自聽聽。」

中午十二點，一個三十多歲、體格魁梧、一臉慓悍的男人來到重案組找家麒。家麒知道對方綽號叫「阿狗」，可是見面才明白名字的由來——阿狗樣貌看起來就像一條兇惡的鬥牛㹴，他也想到為什麼多年前上級指派他當臥底，畢竟這外表混在黑道中沒半點違和。阿狗沒料到許友一親自接見，雖然許友一只是小隊長，但職級還是比高級警員的他高上好幾級，家麒介紹後緊張地敬禮。

「不用在意，我只是想省下家麒複述內容的麻煩。」在會議室裡，許友一讓阿狗坐下來，示意對方不用太拘謹。

「你認識郭韜安？」家麒沒轉彎抹角，直接問道。

「我不肯定那傢伙是不是就是你們要找的人，你們有沒有他的照片？」阿狗問。他的聲線低沉，感覺上比許友一還要年長。

「很可惜，沒有。但我們有他妻子和女兒的照片。」家麒邊說邊從文件夾取出證物照片。

「嗯……」阿狗低頭看了一眼，隨即點點頭。「沒錯，這便是『GT安』的老婆，樣子有夠漂亮的，當時很多古惑仔很羨慕他。」

「GT安？他是黑道中人嗎？」

「他不是，但有時會替他們開車，聽說他車開得很辣，所以給改了這個綽號。」阿狗笑了笑，「古惑仔除了飆真車，也一樣會打賽車電玩。」

家麒想了一下才明白阿狗的意思，因為謝柏宸的關係他惡補了一些電玩相關的知識，只是他不知道這兒的GT是指Grand Theft Auto還是Gran Turismo。

「你知道多少關於他的資料？」家麒問。

「不多，當時我是臥底調查黃大仙區毒品交易，只碰過對方兩三次，而且那幾次都只是古惑仔聚會消遣時碰巧遇上，我對他印象不深，不過因為年齡和住址吻合，我想他或許就是你們正在找的人。」阿狗指了指照片，「況且，那個被殺的女兒和她母親很像，因為你們公布了死者的名字和照片，我才想起那個GT安。他當時和一個叫『豬皮』的大哥相熟，好像說他十九歲便當上父親，於是靠幫黑道開車賺外快，正職是搬運工。」

「黑道大哥……看來我們想找這個豬皮來盤問一下並不容易哩。」家麒對許友一嘆道。

「你們不用找他啦，豬皮四年前死了，就在那場油麻地黑幫火併。」

許友一也記得那事件，黑幫爭地盤，談判破裂後上演全武行，導致四人死亡。

「那你還知不知道誰認識郭韜安？」

「不知道了。豬皮一夥也被吞併了，當年的古惑仔各散東西，很難找出來。」

「你可以形容一下GT安的外表嗎？」面對這死胡同，許友一決定另闢蹊徑，從基本資料入手。

「瘦身材，身高大約一米七至一米七五吧。樣子挺帥氣，有點像台灣明星周渝民。」

身材和高度吻合——許友一想起被分成十四瓶的男死者。

「他還有沒有什麼特徵？」

「唔……我實在想不起來，畢竟我只見過他兩、三次，甚至沒交談過。」

許友一向家麒點點頭，家麒便從文件夾抽出一疊照片。

「請先有心理準備，這是碎屍案的圖片，你看看這會不會是郭韜安。」

阿狗點點頭，面不改色地伸手攤開照片，可是看了好一會也沒有表示。

「很抱歉，我認不出來，畢竟五官都塌了。」

「不要緊。」許友一回應道。

阿狗將照片疊好歸還給家麒時，視線仍盯著最上面的一張不放。

「怎麼了？」許友一察覺有異，於是發問。

「這是右手臂吧？我想看看有沒有疤痕，可是找不到。」

「疤痕？」

「我剛想起，據聞GT安曾出過車禍，右手掛彩，我就想說不定會留下疤痕吧，可是看不到。」

「或許碰巧在連接手肘的位置，因為被分屍所以才看不到吧。」家麒說。

家麒的話卻令許友一思考起來，他直覺上這可能是案情關鍵，卻無法參透。

「咦，怎麼GT安老婆會和阿虎在一起？」

冷不防地，阿狗的這句話令許友一和家麒大吃一驚——在收起照片的同時，阿狗看到文件夾中那張從郭家找到的三人合照。

「你認識謝昭虎？」許友一緊張地問。

「阿虎叫謝昭虎嗎？我不知道他全名。」阿狗指著照片中抱著孫秀卿的謝昭虎說，「這傢伙我也碰過一、兩次，就在當時那些古惑仔的聚會上。」

「他和郭韜安有什麼關係？」家麒追問。

「有關係嗎？我沒見過他們談話，不知道他們是否認識。我記得阿虎好像跟豬皮有些合作，但詳情我不知道，大概是洗黑錢之類，因為我當時的目標不是豬皮，所以沒有跟進。聽聞這個阿虎本來從事金融保險，懂得好些手段，他又欠豬皮一筆錢，豬皮才找上他。」

這個意外收穫讓許友一大為振奮，阿狗的證言填補了案情中的空白，加強了「謝昭虎殺人侵吞郭家」說法的可靠性。

因為《八週刊》的報導，許友一不得不開記者會回應輿情，而這天獲得的新線索讓他鬆一口氣，即使詳細內容不能公開，他也能夠理直氣壯地表明調查有進展，遏止流言擴散，請公眾再等待一下。然而在他準備好向媒體說明前，上級蔡總督察先找上他，向他表達關注。

「大Sir對今天的新聞很不高興。」蔡總督察稍稍皺眉，但語氣並不是訓斥許友一。他口中的「大Sir」是指港島總區副指揮官，職階是總警司，比蔡總督察的上司港島區刑事部部長更高級。

「他想我們抓謝柏宸的母親回來審問？」許友一問。

「不，抓不抓人是其次，只是上面的人很在乎這會不會成為另一個攻擊警隊的話柄。八卦雜誌讓援交女高調指責警方無能，影片下方留言幾乎一面倒同意那論調，高層自然不想小事化大。可以開記者會宣布破案了沒有？」

這回輪到許友一眉頭緊蹙。刑事案件中假如嫌犯已死，警方只要搜集到足夠提告的證據便可以宣布破案，向媒體公開案情，相反證據不足的話就會暫停調查，等待新證據出現才重啟。許友一知道上司的意思，基本上在謝柏宸房間裡找到屍塊，女死者又是會上門的娼妓，綜合目前的環境證據已足以起訴謝柏宸謀殺或誤殺。男死者方面雖然仍有待偵查，但至少算是解決了其中一起殺人案。

問題是真正的嫌犯謝昭虎尚在人世。

許友一向上司匯報最新的調查進度，蔡總督察聽罷眉頭皺得更緊，手指捏著下巴陷入沉思。

「所以你認為那個隱青的舅父才是主犯？男女死者是父女？」蔡總督察問。

「對，加上今天掃毒組的同事證言，應該可以證明謝昭虎有殺人嫌疑。」

「DOJ那邊應該不會接納。」蔡總督察搖搖頭。「目前的疑點太零碎，不足以立案，銀行監視器影片也只是拍到他搬運『疑似』屍體的重物，檢控官預期辯方有充分理由反駁，他便不會願意冒險。找不到物證嗎？」

「還沒有，事隔那麼久，要找到十分困難。」

「另外既然謝昭虎是真兇，謝柏宸為什麼自殺？因為協同犯罪，害怕罪行曝光？」

「目前尚未查出這一點，但我認為他被威脅的可能性很大。」許友一心裡苦笑了一下，他沒想到自己被鬮致遠潛移默化，情急之下向上司提出他本來唾棄的說法。

「你解釋不了這些關鍵，表證難以成立，DOJ不會滿意啊。」

「所以我需要更多時間——」

「但時間不等人，輿論繼續發酵，那就不是我們能解決的問題了。我頂多替你向上面多掙兩天，兩天後你要是找不到足夠讓檢控官控告謝昭虎謀殺的鐵證，就公布犯人已畏罪自殺，給公眾一個說法吧。」

「可是這不是事實——」

「你根本不知道事實，你只是懷疑謝昭虎涉案，沒有真憑實據。從常理來看，謝柏宸錯手殺害上門的援交女，再碎屍以防走漏風聲不是十分合理嗎？」

「那郭韜安呢？他和謝柏宸並不相識，只有謝昭虎才有殺人動機啊。」

「我們無法證明男死者的身分，說不定那是某個流浪漢，十數年前謝柏宸一時衝動，在後巷和對方發生爭執，同樣錯手殺人，於是只能將屍體藏起來。葬在沙嶺公墓的身分不明死者有過百人，我們要接受這個七百萬人的城市就是偶然會冒出懸案和不明遺體啊。」

許友一一時語塞，縱使他想說這牽強的說法無法服眾，同時也想到沒有證據支持下他的主張在別人眼中也一樣荒謬。

「阿一，我們要顧全大局，」蔡總督察拍拍許友一肩膀，「假如這事引爆了另一場公關危機，招致更多市民敵視我們，高興的只會是那些為非作歹的黑社會、騙子和流氓，你沒必要為了這種已成定局的案件為難同袍吧？退一萬步而言，就算真兇是謝昭虎，謝柏宸協助藏屍也是同罪，你以謝柏宸召妓殺人作結，總算是透露了部分真相，讓犯罪者承擔罪責，警隊的威望亦能維持，平息民情，這不是面面俱到的最佳結果嗎？」

可是靠敷衍塞責所帶來的威望只是泡沫——許友一心裡如此想。建立在浮沙上高樓並不穩固，如果沒有打好地基，建得愈高的建築傾圮坍塌時傷害愈大，為了短期的穩定而得過且過，距離真正的長治久安只會愈來愈遠。

然而許友一沒有反駁蔡總督察，靜默數秒後答應對方的要求。這有違他的本心，可是他理解身為體制內一分子的職責，而且蔡總督察的話不是全無道理——證據不足下，根本沒法證明謝昭虎是犯人，謝柏宸被利用、被威逼而最終選擇自殺，也不過是一廂情願的說法。他向下屬轉述上級的命令，眾人雖然不滿，認為難得剛有新線索卻不得不放棄深入調查十分可惜，但也只能服從指示，在餘下的兩天限期內盡力蒐證，並作出白費工夫的最壞打算。

「隊長，我已聯絡粵薈軒拿監視器錄影，明天便有當晚謝昭虎沒有探望謝美鳳的證據。今天我先回去了。」

傍晚七點，小惠下班離去，辦公室裡只餘下許友一一人。他坐在椅子上，盯著白板上的一堆照片和文字，聚焦在已移到中央的謝昭虎頭像。雖然他答允了上司的要求，他亦明白到四十八小時根本不足夠解決卡在調查中的兩個阻礙，已經在思考如何向公眾陳述謝柏宸的可能殺人經過，但他就是無法釋懷。

——就是因為沒有人在乎，我才要這樣做。死者無法讓壞人受到制裁，唯有在世的人能代勞。

當許友一瞧向白板上闞致遠的照片，他想起對方的這句話。他想起對方在車上播放謝柏宸最愛的音樂時的落寞語調，想起對方透露自己在火場裡被謝柏宸拯救，想起一同發現那銀行影片的振奮。

而他兩天後便要背叛對方，讓一切努力付諸東流。

許友一離開警署後，沒有回家。他決定至少該向那個甘願為故友拚命的男人坦白，讓對方不會在兩天後看到新聞時被殺個措手不及。

停好車後，許友一向丹青樓走過去，意外在街上看到提著購物袋的闞致遠，緩步走在前方。他正想急步追上，對方卻忽然駐足，和一個坐在路邊、正在伸手乞討的流浪漢說起話來。流浪漢大約七、八十歲，臉上的皺紋多到令人看不出他的表情，所以當闞致遠從購物袋裡拿出一袋麵包給對方時，許友一不知道那個老翁是在笑還是在哭，是在感謝善心人還是在抱怨闞致遠給他的是食物而不是鈔票。

「想不到你有這麼好心。」

闞致遠離開流浪漢後，許友一便追上對方，淡然地說。

「哦，許督察？」闞致遠循著許友一視線望向馬路另一邊正在嚼麵包的流浪漢，「你看到了？」

「你認識那個露宿者？」許友一問。

「不算認識，但街坊叫他昌伯。公園那邊還有幾個無家可歸的老人，我有時碰到他們便會送他們一些吃的。」

「不直接給十元八塊？」

「給錢的話，天曉得會不會拿來賭或買酒去。」

「有沒有社工跟進？」

「不知道，我沒有跟他們深入交談。你可以當我和那些餵流浪貓狗的市民一樣，純粹是為了自我感覺良好而這樣做。」

許友一覺得闞致遠故意說反話。

「許督察，今早我們才碰過面，你專程再跑一趟是要我幫忙解決難題，還是有什麼新證據想我分析？」二人已走到丹青樓大門前，闞致遠問道。

「兩者都不是，我來是要轉告一個壞消息。」

「哦？」

「可以先到你家再說嗎？」

闞致遠露出疑惑的表情，卻沒有拒絕要求，示意讓許友一先走。

「上層下了命令，兩天之內要找到證明謝昭虎涉案的實證，以及謝柏宸被威逼的證據，否則將要以謝柏宸單獨犯案、召妓殺人作結。」

二人走進闞致遠的家後，許友一進門便如此說道。闞致遠聞言揚揚眉毛，再從容地走到放水杯的茶几旁。

「你要喝茶嗎？還是白開水？」闞致遠一邊斟水一邊問。

「闞先生，你不在乎嗎？警方兩天後便要將一切事情推到謝柏宸頭上——」

「我當然在乎，只是嘛，我本來就沒有期望你們會如實結案。」闞致遠冷冷地說。

「我們一直都很認真調——」

「我知道你們有認真調查，但我不是說過嗎？就算我相信你和你的部下誠實可靠，我也沒有天真到以為警方全體都是如此，體制裡每個人都有現實考量，當兩個選擇放在眼前，選一個風險較少但仍符合自己道德標準的，可謂人之常情。可是，這種平庸的選擇只會累積成為『惡』……不，我甚至不是說漢娜．鄂蘭提及的那種缺乏個人思想、制度化之下的『惡的平庸』，你的上司和你大概判斷過，提高破案率、鞏固警察的聲望是為了大眾的福祉，是震懾惡徒不讓黑道和賊黨猖狂危及良好市民的『大義』吧，犧牲一個柏宸便可以保障數千數萬人生活安穩，事實為何根本毫無意義；但這種打著正義旗號的抉擇才不是正義，那只是一種現實主義，是以大義為名施行的惡。」

許友一再次意識到闞致遠口才辨給，但這回他沒有意圖反駁，甚至覺得對方說中要點。

「或許世界就是如此運作，我們的選擇只是兩害相權取其輕吧。」許友一無奈地回應。

「對，不過那只是『你』的選擇，『我』還有其他選項。」

「其他？」

「許督察，你來是出於善意，讓我提早知道結果，以免我到時覺得被擺了一道吧。」闞致遠不懷好意地笑了笑，「那我也回報一下，先讓你知道你向公眾說明柏宸是殺人犯之後會發生的事情——記者會收到小道消息，指出郭子甯與謝柏宸舅父之間的關係，謝昭虎謀財害命的說法會被炒作成為熱門話題，而你們警方便要忙於救火，撲熄種種無能、馬虎的指責。」
「你！」許友一沒料到對方有此一著，立即換上對抗的語氣和闞致遠對質：「你沒有證據——」
「對，我沒有證據，但記者可以跟美鳳姨拿到謝昭虎的照片，然後讓郭家的鄰居們辨認，再來跟郭子甯的老師來場訪談，聊聊她為什麼小六成績變壞，引導大眾聯想——我會確保這一切進行順利，而且最有意思的是，對公眾而言他們才不管這些是不是事實，只要內容夠聳動，虛構的情節更易流傳。我想，到時你的上司們應該會後悔，為什麼不讓這些事情放在法院裡討論，至少法庭上不會失控嘛。」
許友一自覺陷入兩難，他知道眼前這個男人並不是虛張聲勢。
「可是如此一來，公眾只會認為謝柏宸是協助謝昭虎殺人藏屍的共犯。」
「對，雖然很無奈，但至少比起要他一個人揹起整個黑鍋來得容易接受一點。倒是警方到時面對的麻煩有多大，我就無法預測了。」
「你休想威脅我——」
「威脅？許督察，你弄錯了，」闞致遠坐到沙發上，「我提出要求、設下條件的話才是威脅，而我完全沒有意思這樣做，不管你們做什麼，我也會公開謝昭虎的事情。我從一開始便沒打算假手於人，只是碰巧你們找上我，我才順水推舟和你們合作。」
許友一倒抽一口氣，明白到眼前的困局。假如當初自己草率結案，判斷謝柏宸就是「隱青屠夫」，闞致遠在蒐集謝昭虎的罪證後一樣會借用媒體公開真相，而警方就會淪為笑柄——許友一發覺自己該慶幸沒有偷懶，為重案組化解一個公關危機。

只可惜這炸彈沒有完全被拆掉，只是延長了爆發時間。

「你無論如何都要這樣做？」許友一問。

許友一瞪視著闞致遠，可是他從對方的眼神知道這是不會改變的答案。

「嗯。沒有轉圜餘地。」

「唉。」良久，許友一嘆一口氣，拉了旁邊一張椅子坐下。「或許這是天意吧。你可不可以在跟記者洩露消息前一個禮拜通知我？」

「好讓你知會公共關係科準備應對方案？」

「不，讓我可以提早遞辭職信。犯錯的警官已經離職，上級有藉口開脫，我的部下也不用揹黑鍋。」

「嘿，很合理的做法。我可以答應你。」闞致遠笑著說。「不過我沒料到你是個如此輕易放棄的人。」

「輕易放棄？這局棋明明已經被將死了，不服輸只是有失風度罷了。」

「假如這是一局棋，你就只是個三流棋手。」

「媽的，你還說風涼話。」許友一不再保持警官應有的風度，縱使沒動氣也罵了句髒話。

「不是風涼話，換我是你的話，就會垂死掙扎，找尋反敗為勝的一著。」

「還有這可能嗎？」

「眼前就有一個選項。」

「什麼選項？」

「兩天之內滿足你上司的要求，找到證明謝昭虎犯案的物證，以及查出柏宸自殺的原委。」

許友一苦笑起來。「只有兩天！兩天足夠做什麼？」

「上帝也只用了六天創造天地。」

「別給我說冷笑話。」

「好吧，不說笑。」闞致遠聳聳肩，「兩天時間不多，但足夠進行化驗吧？你的上級要求實證，我想指紋、血跡、衣物纖維或遺物之類應該可以？」

「到哪裡找？你不是叫我到謝昭虎的家裡蒐證吧？我是可以申請搜查令，可是這便代表警方要拘捕那傢伙了，而我們根本不知道那是不是第一現場，萬一空手而還，我們頂多只能拘留謝昭虎四十八個鐘頭，將來就更難找到證據。」

「我想到的不是他家，而是他開工用的車子。」

「你認為車子是第一現場？」

「不，我不知道，但根據你們的調查紀錄，謝昭虎名下沒有車輛，那我就猜他很可能利用計程車代步，說不定他是在車上襲擊郭子甯，或是利用車子運載過未被肢解的屍體。」

「可是就算被你說中了，事隔這麼久，他已經打掃過車子，消除了證據吧？」

「沒錯，但這是目前僅有可以做的調查吧？考慮到時間限制，這的確是孤注一擲，很可能徒勞無功，可是這才是爭取到最後一刻、誓不放棄的做法。」

「不管搜查的是他家還是車子，結果還不是要拿搜查令、先行逮捕？」許友一攤攤手，再往後靠在椅背上。

「不對，這大有分別——家是他的家，但車子不是他的車子嘛。」

許友一猛然想起這件事，謝昭虎是和小車行合作的計程車司機，而那間車行是和獨立車主合作，代為管理及收租等等。

「我不知道有什麼藉口可以用，但不少車主怕麻煩，威逼利誘之類的，總有可能在車主自願提供、不驚動謝昭虎的情況下拿到車子來搜證吧？反正車行到時便會調派另一輛計程車給謝昭虎開工用。」

許友一看到黑暗中的一線曙光，即使機會渺茫，但至少是一個可行的辦法。他和闞致遠隨後討論了好幾個不同的情況，針對車主、車行和謝昭虎的可能反應，以及需要在鑑證科和隸屬於政府化驗所的法證事務部打哪些人情牌，找出最理想的行徑。

「不過就算這邊成功了，還是解釋不了謝柏宸自殺的理由。」許友一說。

「我就說那是洗腦……你不是說過催眠下達了自殺的暗示嗎？就用那個好了。」闞致遠再次提起早上他們在車上沒有結果的辯論。

「我們不要再爭論這個吧？」

「我是認真的，反正在法庭上找個專家證人背書，再荒唐的說法也有人相信。你看今天法庭上不是如此嗎？同一件事情在控辯雙方的專家眼中卻呈現完全相反的面貌，然後哪邊的意見較重純粹依法官判斷，而法官卻很可能沒有相關知識。隨便舉例，大眾對『洗腦』這回事頂多只想到上世紀五、六十年代發展的那些理論，但網路的出現卻造成了一堆前人未見的洗腦手段，《一九八四》的內容都顯得落伍了，對此缺乏理解的法官卻要指引專家證人作證？這不是外行領導內行嗎？但遊戲規則就是如此，那我便依著這規則來玩，找『專家』幫忙好了。」

「你不想找出事實？」

「我當然想，只是事急馬行田，反正你的上司都不重視事實，我便以彼之道還施彼身。」

許友一正想反駁，卻靈機一觸想起一個人。

「我……或者可以請教一下專家意見。」

「你有可以利用的專家？」

「我呸，不是利用。」許友一瞪了闞致遠一眼。「我有一位朋友是精神科醫生，我可以告訴她案情，讓她分析一下謝柏宸有沒有可能被控制。」

「她可以作證？」

「我不是要她作證，而是真的想請教她的意見——她以前在香港執業，不過十年前退休，和丈夫回到英國故鄉阿什福德定居了。」

「阿什福德？肯特郡？」闞致遠略微訝異。

「我不知道是什麼郡，好像是東南方，她說我要是到英國旅遊記得探望她。你去過那兒嗎？」

「我小時候在肯特郡的坎特伯里住過一陣子。」

「哦？我以為你一直住在丹青樓。」

「那是我父母出意外之前的事，本來我們已移居英國了，因為我父母逝世，我才不得不回來跟祖母同住。」

闞致遠說這話時語氣恍若別人，許友一沒見過他這樣子，霎時間無法好好應對。

「別談我的事吧。」闞致遠換回原來的語調，「既然那位醫生在英國，你只能越洋問她意見？假如要上庭的話……」

「不用想那麼遠，我先聽過她的說法再作打算——畢竟目前最大的難題是有沒有找到物證，這邊失敗的話，其餘一切免談。」

當晚許友一便傳了訊息給住在英國的白醫生，對方曾在他和悍匪搏鬥後治療他的創傷後壓力症候群。白醫生是英國人，「白」只是姓氏「Brown」的音譯，不過熱愛中華文化的她更喜歡用這個常見的漢姓。

——我聞得發慌，你將案件資料寄到我的電子信箱，我替你看看吧。

白醫生的訊息最後還附上一個吐舌頭的顏文字，許友一不禁莞爾，想到這個七十多歲的老太太心境仍十分年輕。他整理好資料後寄給對方，並且說明事態緊急，不過同時明白海量的資料不易看完，請對方注意別太勞累。他提出的疑問是謝昭虎到底有沒有可能精神控制謝柏宸，包括有沒有可能令對方不由自主地協助藏屍，甚至有沒有可能令對方自殺。

翌日早上，許友一向部下們簡述接下來兩天的行動後，便執行計畫。他們先找上謝昭虎開工用的計程車車主，對方是個年近七旬的老先生，以前也是職業司機，退休後靠計程車租金維生。許友一說明那輛車子可能被用作犯罪用途，指警方可以按程序拿搜查令扣押車輛蒐證，可是如此一來動輒得占用兩、三個禮拜，假如對方願意主動合作，他便會盡快在數天內將車子歸還。老先生自然明白哪個選項讓他損失較少，談不到十分鐘便點頭答允，甚至願意幫忙找藉口向車行暫時拿回車子。

「可以說你要送車子去做例行檢查嗎？」許友一問。

「不，檢查一向由車行負責。我跟他們說我有親戚的孩子唸演藝學院，臨時想借計程車來拍電影交作業吧。」老先生答。

許友一看著老先生和車行職員通電話，車行方面雖然對這要求有點不滿——畢竟要臨時調配車輛——但因為老先生是合作多年的客戶，也就答應聯絡日班司機，在換班時將車子駛到許友一指定的地點而不是灣仔日善街。

「替我向阿虎哥說聲不好意思啦。」老先生在電話中說。許友一本來就猜對方認識租客，可是他這時決定不動聲色，因為他從沒透露「涉及犯罪」的是日班、夜班還是替班司機。

下午四點阿星接到車子後，便將它交給鑑證科的同僚。事前許友一已打點好，在鑑證科工作的朋友會加班檢查，好讓翌日早上能將部分蒐集到的線索交由法證事務部進行化驗。許友一不知道他們會不會有所發現，又或者即使找到線索卻不曉得能否趕及兩天期限，但他還有一個手段打算運用。

他準備在限期前拘捕謝昭虎。

最理想的情況是鑑證科順利找到證據，重案組只要按程序盤問嫌犯、將資料交給律政司，隔天便能送上法院提訊；其次的是在合法拘留謝昭虎的四十八個鐘頭內鑑證科找到證物，縱使有違上級的指示，仍然是合規的做法。最壞情況是鑑證科一無所獲，許友一只能以「盤問後沒發現涉案」為由釋放謝昭虎，並且向媒體披露「謝柏宸召妓殺人」，不過他這樣做其實是埋下「伏筆」，將來闖致遠向記者爆料，謝昭虎和郭子甯關係曝光，警方亦能以「曾經調查謝昭虎但找不到足夠證據」為由免除部分責難。

直到翌日下午三點，鑑證科仍沒有回音，許友一便下令執行計畫。家麒、阿星、漢華和邦妮分乘兩車負責跟蹤謝昭虎，準備隨時拘捕對方，小惠和許友一自己則留在辦公室，等候可能送達的鑑證科報告。

「謝昭虎已在譚臣道接班，駕駛車行派遣的另一輛計程車了。」小惠收到家麒報告後轉告許友一。

時間一分一秒過去，晚上八點依然沒有好消息，跟蹤組方面卻不時匯報目標行蹤，對方穿梭市區接載乘客，也沒有什麼異樣。由於是星期五晚，大量市民下班後相約聚會，召計程車的客人比平日多，從五點開始謝昭虎便生意不絕。由於許友一事前指示，拘捕行動最晚會在凌晨執行，家麒他們也能沉住氣，一直開車尾隨。

就在許友一幾乎按捺不住，打算聯絡鑑證科查詢進度時，他收到預期之外的訊息。

——我將推論寄到你的信箱去了，希望還來得及。

白醫生的訊息讓許友一立即打開信箱檢查，然後他便看到那一封附上好幾篇學術文章以及網頁連結的郵件。他匆匆掃了內文一遍，在讀到某幾個關鍵字的一刻想起闞致遠和謝美鳳的證詞，內心的困惑頓時消散，猶如醍醐灌頂。

「隊長，你要出發會合家麒他們？」小惠看到許友一穿上外套、準備離開辦公室便問道。

「不，我要去一趟丹青樓。有消息第一時間通知我。」

許友一甫上車便猛踩油門，一路直飆到筲箕灣，下車後三步併成兩步衝到闞致遠的家門前，緊按門鈴不放。闞致遠開門後正打算抱怨對方晚上十一點還上門打擾，許友一卻搶先發問。

「兩個月前你說平日只和謝柏宸談電玩、動漫之類的話題，沒有談其他？」

「沒有，都是瑣事。」闞致遠邊說邊讓許友一踏進他家。

「你從來沒有問他為什麼繭居不出門，為什麼對外面心生恐懼？」

「我就很清楚地說過了，我不知道啊！」闞致遠頓了一頓，「難道你查出來了？」

「不，我沒有，但我想我們一直弄錯了一個關鍵。」

「什麼？」

「謝昭虎沒有催眠、洗腦或操控謝柏宸，害他自殺的另有其人。」

「不可能！就當催眠是誇大了，柏宸一定是被威脅——」

「害他自殺的人，是你和謝美鳳。」

闞致遠聞言一臉驚愕，同時對許友一怒目而視。

「你在胡扯什麼？」

「我不是說你們做了什麼事情故意害他自殺，而是反過來，因為你們沒有做某些事情才讓他走上絕路。闞先生，你從來沒有勸告謝柏宸改變生活模式吧？」

「因為是相識多年的好友，他對身處的環境沒怨言，我就當然不會刺他的痛處——」

「持續性抑鬱症。」

許友一祭出從白醫生信件中學懂的新名詞。

「你說謝柏宸患有抑鬱症？別說笑了，就算我們大部分時間都只以文字溝通，我怎可能沒有察覺他有抑鬱徵狀？他更常常跟我開玩笑……」

「那是一種慢性的情緒失調障礙，和重鬱症不同，病徵不明顯。我請教了那位英國的精神科醫生，她指出慢性抑鬱症很容易被人忽略，就連同住的家人或一起工作的同事也可能無法察覺——白醫生在信裡說明，坊間稱為『微笑抑鬱症』或『高功能抑鬱症』的精神問題往往和持續性抑鬱症相關，那些患者表現上和一般人沒有差異，但骨子裡情緒低落，對人歡笑背人垂淚，而謝柏宸更長期隱居，缺乏社交，旁人就更難發現他的抑鬱症狀。」

「這……這只是你的猜測吧？」

「我當然無法證實，但有很多客觀證據指向這結論。」許友一掏出手機，打開白醫生郵件中的一篇文章，放到闞致遠面前。「有研究日本『家裡蹲』的學者指出，社會隔離是早期的抑鬱症徵狀，而隔離生活會令抑鬱持續，陷入惡性循環。我認為謝柏宸本來就有抑鬱症，這二十年來一直沒有康復。」

「你是說柏宸因為被炒魷魚患上抑鬱？」

「不，我認為那只是壓垮駱駝的最後一根稻草，抑鬱症的種子早已埋下了。你們都經歷過嘉利大廈大火吧？」

闞致遠直愣愣地瞧著許友一，等候他進一步說明。

「白醫生指出，經歷過這種慘劇的人，有可能患上創傷後壓力症候群，而它有可能引發焦慮症或抑鬱症。我是過來人，很清楚這種情緒失控會導致的生理問題，假如謝柏宸當年沒有好好處理，潛藏在內心的恐懼和悲傷可能導致長期的不良影響。」

許友一想起他在闞致遠車上聽到的那首〈The Loneliest Guy〉，當時他便想到，懂得欣賞這旋律的人不像是殺人兇手，而當他讀到白醫生信件中提及有些抑鬱病患喜歡聽哀愁的音樂，他才想到謝柏宸呈現的不是殺人而是自毀傾向。

「闞先生，你和謝女士從來沒有跟謝柏宸好好談及他的處境，只放任他隱居，不知道

以輕鬆利用丹青樓的後門將屍體運到房間，再藏在衣櫥裡。」

「你如何——啊，柏宸沒有洗盤子……」闞致遠話說到一半，便一臉恍然地說出許友一察覺到的細節。

「對，謝美鳳說平日謝柏宸用餐後會洗餐具，但那天卻一反常態。我猜謝昭虎用撬鎖工具打開房門門鎖，確認外甥睡著後，便將屍體塞進衣櫥，而因為他不曉得謝柏宸有清洗餐具的習慣，才會順手將空盤子放到房間外。為了防止謝美鳳回家後擅自進入房間，謝昭虎很可能從裡面將房門鎖上，然後利用窗戶離開。謝柏宸醒來後，頂多以為自己沒有關好窗子，不會想到自己被下藥，昏睡期間更被偷放了二十多個盛著屍塊的標本瓶。」

「慢著，謝昭虎這樣做有什麼意義？柏宸醒來後發現屍體便會引發軒然大波啊？」

「所以他根本沒有發現！」許友一苦笑道：「繭居在家的謝柏宸沒有必要換外出的衣服，他一直沒有打開衣櫥！你說那次聽到他有意和兼職女友約會，不就提議借他衣服嗎？你也很清楚他平日沒有需要使用衣櫥吧。」

「這假設未免太大膽了吧？」

「比起『謝柏宸被舅父操控協助犯罪』，『謝柏宸在不知情下被栽贓』不是更吻合我們目前的情況嗎？你估計謝昭虎一直有跟謝柏宸聯絡，指他覬覦房子，我認為那不是主因，他真的目的是要摸清謝柏宸的生活，用作他罪行曝光或任何意外——譬如被房東逼遷——發生時的後備方案，讓外甥當代罪羔羊。」

「可是時間一久，柏宸總有可能發現屍體啊？」

「這就是謝昭虎最惡毒之處。」許友一露出鄙夷的神情，「就如同你說，謝昭虎將案件偽裝成無差別殺人魔事件，一旦曝光也不容易查到他身上，就算謝柏宸發現駭人的屍體後鼓起勇氣告知謝美鳳甚至通報警方，他只會面臨百口莫辯的困境，試問如何向人解釋為什麼屍塊憑空出現？到時大概只會假定謝柏宸有精神分裂，不由自主地溜到外面殺人，和目前的情況差不多。」

闞致遠沒再回應，只是托著手肘摸著臉頰，亮出一副沉思的模樣。

「闞先生，」許友一以平靜的語氣說，「我不得不承認你比我更像偵探，無論頭腦、觀察力或分析力你都比我更勝一籌，可是因為你是謝柏宸的童年摯友，所以你陷入盲點了。你從沒有放棄謝昭虎操控謝柏宸的想法，結果卻令你鑽牛角尖，沒察覺到最簡單而合理的可能——你是正確的，謝柏宸是無辜的人，可是你一開始便否定了好朋友會瞞著你自殺，才會忽視這個答案。白醫生信件中有一篇文章，指很多自殺者的遺屬會自我質疑，自責沒有察覺親人生前透露的危險跡象，但就如我剛才所說，不少自殺者行事前沒有先兆，所以你和謝女士不用感到內疚，你們不需要為謝柏宸的決定負責任。」

「你可以用這個推論作為逮捕謝昭虎的理據嗎？」沉默了好一會後，表情複雜的闞致遠問。

「很可惜，它們都不是決定性的實證——」

懷中手機傳來震動，打斷了許友一的話。他趕緊掏出手機，在看到來電號碼的一刻不由得心跳加速。

「小惠，告訴我好消息。」許友一邊接電話邊向闞致遠打手勢示意。

「隊長，鑑證科剛送來報告，他們說在謝昭虎的計程車後車箱墊子下找到一片半公分長、一公釐厚的玻璃碎片！」小惠上氣不接下氣地說。

「玻璃碎片？」

「標本瓶！鑑證科已核對過了，盛載郭子甯左大腿的瓶子瓶蓋邊緣有一處不起眼的缺角，和這片碎片吻合！」

許友一不禁握拳揮臂，再對闞致遠豎起拇指。

「那足夠了，立即通知家麒——」

「等等，隊長，我還沒說完！」

「還有其他發現？」

「嗯，鑑證科在後座座位的夾縫還找到微量已乾涸多月的血跡，雖然血跡難以化驗，但上面黏著兩根毛髮，法證已將它們和屍體進行比對，確認屬於郭子甯！」

穩了——許友一腦海閃過這念頭。有這兩項物證，加上白醫生的推論，檢控官便能順利起訴謝昭虎。

「通知家麒傳位置到我手機，我要親自抓人。」許友一說。

掛掉電話後，許友一對闞致遠說：「因為找到標本瓶的碎片和郭子甯的染血毛髮，你剛才的問題有新答案——謝昭虎會被拘捕，檢控官不會有異議。你明早留意新聞吧。」

「嗯。」

「你現在就去拿人？」當許友一正要往大門走過去，闞致遠發問。

「請讓我一起去。」

許友一沒想到對方會提出這要求。

「你說過讓業餘偵探跟著查案的警察全都是笨蛋。」

「你現在是要進行逮捕，不是調查，我也不會插手干涉。」闞致遠頓了頓，「我需要代替摯友親眼看到那傢伙的下場。」

兩人不發一言，彼此互望數秒。

「這次由我來開車。」許友一沒有拒絕，伸手打開大門。

兩人坐上許友一的車子，家麒通知目標位置在皇后大道中，許友一便趕緊開車上東區走廊，往中環前進。一路上闞致遠和許友一沉默不語，低沉的引擎聲就像配樂，為這齣即將落幕的悲劇畫下句點。

「目標剛在威靈頓街接了一個醉客，現在經過擺花街，應該會左轉經荷李活道前往半山區。」當許友一的車子駛經會議展覽中心時，車上對講機傳來家麒的口訊。

「收到，我會從紅棉路直上半山區。準備在停車下客後進行拘捕。」許友一回應下屬。有些嫌犯被捕時會情緒失控，有可能危及第三者，所以許友一指示下屬在乘客下車後動手。

五分鐘後，許友一和闞致遠來到半山的馬己仙峽道，在家麒的實時更新位置下他們追上漢華和邦妮所在的二號車。家麒和阿星的一號車一直緊貼目標尾隨，而二號車則負責支援，目前跟在一號車後方約一百公尺，準備出狀況時補上。

「目標仍沒有停下來的跡象，預計前往司徒拔道。」

家麒的報告讓許友一維持在二號車後方，沿著山路往東前進。由於已是深夜零時，只有寥寥豪宅的山區更見荒涼，不過雖然沒有路人，逆向車道上仍不時有車輛迎面駛至。

「目標車速放慢。」

駛進山頂道時，家麒通知後方的兩輛車，許友一不由得覺得奇怪，因為那路段沒有住宅，不過不一會家麒跟進指謝昭虎沒有停車，一如預期往司徒拔道繼續前進。在經過司徒拔道的一刻，許友一看到山下的夜景，想起不久前他們跟蹤闞致遠的行動就在這兒失敗，如今那個人卻坐在副駕駛席，和自己一起緝捕犯人，莫名地感到諷刺。

進入司徒拔道後計程車沒有停下來，經黃泥涌峽道往南走，許友一和部下們都猜想乘客是住在淺水灣的有錢人。然而車子經過聖約翰救傷隊烈士紀念碑後卻左轉往大潭水塘道，家麒才知道乘客的目的地是哪兒——大潭水塘道是囊底路，盡頭只通往陽明山莊這個大型豪宅屋苑，要離開只能沿路折返。

這太好了——許友一心想。謝昭虎就像已掉進陷阱的獵物，不可能逃過三輛車子的攔截。

「咦？目標在郊遊徑入口停車，重複，目標在大潭郊遊徑入口停車。」

郊遊徑是前往郊野公園和燒烤場的入口，和陽明山莊入口相距超過一百公尺，住戶不會在這兒下車，而大半夜的醉客才不會獨個兒去爬山或燒烤。

「一號車繼續前進，二號車補位。」許友一下令道。阿星將車子駛過計程車的位置，停在陽明山莊入口前待命，漢華和邦妮則關掉車燈，悄悄地停在計程車後約四十公尺外監視。

「沒有人下車。」漢華報告。

「再等一下。」許友一說。他擔心謝昭虎察覺被跟蹤，萬一來個狗急跳牆，弄成脅持人質事件，那就麻煩。

然而差不多一分鐘仍沒有動靜，車廂裡也沒有亮燈，漢華和邦妮無法確認情況。

「那傢伙在做什麼？」闞致遠也不由得提出疑問。許友一已將車子停在二號車後方，雖然看不清楚，但他們也能看到計程車所在。

「確認剛才有乘客上車？」許友一向對講機問道。

「確認，在威靈頓街有一名穿黃色上衣和牛仔褲的外籍女性上車，從舉止看來似乎喝得很醉——」

許友一突然理解到數分鐘前計程車在山頂道減慢速度的理由。他丟下闞致遠一躍而下，往計程車直奔，漢華見狀也立即下車追隨，而邦妮緊握方向盤，準備隨時開車攔截。家麒和阿星聽到邦妮報告狀況，連忙掉頭支援。

「舉高雙手！」許友一沒有猶豫，衝到計程車旁便拔出手槍，用力打開車門後指向車內。這時候漢華、家麒和阿星已趕至，三人同時目睹那情景——年輕的外籍女乘客衣衫不整，昏睡在後座座位上，而趴在對方身上的謝昭虎褲子已褪至膝蓋，光著屁股、一臉震驚地回頭瞧著昏暗街燈映照下的四人。

「混蛋！」家麒一把揪住謝昭虎，將他摔到路上，漢華連忙向邦妮打手勢，示意她前來支援。

「不，這、這是誤會！是她主動挑逗我——」謝昭虎狼狽地嚷著，面對手槍，褲子也沒能拉上。

「差點來不及。」漢華瞄到女乘客牛仔褲仍有好好穿上，不禁捏一把汗。

許友一親手為謝昭虎扣上手銬，並且作出逮捕警誡，而謝昭虎隨後保持緘默，只慌張地瞧著各人的行動。家麒和阿星將犯人押上自己的車，邦妮則負責照顧差點被強暴的女生，並且召來救護車，確認受害人有沒有受傷，作為證據。

闞致遠步出車廂，站在遠方看到這一幕，對這發展感到驚訝。許友一走到他身旁，微微一笑，吐出一句：「你滿意了吧？」

「那個女生——」

「她沒事，脫掉褲子的只有那人渣。」

闞致遠舒一口氣。

「你怎麼察覺到他要對乘客不利？」闞致遠問。

「他在山頂道減慢車速，就是為了找可以下手的地點。」許友一邊說邊回頭瞧向正在等候救護車和軍裝支援的部下們。「而且鑑證科在後座找到郭子甯的毛髮，我便聯想到，說不定她就是在類似的情況下遇害。」

「檢控官應該能起訴謝昭虎？」

「作為現行犯被捕，檢控官也不得不動手。」許友一笑道。

闞致遠還是一臉惘然地瞧向計程車的方向。

「所以事情告一段落吧……」

「你可以笑一個，」許友一拍了拍闞致遠的肩膀，「至少今晚我們成功阻止那個女生成為另一個郭子甯。」

闞致遠擠出一個苦澀的笑容，畢竟對他來說，好友自殺是無可改變的事實，了結的事情不過是先前發生的悲劇的延伸而已。

死者能否安息，只是留下來的人一廂情願的想法。

小說《（名稱未定）》節錄・4

……

「他、他找到我了……找到我了……」

阿白從沒見過Ｌ這副樣子。平日她臉上那份從容被惶恐取代，眼眸裡的靈魂恍若被燃燒殆盡，餘下空洞闃黯的一片死寂。粉色的口紅掩蓋不了缺血雙唇的蒼白，從失神跌撞進房間後，她的嘴巴一直囁嚅著意義不明的短句。

「怎、怎麼了？發生什、什麼事？」

恐懼瀰漫在空氣之中，阿白也不由自主地被Ｌ的惴慄感染。他緊緊抓住Ｌ震顫的雙臂，卻發覺對方肌膚冰冷，額上滲出一顆顆冷冽的汗珠。

「放、放開我！」Ｌ突然歇斯底里地大嚷，狠狠地甩開阿白，瑟縮到牆角，將頭顱埋在雙臂之間。

阿白一籌莫展地看著Ｌ，他無法理解Ｌ遭遇什麼事，或是遇上哪一個「找到她的他」。他只能緩緩步近Ｌ，謹慎地蹲下，嘗試安撫面前這個宛如驚弓之鳥的女生。

「不要……不要……他找到我了……」Ｌ沉吟著，呼吸紊亂，就在阿白試圖伸手觸碰對方之際，他看到Ｌ緊握的拳頭滲出一絲鮮血——Ｌ的指甲掐進掌心，渾然不覺自己正在傷害自己。

「誰……找到妳了？」

「對不起……我知錯了……請不要懲罰我……不要……」

跟Ｌ相處的數月間，阿白首次覺得Ｌ像個陌生人。他無法觸摸對方，彷彿再輕柔的接觸，也會將這個脆弱的女孩子狠狠敲碎。

在那一瞬間，阿白有預感Ｌ會離他而去。

Ｌ會不情願地，被她畏懼的那個人帶走，離阿白而去。

……

第九章

「計程車司機性侵乘客不遂被捕」的消息一開始並不特別受注目，但隨著警方披露更多資料，市民才驚覺犯人涉及「隱青屠夫案」，引起社會鬨動。拘捕嫌犯兩天後，許友一在港島區警察總部會見記者，闡明案情——被捕人士是一名五十八歲的計程車司機，事發當晚意圖在車上強暴一名喝醉的二十二歲女乘客。警方搜索嫌犯租住、位於黃竹坑的寓所後，在他的電腦硬碟裡找到大量自拍性愛影片及女性裸照，從照片及影片背景判斷，大部分為嫌疑人與性工作者在賓館裡進行交易時偷拍，而有數張背景為車廂內部的照片，相片中女性貌似失去知覺，警方已確認當中有兩名女子為尚未偵破的性侵案事主，相信照片正是嫌犯施暴時所拍攝。該兩名受害女性同樣是在中區夜店買醉後失去記憶，清晨於公園甦醒，察覺衣服有曾被解開的跡象及感覺有異，始知遭到侵犯。

記者們事前已收到風聲，知道這次說明會和風化案相關，加上他們知道港島總區重案組第二Ｂ隊負責調查中區的「撿屍」案件，所以只當成是例行公事；直到許友一指出被捕者是個慣犯，並且有拍攝的癖好，一眾記者才察覺案情比想像中嚴重，有需要撰寫更詳細的報導。

「我們亦已讓鑑證科的同事為嫌犯開工用的計程車蒐證，在後座座椅的夾縫間找到兩個月前筲箕灣丹青樓碎屍案死者郭子甯的毛髮及血跡，相信她亦是受害者之一，並且遭到殺害。」

許友一的這句話就像引爆核彈，一時之間在場記者無不懷疑自己聽錯，向面前這位警官投以詫異的眼神，不過許友一並不在乎，繼續以平板的聲調交代案情細節。他指出嫌犯是案中自殺隱青的舅父，在黃竹坑的寓所裡有找到筲箕灣藏屍單位的門匙，同時亦發現三十多張失竊的信用卡及個人證件，其中包括疑似碎屍案中男死者的身分證。

「所以碎屍案中自殺的四十歲男性和這名被捕人士是共犯？」在接受記者提問時，搶先發問的記者丟出這個重要的問題。

「警方沒有找到他們合謀的證據，根據目前已知的線索，我們判斷自殺的四十歲男子以及他的母親對家中藏有屍體並不知情，該名男子自殺是獨立事件，屍體是意外地被警方發現。」

接下來記者爭相提問，圍繞的內容大都是「有沒有其他未被發現的死者」、「兇手對碎屍是否有特殊癖好」、「是否確認犯人獨自行兇」等等。許友一以案件進入司法程序為理由，表示部分資訊無可奉告，不過警方沒有發現有其他人遇害的可能性，亦沒有跡象顯示共犯存在。

他也沒有提及謝昭虎與郭家的關係。

許友一不是刻意隱瞞，只是謝昭虎侵吞郭家的指控，難以靠目前的證據來證明，而且這涉及兇手動機，警方的記者會只強調事實，案件其他部分留待法庭上控辯雙方來爭論。他預計案件進入審訊，媒體從法庭文件得悉謝昭虎的姓名資料後，便會自行調查背景，如何判斷哪些內容符合公眾利益而需要公開、哪些涉及受害者隱私，就由記者和法官定奪。

在過去兩天的蒐證當中，那些照片和個人證件最令許友一和部下們感到訝異。能夠在謝昭虎意圖性侵的情況下將他當場逮捕已經讓檢控官省下不少工夫，他們沒想到對方還保留了罪證，讓他們確認謝昭虎是犯下另外兩起強暴案的犯人。從搜查到的信用卡來看，謝昭虎從事計程車司機的真正目的，是為了從醉客身上圖謀不軌，具美色的年輕女性便會被侵犯，對其餘的就會趁火打劫，偷竊信用卡或貴重物品。許友一不確定謝昭虎偷取身分證的用途，但考慮到他任職保險業時有「銷售假單」的嫌疑，又和黑道人物有來往，個人證明文件在黑市有價，他甚至可能運用它們來進行商業詐騙。阿星在發現這些贓物時更找到郭韜安的身分證和駕照，縱然目前沒有謝昭虎謀財害命的實證，這些發現已是足夠的合理疑點，讓檢控官同意這推論。面對警方的指控，謝昭虎一概否認，聲稱不知道車上郭子甯的毛髮和瓶子碎片的由來，也否認自己在一月六號到過筲箕灣，不過反正證據確鑿，許友一就沒有在對方身上浪費時間。

「冥冥中自有主宰啊。」

這是許友一事後到丹青樓向謝美鳳說明案情時，闞致遠不自覺地說出的慨嘆。謝美鳳對弟弟犯案感到震驚，但同時感激許友一為謝柏宸討回清白，她從來不相信兒子是個冷血的殺人兇手。對於自殺的理由，許友一沒有複述白醫生的說法，留待闞致遠私下跟對方說明。

「許督察，我想你們不會要我當證人吧？」許友一離開丹青樓時，闞致遠在家門外向他問道。

「沒必要，證物都齊全了。」

「而且你們也難以向公眾說明為什麼讓一個局外人插手調查吧。」闞致遠故意促狹地笑道。

「我不是高層，比起公關形象我更重視警隊能不能保護市民。」許友一回報一個淺笑，「讓你幫忙偵查，只是礙於形勢，不得不破例罷了。」

「也對，人活在世上就是身不由己，無可奈何……」闞致遠搖頭苦笑。

兩個月過去，碎屍案已結案，許友一和部下們就接手處理其他事件，不再注意排期候審的案子，媒體在大篇幅報導一個多禮拜後，大眾也轉去關注其他社會新聞。「隱青屠夫」這稱謂已消失於公眾的視野，許友一亦幾乎忙碌得沒空回想這樁駭人聽聞的奇案——唯有一點他稍微在意，謝昭虎的收藏品之中，並沒有郭子甯的照片或影片。許友一猜，謝昭虎搞不好根本沒有認出郭子甯——畢竟「阿Y」指她用了別人的身分證——在車上性侵對方時，對方酒醒，情急下意外掐死對方，所以沒來得及拍照，然後再用老方法炮製屍體，讓對方人間蒸發。

——「冥冥中自有主宰啊。」

讓兩父女無辜命喪在同一兇徒手下，這又是天意嗎——許友一如此想。

週三中午，許友一剛和上司開過例會，回到辦公室便發現手機有一通未接來電。

「盧小姐，妳找我？我剛才正在開會。」許友一按下回撥，電話彼方是任職記者的盧沁宜。

「嗯，幾個月前你託我查的事情終於有回音，但你還有需要嗎？」

許友一差點忘掉他拜託過對方調查謝柏宸離職前的貿易公司，想聯絡那個已經移民的老闆姜達中。謝柏宸因為揹了什麼黑鍋、是否被無理解僱對案件已無任何用途，不過許友一有點好奇。

「姑且告訴我吧，謝謝。」

「我動用了不少人脈也查不到那個人的去向，但半個月前有一個移民加拿大的舊同學回港探親，我們聚舊閒聊，她給我看的生活照中，有拍到一間叫『新達雜貨』的小店，專賣香港特色食品。我打趣問她店主是不是姓姜，她反問我怎麼知道，我請她回去後打聽一下店主是不是新達貿易的姜達中，結果她前天回覆我，竟然就是本人。」

「這麼巧？」

「就是這麼巧，踏破鐵鞋無覓處，得來全不費工夫。我已拿到聯絡資料，我現在傳給你。」

收到盧沁宜傳過來的資料後，許友一差點想直接打國際電話，但他想起兩地時差，對方很可能已就寢，於是改發訊息到對方的 Whatsapp，說想查問對方一個舊下屬的資料，心裡希望不會被當成詐騙訊息。由於工作繁多，許友一下午已將此事拋諸腦後，直至晚上八點半打算下班回家，才看到姜達中在十五分鐘前傳來回覆。對方願意通電話，甚至提出雜貨店內的電腦有鏡頭，可以用視訊交談。許友一想看到樣子更容易讓對方確認自己不是騙徒，於是打開 Google Meet 建立會議，將視訊連結送過去。

「姜先生你好，我是重案組許友一督察。」許友一向著鏡頭自我介紹。螢幕裡是一個年過花甲的老翁，背景是一個放滿各種中式糧油雜貨的架子，而燦爛的陽光正從左方的落地玻璃照射進室內。

「呵，你果然就是那個上電視的警官啊。」一頭髮花白的老翁露齒而笑。

「電視？啊，你是說新聞報導的片段？」

「我有看香港的電視新聞，『隱青屠夫案』這麼轟動，我們這邊也有英文媒體報導啦……不對，現在不是『隱青屠夫』，而是『司機屠夫』吧。我也沒想到認識的人會涉及這麼大的案件，那時候看到阿宸的名字也嚇了一跳。」

「你認得那個自殺的隱青曾是你舊公司的員工？」

「有一本八卦雜誌有報全名，而且我公司員工少，住在筲箕灣的阿宸我十分有印象。你想問關於他的事情？但兇手不是已經抓到了嗎？」

「對，其實只是一些無關的細節，假如數月前找到你，大概會有更多問題。」許友一對不用轉彎抹角感到高興，省下不少說明的工夫。「我想知道謝柏宸犯了什麼錯，被你們解僱了。」

「解僱？不對啊，他是自己辭職的。」

「辭職？他不是因為工作犯錯而被炒魷魚的嗎？他的家人說他在工作上揹了黑鍋，受到大打擊所以才會繭居不出門。」許友一訝異地問。

「不不不，我記得很清楚，而且我還有問他原因。阿宸他很少說話，但做事尚算勤快，我才不想他離職。」姜老先生搖搖頭，擺出一副「我年紀雖然大但記性仍很好」的樣子。

「那他辭職的理由是什麼？」

「他說得很含糊，說家裡有事要處理，不便說明。我提議停薪留職，讓他辦好事情再回來上班，他卻說不知道要花多少時間，招聘新人取代他對公司較好。」

「當時你有沒有察覺他有什麼異樣？」

「他突然請辭就很怪異，以前有員工想辭職，工作上或和同事之間的相處上總有點端倪，但他沒有，說走便走。硬要說的話，感覺上他有點心不在焉吧。我壓根兒沒想到他之後會變成隱蔽青年，他雖然內向，但不像有社交恐懼症……不知道是不是跟他說的『家事』

有關。」

許友一覺得有點意外。謝柏宸為什麼要對家人隱瞞辭職的事實？或者更優先的問題是，他為什麼要辭職？是遇上了什麼事情，令他方寸大亂，不得不放棄工作？

可是我沒必要刨根究底吧——許友一回心想到。他本來想假如知道了引致謝柏宸抑鬱症發作的理由，可以告知謝美鳳和闞致遠，讓他們往後不用被這疑問困擾，可是就算查不出來也不要緊。他不知道謝美鳳近況，但上個月從報章的副刊看到闞致遠「封筆作」即將出版的消息，報導說他準備在作品出版後首次到台灣和韓國等地辦簽書會，回應一下海外讀者多年來的請求。許友一想，既然當事人也已經卸下包袱往前走，自己手上還有一堆工作，閒雜事就讓它過去好了。

「其實我也要懺悔一下，當初看到《八週刊》報導，我就完全相信阿宸是變態殺人犯，還跟朋友吹噓說我早知道他有暴力傾向，結果許督察你抓到真兇，我就被他們嘲笑了。我老婆教訓我一把年紀別大嘴巴，亂說話只會招來笑柄……」老先生尷尬地搔搔頂上稀薄的白髮，似笑非笑地說。

「那些八卦雜誌都習慣加油添醬，畢竟他們靠大眾的好奇心來賺錢……」許友一話說到一半，突然察覺姜達中的話有點怪異，「你說早知道謝柏宸有暴力傾向？是隨便亂說嗎？」

「那是一件小事啦……有一次我請客慰勞員工，餐後開了幾瓶酒，阿宸他灌了好幾杯，似乎有點醉，話也變多了。某個同事找話題，讓大家聊聊讀書時幹過的荒唐事，本來滿好笑的，但阿宸說的故事就讓我們笑不出來。」

「什麼故事？」

「他說初中時學校有一個高年級的惡霸，帶著跟班對低年級生拳打腳踢，有次他和好朋友設計還擊，假扮成別校學生用辣椒水暗算對方。他說當時那惡霸掩面在地上滾來滾去很滑稽，就像鼻涕蟲一樣，被他和朋友踹到不似人形。其他員工談的頂多是惡作劇戲弄老師之類，他卻像談趣聞般講述毆打他人的經過。我後來想，那一定是因為喝了酒所以大吹牛皮，只是個人妄想，但二十年後知道他有殺人嫌疑，自然回憶起那一晚的聽聞……不過如今我想那真的是吹牛啦。」

姜達中這番話教許友一怔了一怔。他不知道這樁復仇行動的真偽，或許就如姜達中所言是酒後的胡言亂語，但一個細節令他感到不安。

——那惡霸掩面在地上滾來滾去很滑稽。

許友一想起案中男死者的怪異姿態，一雙斷掌覆蓋在臉上，就像在掩面號哭。

這是巧合？

他回憶起調查初期的焦點——家麒發現屍塊的擺放就像《殺人藝術》中的一幕。

那也是巧合？

許友一明白到，就像闞致遠所說，只著眼相同之處而故意不考慮相異的部分，很多事情都像彼此相關，更何況雙手掩面是很普通的動作，沒有太大的特殊性，說是巧合也無可厚非。

可是他心頭上那股異樣感揮之不去。

「阿一，O記的冼警司有事拜託，事態緊急，他請你立即動身到瑪麗醫院一趟。」

一週後，許友一收到蔡總督察的通知，指簡稱為「O記」的有組織罪案及三合會調查科找他。雖然不知道詳情，但上司下了指示，許友一就趕緊開車到瑪麗醫院，和冼警司見面。

「許督察，不好意思要你跑一趟，但我們這邊有一個黑道犯人傷勢危殆，他要求見你才願意供出情報。」身材瘦削、長著一個鷹勾鼻的冼警司說。

「找我？是我以前的線民？」許友一詫異地問。

「不，他應該不認識你，因為他找的是『負責調查筲箕灣碎屍案的警官』。」冼警司邊走邊說。「O記正在調查一個黑道組織，這幫傢伙昨晚和另一幫派火併，有一個古惑仔意外被燒傷，情況嚴重，現在在深切治療部留醫，但醫生說恐怕撐不過三天。這個古惑仔大概明白自己時日無多，願意供出毒品倉庫地點，不過他要求先見見你。」

「知道原因嗎？」

「不知道，但無論他有什麼要求，我都希望你能答應。這傢伙的老大很狡猾，錯過這個突破點，不知道何時才能破案。」

許友一被帶到病房外，醫護人員要求他洗手，穿上隔離衣、手術帽和口罩，才能跟傷者見面。冼警司沒有跟隨，他說犯人要求單獨會面，他就等許友一見過對方後再錄口供。

「他叫肥榮。」冼警司最後補充道。

病房內，許友一看到一個包紮得像木乃伊的胖漢躺在床上，手臂插著輸液管，臉上綁帶只餘下口鼻沒覆蓋，即使醫生沒說明，許友一也直覺這病人命不久矣。醫護人員示意許友一可以走近，在確認傷者情況穩定後便離開，讓兩人獨處。

「你……你是那個……上電視的……阿 Sir 嗎……」肥榮氣若游絲，斷斷續續地說。

「對，我是負責調查碎屍案的許友一督察。我跟你見過面嗎？」

「沒……沒有……我找你……是因為我要……我要懺悔……」

「懺悔？」許友一感到意外。

「我……辜負了……安哥……沒好好照顧他老婆和女兒……」

許友一感到一股電流竄過背脊。

「安哥？是郭韜安？」

「嗯……我以前跟隨豬皮哥……安哥沒有入會……但和我是好兄弟……安哥是車手……有一次錢少了……豬皮哥……安哥食夾棍[27]……」

肥榮的話有一搭沒一搭，但許友一大致上聽得懂，就是郭韜安為豬皮當跑腿運載黑錢，可是有一回點算後發現鈔票少了，豬皮便指責郭韜安私吞。

「豬皮哥心狠手辣……要殺一儆百……安哥來不及走路……自知逃不過……託我照顧卿姐和子甯……」

「豬皮殺了郭韜安？」許友一驚訝地問。

「對……一槍爆頭……我還幫忙將他丟進海裡……嗚……是我錯……安哥你大人有大量……請原諒我……偷錢的其實是我……我怕卿姐發現……所以沒有告訴她……嗚……我沒想到子甯會被變態盯上……那不是我的錯……」

「你……你找我是要告訴我這些事情？」

「阿 Sir……請你轉告卿姐……安哥很愛她和女兒……即使他知道子甯不一定是他的孩

27 粵語黑話，指黑吃黑侵吞財產，中飽私囊。

子……他臨死都掛念她們……千錯萬錯都是我錯……」

許友一此時才察覺，肥榮不知道孫秀卿已死，不曉得是因為怕死後遇上郭韜安無法好好交代，還是想在死前糾正一個錯誤，所以才找上自己，希望能為他帶一個口訊。

「明白了。你現在願意向 O 記作供嗎？」

「嗯……謝謝你……阿 Sir……」

為免刺激對方，許友一隱瞞了孫秀卿病逝的事實，回到病房外，向冼警司說明肥榮的要求。

「那就好，你會不會替他傳口訊是你的自由，我們能讓他吐出情報就足夠了。」冼警司說。由於重案組一直沒有公布碎屍案中男死者的身分，冼警司就沒有察覺肥榮的話有問題。

在回去辦公室的路上，許友一不斷思考肥榮的自白。假如郭韜安被豬皮所殺，謝昭虎就沒有殺害郭韜安，頂多是將屍體肢解保存——謝昭虎當時也有為豬皮辦事，或者肥榮棄屍後，謝昭虎撈回屍體再處理，可是許友一想不到當中的理由。

而他最在意的肥榮的一句話。

「一槍爆頭」。

許友一記得報告中沒有提及任何槍傷傷口。假如子彈是打在軀幹上，還可以推說犯人故意沿著傷口切割，令槍傷無法被察知，可是頭顱只有表面受損，假如有一個子彈孔，法醫該不會看走眼。

但法醫會不會就是錯過了？

許友一記得美國有一個案例，法醫就是誤將一個被槍殺的死者當成毆打致死。想到這一點，他便聯絡衛生署的法醫服務，要求再檢查男死者頭部，留意有沒有外傷。因為不是緊急案件，他預期要等好幾天才有回覆，期間只好耐心等待。

然而他就是無法不去思考各種可能性。

——我早知道他有暴力傾向。

——那惡霸掩面在地上滾來滾去很滑稽。

——安哥來不及走路……

——一槍爆頭……

四天後，許友一抓到一個空檔，決定到謝柏宸和闞致遠就讀的銘華中學調查一下，他想知道姜達中所說的事件是否屬實。跟校長道明來意後，校長卻面露難色，解釋說不是不想幫忙，而是無從協助。

「你說的是一九九四年至九七年之間的事情吧，相隔了二十多三十年，大概沒有人知道了。我們目前最資深的老師也只在這兒任教了二十年，我更是五年前才就任。」

許友一此時才想到自己或許白跑一趟，如同銘中校長所說，就算有老師一直在任，接近三十年前的瑣事也不一定記得起。

不過他決定一試。

「那可以替我聯絡當時的老師嗎？或者可以問一下那些資深的老師，請他們和舊同事通個電話？」

校長無奈下答應，於是跟許友一走到教員室，向任教了二十年的數學科梁老師提出請求。

「九四至九七年嗎……我可以聯絡一下已經退休的黃老師，不過我不確定她那時候是否已經在這兒教書。」

「那麻煩你了。」

梁老師從抽屜抽出筆記簿，翻了幾頁，卻像是找不到聯絡資料，從抽屜翻出另一本筆記。

「我要再找一下，」梁老師回頭對許友一說，「其實如果想問那時候的事情，你可以問問福伯啊。」

「啊，對，福伯那時候已在這兒工作了。」校長一副恍然的樣子。

「福伯是誰？」許友一問。

「學校的校工兼園丁。」

校長先生領著許友一到校舍東側的休息室，找到年近七十的福伯。雖然福伯一把年紀，體格甚為壯健，精神也很好，彷彿規律的工作讓他保持身心健康。校長介紹兩人認識後因為有要務必須離開，許友一便單獨向福伯問話。

「福伯，我來只是問一些陳年舊事，不太重要的，你不用擔心是什麼刑事調查。」

「哦。」年邁的福伯稍稍放下心防，一開始聽到是重案組督察，滿以為是什麼嚴重罪案。

「我聽聞九四至九七年左右，銘中有一個專門欺負低年級生的惡霸，但有天他被人伏擊，你知道這件事嗎？」

「這種事情不時發生，我不知道你問的是哪一樁啊。」福伯笑道。「校長不在，我就不妨直說，銘中不是什麼好學校，欺凌無日無之，每年都有高年級生拉黨結派欺負低年級生。」

「據說那惡霸是被仇家用辣椒水暗算的，你有沒有印象？」

「辣椒水？啊……那我倒記得，大飛嘛，那次挺鬨動的，一般不良學生打鬥都是直來直往，誰想到會用上辣椒水那麼聰明……」

「大飛？」

「那是被偷襲的學生的綽號，本名我忘了，好像叫鄧什麼飛。哪一年發生我也忘了，但應該就是你說的那幾年之間。」

「所以當時真的發生了這件襲擊事件？沒有報警嗎？」

「大飛當時在學校橫行霸道，是仗著老爸捐錢給學校，那個暴發戶不想鬧大，校方自然不作聲。我記得是另一家學校的不良分子動手，大飛後來去復仇，結果最後還是驚動警方了。大飛的老爸有來學校，想用錢擺平事件，但當時的校長愛莫能助，對方便撕破臉罵了很難聽的話，鬧出不小的風波。」

許友一心想，如果警方曾經介入，那分區警署或許有紀錄，要查出大飛的名字並不困難。

「你有沒有聽過傳聞說動手的其實是本校學生？」

「本校生？應該不是啦，我記得是外校生，動手的地點也在校外，大飛遇襲就在消防局附近的小路，報仇就在人家學校校門。」

「福伯你記性真不錯啊。」許友一沒料到對方連地點都有印象。

「其他人我就不記得那麼清楚，姓鄧一家的事就不會忘記，完全是因果業報的寫照……」

「因果業報？」

「那一家人當時在筲箕灣算是有名，街坊都知道他們的事，鄧先生好像靠炒賣賺了大錢，財大氣粗，兒子就學了他那一套，我看大飛本來就腦筋有問題，老爸有錢就害他變本加厲；後來那小子闖禍，先是被警誡，停學期間居然再犯事，結果被送進男童院[28]，然後鄧先生不幸地遇上股災破產，老婆一走了之，他一時看不開丟下兒子自殺了。」

「那大飛後來如何了？」

「沒有人知道。那時候有傳聞說他受不住打擊，精神失常，數年後有人說見過相貌有點像他的流浪漢在區內出沒，後來就連這些傳聞都消失了，沒有人在意他們一家的事，反正每次金融風暴，總有一票人變負資產，又有一些人敵不過現實，選擇自殺或變得精神有問題。我們這個城市就是這樣子，警察先生你應該比我更清楚吧。」

「所以他……失蹤了？」

「失蹤？可以這麼說吧。」

許友一心裡忐忑不安，他懷疑自己犯下大錯。正當他告別福伯，打算回教員室找梁老師，對方卻主動來到校工休息室，說已找到退休老師的電話號碼。

「不好意思，我想先看一下你們學校的舊校刊。九四至九七年的。」許友一提出要求。

梁老師不明原因，但也隨即答應，兩人回到教員室，從書架上找到校刊。許友一翻開班級照片的一節，掃視著照片和學生名字，很快便找到謝柏宸和闞致遠的身影。許友一發覺他們兩人在中一和中二都不同班，但中三一起被編進B班，在照片中更是並肩站立。

「這個……林國東老師，你認識嗎？」許友一指著三B班的班導的名字。

「這位我不認識，但我可以問問黃老師，她或者會知道。」

「麻煩你了。」

雖然梁老師在許友一面前打電話，但已退休的黃老師沒接，許友一便留下名片，請對方拿到林國東的聯絡方式後通知他。

在回去警署的路上，許友一內心就像鉛塊般沉重。他想起蔡總督察的那一句戲言。

──「我們無法證明男死者的身分，說不定那是某個流浪漢，十數年前謝柏宸一時衝動，在後巷和對方發生爭執，同樣錯手殺人，於是只能將屍體藏起來。」

男死者會不會其實是大飛？

剛回到辦公室，小惠便告知許友一法醫曾來電，說他要求的檢查有新發現。

「許督察，我確認過了，頭顱上沒找到任何外傷，不過因為外表本來就有損毀，我怕傷口在那些位置，於是我將頭部拿去做ＣＴ掃描。」許友一回電後，法醫如此說道。ＣＴ掃描是以電腦計算多重Ｘ光照射的測量值來生成圖像，能夠讓人看到物體內部多個斷層的樣子。

「有發現嗎？」

「有，在大腦前額葉找到異物……」

「子彈？」

「子彈？不，不是。」法醫的聲音有點訝異，「是腫瘤，尺寸還不小的。」

──我看大飛本來就腦筋有問題，老爸有錢就害他變本加厲……

剎那間，許友一想起一個鐘頭前福伯的這句話。

法醫之後表示除此以外沒其他發現，確認沒有外傷，不過長腦腫瘤的人體頭顱被固定

28 香港收容與教養未滿十八歲男童罪犯的機構。

成標本，大概是很少見的例子，她說或者有學者有興趣研究，留個紀錄。

掛掉電話後，許友一重新翻開碎屍案的檔案，陷入沉思。

許友一仍然相信郭子甯是被謝昭虎殺害，但假如男死者是大飛，那殺他的人可能是謝柏宸。謝柏宸因為錯手殺人而引發焦慮，於是向熟知犯罪勾當的舅父求助，兩人便想出分屍保存的做法，謝柏宸更因為創傷後壓力症候群令他懼怕外出，於是每天留在房間看守屍體。謝昭虎殺死郭子甯後，利用外甥協助藏屍，而這事增加了謝柏宸的心理壓力，最後自殺收場。謝昭虎收藏了郭韜安的證件，是因為他協助豬皮從事商業詐騙，豬皮殺掉郭韜安，有價值的身分證便交給謝昭虎，用來開設人頭帳戶之類。

闞致遠的角色又是什麼？

雖然察知好友的罪行，但因為知道郭子甯不可能被謝柏宸所殺，於是反過來將殺死大飛的罪狀推到謝昭虎頭上，甚至當從警方報告發現郭子甯和謝昭虎意外的關係後，將男死者說成郭韜安，塑造謝昭虎侵吞郭家的假象。

他是為了維護謝柏宸的名聲？可是有需要為已逝好友的名聲做這麼多嗎？

許友一無法參透這一點，他翻看著檔案，瞧見謝柏宸最後在新達貿易就職的一欄，赫然想起姜達中的那一句話。

——有次他和好朋友設計還擊，假扮成別校學生用辣椒水暗算對方。

當年和謝柏宸一起伏擊大飛的「好朋友」，毫無疑問是闞致遠，那麼多年後再度出手整治大飛的，不見得是謝柏宸獨自行事。

闞致遠是殺死大飛的兇手之一。

許友一讀過一些資料，知道腦部異常可以影響一個人的暴力表現，前額葉皮質受損的人有可能無法控制情緒、衝動地選擇冒險、認知能力低下，進而產生暴力傾向；福伯說大飛的腦筋有問題，正正就是這原因——大飛很可能受腦瘤影響，形成反社會人格，偏偏遇上另一個旗鼓相當的闞致遠，於是闞致遠用計教訓對方，甚至引對方弄錯復仇對象，惹火燒身。多年後大飛淪落成流浪漢，說不定就在丹青樓的後巷落腳，闞致遠和謝柏宸認出對方，於是再度用計整治，務求將這個精神有異的遊民趕跑，結果不知道哪兒出錯，不小心弄死了大飛。

如果這假設是事實，教唆使用標本瓶藏屍的人便不是謝昭虎，而是闞致遠。謝昭虎可能察覺到外甥行為有異，但不知道原因，某天施詭計——例如使用安眠藥——溜進房間，意外發現屍塊。可是心術不正的謝昭虎沒有聲張，更將它當成備用手段，在郭子甯遇害後，便想到利用謝柏宸的房間來藏屍，可能他重施故技迷昏外甥，也有可能明刀明槍威脅對方就範。然而他不知道闞致遠這個共犯存在，以為謝柏宸單獨殺人，闞致遠為了自保便反過來冒充偵探，揭發謝昭虎的罪行。

「那混蛋。」許友一在心裡罵了一句。

由於這只是推測，許友一沒有任何證據支持這理論，他必須重啟調查。問題是他知道上司一定反對，謝昭虎以現行犯的姿態被捕，警隊救回一個險遭毒手的女生，贏得讚譽，現在跳出來說一句「抱歉我們弄錯了」，一定掀起軒然大波。他甚至無法再動用部下，自己犯錯，大不了辭職，可是他不想連累其他人。

這回他只能單打獨鬥。

他打算再到丹青樓試探闞致遠，可是他沒有自信能瞞過對方。這對手太難纏，除非有勝算，否則跟對方接觸只會被看穿底牌，得不償失。

翌日上午，銘中的梁老師傳來訊息，指已跟當年三B班班導林國東聯絡上。對方住在元朗一家安老院，許友一便決定親自拜訪，看看能不能從他身上獲取更多關於闞致遠、謝柏宸和大飛之間的線索。

「林老師年紀大，頭腦有點不清楚，未必能一一回答你的問題。」接待的看護對許友一說。許友一心下一沉，料想這回白跑一趟，唯有寄望能問出一丁點資訊。

「林老師！有人來探望你！是警察先生！」兩人來到安老院的庭園，林國東坐在輪椅上，正一臉呆滯地瞧著五個較年輕的院友打太極。看護故意大聲說話，許友一猜林國東不只有點年老失智，耳朵也有問題。

「哦，好，好。」年約八十的林國東緩緩地轉向許友一，點點頭，再瞧向正在「提膝挑掌」的院友。

「林老師！我是重案組許友一督察！」

林國東再回頭，瞄了許友一一眼。

「你啊，不用說那麼大聲。」林國東淡然地說。

「噢……林老師你好，我是重案組許友一督察……」

「你也不用重複說同一件事兩次。」

許友一愣了愣，心想那看護說的「頭腦不清楚」或許有點誇大。

「林老師，我是想問一下當年你在筲箕灣銘華中學任教的事情。」

「銘中啊……銘中。」林老先生抬頭望向天空，像是找尋久遠的回憶。「銘中的學生大都是庸才，朽木不可雕也，唉。」

「你記得你在九六至九七年間擔任三B班班導的事嗎？我想問你記不記得闞致遠和謝柏宸這兩個學生。」

「致遠好啊，出淤泥而不染，柏宸就不行了，終日沉迷讀那些歪七扭八的偵探小說……」

「所以你記得他們？」

「當然啊，你當我七老八十嗎？」

許友一發覺林國東的確有點頭腦不靈，他顯然不記得自己的年紀。有些長者對陳年往事記得很清楚，但新近的身邊事總是忘記，許友一猜對方就是這一類——不過這來得正好，他問的正是舊事。

「他們關係如何？」

「兩個人是秤不離砣的死黨，致遠明明比較聰明，卻像個處處維護弟弟的兄長，老是袒護柏宸。有一次課室的玻璃窗被打破了，致遠搶著承認，但我就知道是柏宸闖的禍。」

「所以他們一直共同進退？」

「這麼說也沒有錯啦。」

「你剛才說謝柏宸沉迷偵探小說，喜歡小說的不是闞致遠嗎？」許友一懷疑林國東講錯了。

「致遠成績好，什麼書也讀，那不成問題啊，但柏宸淨是挑些歪書來看，還拿殺人分屍的小說來作閱讀報告，將犯罪形容為藝術，腦袋不正常啦。」

許友一心想這位退休老師一定很討厭流行文化，不曉得假如讓他知道闞致遠當了他最鄙視的推理小說家會有什麼感想。

「你知道大飛這個學生嗎？全名叫鄧戴飛。」許友一昨天已查出大飛的全名。

「那渾小子是廢物中的廢物，他老爸就是混蛋中的混蛋。別怪我涼薄，鄧先生走上絕路是他自找的，大飛那孩子被關進男童院，也是他自作自受……」

「你知道大飛離開男童院後的去向嗎？」

「不知道，那時候很多老師都慶幸送走了瘟神，只要他不會回來就行了。」

「你聽過傳聞說伏擊大飛的是闞致遠和謝柏宸嗎？」

「什麼？致遠？柏宸？他們認識大飛嗎？學年也不一樣吧？」林國東一臉茫然，盯著許友一。

許友一想，似乎無法從這老人身上得知更多大飛的消息。

「你知道近來發生在謝柏宸身上的事嗎？」許友一兜圈子問道。

「他發生什麼事情了？啊，我知道，難怪警察先生你來找我問話啊。那真是可怕的事，死了那麼多人……」

「死了那麼多人？」許友一訝異地問。

「不是有四十名死者嗎？還是四十一個？唉，那場大火真是慘絕人寰……」

許友一這時才發現對方談的是當年的嘉利大廈大火。謝柏宸和闞致遠險死，班導自然知情。

「雖然柏宸成績不行，但他其實都是好孩子啦，拚了命拉致遠出火場。或者我對他們太嚴苛了，兩個都是見義勇為的好學生……」林國東像是自言自語地說。

許友一打算將話題帶回去，查問其他線索，卻赫然發覺老先生的話有點不對勁。

「『兩個』都是見義勇為的好學生？闞致遠幹了什麼善事嗎？」

「不是致遠啊，是那個……叫什麼名字來著？聽你的同僚說他和柏宸兩個人一左一右狼狽地挾著致遠跑了十幾層樓梯，逃出大廈……哎呀，他叫什麼名字呢……那個天生患口吃的學生……我只記得班上大家都叫他阿窒。他命苦，救了同學卻失去了父親，變了孤兒，唉，老天爺真狠心，幸好闞老太願意幫忙照顧他，接他同住。受這種打擊後拒絕上學也是人之常情吶，致遠好像很自責，說自己害死了同學的父親，其實又怎麼會是他責任呢……警察先生？你怎麼呆住了？」

許友一沒能回答林國東的問題，他此刻發現新的事實，腦海中閃過一連串怪異的新念頭，這些思緒歸納收束至一個假設，卻全盤推翻了先前的預想。

——只是任何人對瘋子也是無可奈何。

雖然還有很多細節未能釐清，但許友一想到，假如那是真相，那的確是只有瘋子才會想出的計畫。

不，不對——他回心再想。

是「任何人對瘋子『們』也是無可奈何」吧。

抱頭掩面的男死者不是郭韜安，亦不是鄧戴飛，而是謝柏宸。

逝者的告白・V

沒想到這篇無意義的廢文寫得那麼長。

我本來以為我只會寫一頁半頁，結果卻一直寫不完，往事就像走馬燈般浮現。

或者我將它們寫完後，就能夠安心上路吧。

這大概也是外公寫下那封信的理由。

我會說「信」而不是「遺書」，是因為外公不知道自己的死期，但他一定考慮到不能將秘密帶進墳墓，才會用文字將事情記錄下來。

當然有人會問，既然他故意寫下往事，又為什麼要將信件藏在床板下，事隔多年才讓我找到？

外公的矛盾心情我很理解，正如我正在寫的這篇記事，我也不想他人看到，但就是有必要把我所知的、所想的統統記下。

被讀到還是被埋藏，就由上天決定。

我從來沒好好思考過神到底是否存在，但假如人的命運是由上天管理和決定的話，老天爺一定很喜歡作弄我。

祂讓我讀到外公的信後，心情還沒來得及平伏之際，就讓我面對第二個噩耗，兩者是在同一個禮拜內發生。

我在同一個星期裡，知道自己來到這世上的原因，並且了解到離開這世界的理由。

真是充滿狗屁般的詩意啊。

「謝先生，你的腦長了腫瘤。」

這是醫生對我的死刑宣告。

一開始不過是有點頭痛，整天覺得疲倦，體重下跌等等，我以為只是工作太忙的影響而已，即使毛病持續也沒有理會，就這樣拖了一年多。後來因為頭痛得難以忍受，止痛藥也無效，我才請半天假去醫院看門診，結果醫生檢查後好像挺緊張，又安排我去照X光之類的儀器，最後送我的卻是一個無望的結果。

腦腫瘤，惡性，即是腦癌。

我本來以為這代表了要做大手術，心想不知道要花多少錢，又如何跟老闆說明，醫生卻一臉凝重地告訴我我誤會了。

「這是轉移性腫瘤，你患的是淋巴癌，癌細胞已經擴散轉移到腦部，接受治療的話，最理想的情況能存活一年，不處理的話只能多活六個月，甚至可能更短。」

那時候，我腦袋一片空白，完全聽不清楚醫生的話，他重複了好幾次，我才漸漸認清情況。

一年。或者六個月。甚至更短。

對一個二十一歲的青年來說，這未免太虛幻、太不真實了。

癌症不是六、七十歲的老伯伯老婆婆才會患上嗎？再年輕也該是四、五十歲吧？為什麼我這一個年輕力壯的小伙子會患上末期癌症？

聽著醫生的說明和分析，我感到一陣噁心。

只是我不知道那反胃感是來自我的心情，還是我腦內的腫瘤。

三天後，我向老闆請辭。他對我提辭呈很訝異，問我原因，我推說是家事，他又提出停薪留職的選項，我當然拒絕了。這家公司雖小，老闆和同事滿友善的，這樣的職場可遇不可求，只是我無福消受。有時我想，老闆這麼好人，搞不好會被壞人欺騙，血本無歸。

商場上就是有很多像舅舅那種笑裡藏刀的傢伙啊。

我沒有將患癌的事情跟我媽說，我唯一能坦白的對象，只有阿遠。

「天啊！你還在猶豫什麼？立即住院啊！」我在他家裡跟他說明後，他焦急地大嚷。

「我決定不接受治療了。」我說。

「就算只是多半年也好，總該盡力爭取！況且癌症因人而異，我知道有例子，醫生明明說餘命只有三個月，病人治療後卻奇蹟地康復，多活了三十年……」阿遠眼眶泛紅，抓住我雙肩猛搖。

「醫生說得很清楚，化療副作用很多，雖然能延長一丁點壽命，但期間會很辛苦。他也說有病人選擇不接受治療，善用餘下日子，他作為醫生自然希望我不會選這個，但他有責任說明兩者輕重如何衡量，並且尊重病人的決定。」

「怎說也好，就算只有千分之一的機會，也該放手一搏啊？說不定你能撐超過兩年、三年呢？即使只多六個月，也可以讓你做更多的事情，達成更多願望——」

「我的命運早在我出生的一刻便決定了！這是上天注定的命運啊！」

「你在說什麼？什麼上天注定？你從來不信命運之類吧？」

「醫生說，我這麼年輕便患上淋巴癌，應該是遺傳的，他問我的家族中有沒有人患癌，說醫生一旦發現同一家族罹癌機率高，會忠告患者家人盡早檢查，包括小孩。他還說假如我早一、兩年就診，康復的機會最少有六成。」

「家族……」

「我外公外婆都不是因為癌症去世，我也從來沒聽過他們的兄弟姊妹有什麼家族癌症問題。」

「所以是父系？」

我從衣袋掏出外公的信，遞給阿遠。

「雖然是外公主張我由謝家養育，但始作俑者是舅舅。」

阿遠讀著外公的信，愈看眼睛張得愈大，板起來的臉掩飾不了他的詫異。

外公的「遺書」記載著我出生的秘密——我的生父是一個已婚的證券公司少東，我媽是外遇對象，而那少東是個入贅女婿，生意資本來自岳丈，所以我媽和我才不會拿到名分。

而這個少東跟我媽搭上，是舅舅促成的。

舅舅將他的親姊賣了。

根據外公的信，舅舅當時剛投身社會，才十六歲就長壞心眼，懂得如何靠關係掙好處。他知道那個上司有色心無色膽，就故意帶我媽到公司的派對「見識世面」，安排她和對方「偶遇」，介紹雙方認識，又私下對雙方說一堆花言巧語，讓我媽以為那個男人值得託付終身，讓上司以為這是一個沒有風險的外遇機會。

然後兩人就發展不倫關係。

舅舅因此受上司提拔，但也因為我媽懷孕鬧出風波。外公想跑上證券公司找那個少東對質，但舅舅說媽是自願獻身，事情鬧大了舅舅的工作也不保，媽就更會受盡外人指指點點，外公才氣得讓我姓謝，要媽跟那個少東斷絕關係。外公後來才察覺最初是舅舅搞的鬼，但木已成舟，他也不想讓女兒知道這個殘酷的事實。

「就連親人，他也當成外人一樣，只會判斷有沒有利用價值。」這是小時候外公對我說的話。

我也因此明白了那次外公跟我道歉的理由。

「混蛋！我就知道你只在乎自己的業績！你還給我們添不夠麻煩嗎？為了自己的名利就連家人都不放過！給我滾！」

那次外公如此大罵舅舅，後來發現我聽到，就不自覺地向我道歉。因為他這句話的「我們」並不包括我，只有他和媽，而我就是那個「麻煩」。

我知道外公很疼我，但我也了解到，他一定有想過假如媽沒有被舅舅出賣，我沒有出生，媽很可能會找到一個好男人，然後建立幸福的家庭。

我的確是謝家的一個麻煩。

不過縱使是個麻煩，也該有活下去的權利吧？

「我想我父親那邊一定有家族病史，不過他入贅的家族富有，他和元配所生的孩子肯定有定期檢查，及早治療吧。」我對阿遠說。

我當時有想過，假如我留在顏氏工作，大企業的定期體檢說不定會讓我早點發現腫瘤，但命運就是如此不巧。不過我同時想，說不定即使我做了檢查，醫生也有可能看走眼沒發現問題，結果還是難逃一死。

說到底，就是舅舅為了一己私利，讓我在這種特殊的條件下出生、成長。我不明白為什麼種下惡因的是他，惡果卻要我來承受。

「你沒有告訴美鳳姨？」阿遠問我。

「當然沒有，要是她知道假如我能夠從父親方面早一點得悉家族病歷便有救，她不會原諒自己的。」

「那你接下來有什麼打算？」

「留在家裡等死吧，正好可以玩玩新出的《獵戶座傳說6》。」我苦笑道。

「你怎麼向美鳳姨解釋自己突然辭職？」

「就說是被小人所害，揹黑鍋被炒魷魚。」

「病情惡化時，你還是得說出真相啊。」

「走一步算一步，到時再說。」

「你不如來我家養病，反正還有空房間。」阿遠突然這麼說。

「我媽會起疑吧。」

「你假裝躲在房間打電玩做宅男就好，從窗戶走出平台來回我家，她便不知道了。」

的確是一個可行的方法。

「可是阿窒同意嗎？」我突然想到這個問題，還指了指那扇緊閉的房門。

「你是偽裝宅男，他卻是正宗宅男，他一天到晚都躲在房間裡，不會在意你的。」

我一直看不慣阿窒住進阿遠家，不過我身為外人，實在沒有立場去批評。當年我和阿遠在嘉利大廈遇上火災，阿窒和他爸爸碰巧在場，他跟我們一樣不幸地貪圖校方的津貼，到那兒看眼科驗眼。濃煙湧進診所後，我們趕緊逃命，阿遠不小心扭傷腿，要不是阿窒幫忙，我一個人才不夠氣力拉阿遠逃離火場。

不過上天卻有心惡整阿窒，好心沒好報。

阿窒的父親死了。

我對那男人沒什麼印象，事後聽說他是個紮鐵工人，雖然是個老粗，但為人十分正直。他當時吩咐阿窒幫助同學們——即是我和阿遠——逃跑，他去協助其他人疏散。可是他最後沒能逃出來。

那時候我才知道原來阿窒兩父子住在我們樓上，租用一間套房，就像阿遠開的玩笑，丹青樓住的都是單親家庭。阿窒父親一死，阿窒便成為孤兒，阿遠的嫲嫲不忍心救了自己孫兒的孩子流離失所，就讓阿窒住進家裡，簽紙擔任他的監護人。

只是，阿窒在喪父後便拒絕上學，躲在家裡不外出。

阿遠嫲嫲沒有強逼他回校上課，因為事發時我們已唸中三，銘中又不是什麼好學校，老師們就隨隨便便讓他在家應考期末試，讓他畢業——我猜那些試卷其實是阿遠替他寫的。阿遠說阿窒大概患上什麼創傷後壓力症候群，加上他一向口吃，懼怕和人接觸，如今遭逢巨變就更不願意出門。

我沒想到的是，直到阿遠升讀大學、闞老太去世，阿窒仍然蝸居在家。我多年來到阿遠家作客，頂多只見過他露臉兩、三次，而且每次都是匆匆躲回房間裡，不願意接觸他人。我媽甚至以為阿窒在阿遠嫲嫲死前已離家自立了，因為他沒有出席闞老太的喪禮，阿遠不想他人以為阿窒是個無情無義的廢物，就謊稱嫲嫲送他到外國唸書了。

我好想揪住阿窒質問，難道想隱居一輩子嗎？永遠寄人籬下，浪費生命嗎？我可是連好好運用這生命的機會也沒有啊？

不過阿遠不會趕他離家。阿遠是個恩怨分明的好傢伙，阿窒救了他一命，他就拚命相報。正如這段期間，他拚命照顧我一樣。

我媽沒有對我宅在家有什麼怨言，她本來就是個軟弱的婦女，在我遇上火災，大難不死後就變得更膽小。當年外公老是在意我身體有沒有出狀況，相反我媽卻只希望我多留在家，別在外面亂跑，尤其外公猝逝後，她似乎對家人留在家感到安心。

初時我也只是窩在房間裡打電玩聽音樂看小說，就像度假的樣子，可是不到一個月我便感到健康急遽惡化，經常要臥床休息，後來大部分時間乾脆反鎖房門，偷偷從窗戶到阿遠家留宿，讓他照料我。

「你不用上課嗎？大學開課了吧？」阿遠那時候唸醫科，升大三。

「我辦休學了，正好想休息一下。」他輕描淡寫地回答。

我猜那只是藉口，他休學是為了陪我走完人生最後的幾個月。

我很慶幸這段日子有他在我身邊，而且他還冒險找來一些受管制藥物，減輕我的痛楚。我不知道那是什麼藥，但大概是嗎啡類的止痛劑吧。癌症真是可怕的病，它令我愈來愈虛弱，食欲不振，即使每天躺在床上，卻老是在睡夢中被渾身疼痛弄醒。我的手指漸漸反應不來，無法正確地按下電玩控制器上的按鈕，書頁上的文字也無法細讀，阿遠便為我播放不同的音樂，說古希臘人認為音樂有治療效果，可以舒緩情緒和鎮痛。

所以這上萬字的文章，我可是花了九牛二虎之力，才能在阿遠的筆記型電腦上慢慢打出來。雖然很微妙地，我寫這些事情時感覺最有精神，或許這是上天給我的最後使命吧。

然而我還有一件事情掛心。

「阿遠，我想將房子的業權轉讓給你。」那天阿遠在我身邊用電腦轉換唱片做ＭＰ３檔案，我便提起這件事。

「為什麼？」他看來很訝異。

「我死後，房子便會歸我媽名下，但舅舅一定打壞主意，會再用花言巧語來騙我媽，慫恿她賣掉房子再從中取利。」

「你舅舅不是在保險公司風生水起，生活無憂嗎？不會想吞掉美鳳姨的房子吧？」

「花無百日紅，萬一他將來急用錢，便會動歪念了。」我想起外公生前的教誨。

阿遠好像對我吐出「花無百日紅」這種文謅謅的句子覺得好笑。

「就算如此，美鳳姨也不會理解，她只會以為我耍了什麼手段謀奪謝家家產。」阿遠苦笑著搖頭。

「那麼……不如不讓她知道我死掉吧。」

「什麼鬼？」

「外國不是有這種新聞嗎？年老的雙親死亡，子女為了繼續領他們的退休金，便將屍體藏起來，假裝他們仍然活著。沒有人知道我已死去，那就沒有任何問題了。」

「這想法太誇張吧，我們不但要想方法藏屍，還要想方法瞞騙和你同住的媽媽啊。」

「我們現在不就進行後者嗎？她一直以為我蝸居在房間裡，你還安裝了喇叭和麥克風，好讓我聽到她敲門時在這邊隔空回應她。」

「但你走了之後我怎辦？用領結型變聲器假扮你嗎？要不要順便給我手錶型麻醉槍弄昏美鳳姨？」阿遠失笑地反問。

「我可以預先錄下一堆對白，你到時播放就行啦，像『別煩我！』『我不餓！』『放在門口就好！』之類的。阿遠，你不覺得這挑戰有趣嗎？」

「就當我們錄了超過一百種回答，足以應付日常所需，你要我怎麼處理你的遺體？買個大冰箱將你塞進去嗎？」

「那也可以，不過丹青樓老舊，一旦停電便麻煩了。『灶底藏屍』的方式較好，用水泥將我封在牆裡，那就一勞永逸。」

「那才有大問題，萬一屍體因為細菌產生氣體，那就會導致水泥破裂，到時更難收拾。」

「那不如用強酸毀屍滅跡？」

「骨頭和牙齒要很長時間才能溶解，可是最大問題不在這裡，而是強酸氣味很濃烈，而且蒸氣會導致牆壁油漆剝落，更別提酸液會侵蝕排水管，即使我將你完全變成一團黏糊糊的鬼東西，還得想方法找安全的方法將你沖進馬桶。」

「乾脆丟進大浪灣或埋到柏架山的樹林又如何？兩邊都不遠。」我再說。

「一旦被發現只會查出來啦。枉你那麼沉迷推理小說，怎麼提這種一定被抓包的計畫啊。」阿遠吐槽道。

「那……那不如用你擅長的方法吧？」

「我擅長？」

「你唸醫科，前陣子不是說學習過人體解剖，讀了一堆製標本的書嗎？將我用什麼化學劑永久保存起來就好……不過像外國殺人魔那種將整具屍體塞進膠桶的話，一旦出問題便難以搬運，先將我肢解再逐一保存便最理想了。哈，擺弄屍體，這不就像島田和橫溝的小說嗎？真是太好了，主謀讓自己成為分屍詭計的工具，簡直是將行為藝術和藝術品合二為一啊……」

「你在說什麼鬼話？」

「阿遠，我是認真的，這樣我便不用擔心舅舅害我媽無家可歸，也不用怕她發現我是因為她和我生父斷絕關係才沒來得及治療癌症。就像當年你施計對付大飛，我知道你一定能夠完成這計畫的……求你幫幫我，只有你能幫我。」

阿遠沉默不語。我知道這很為難他，但這是我死前的願望。

「好吧。但假如你要欺瞞世人，我們就要想方法破壞你的身體特徵，以防你的遺體被發現，令你的秘密曝光。你有沒有在牙醫診所照過X光、留下牙齒紀錄等等？」

「沒有。」

「那我們只要毀壞指紋和五官就行，尤其你臉上那顆顯眼的淚痣。」

「那正好，我一直想除掉它。」我故意說笑。

「可是假如只有這兩項特徵被毀，一旦被人發現，便會想到犯人是為了隱藏死者身分，到頭來還有可能從這線索去追查。」

「那找個方法令人想成另一種情況吧？」

「例如？」

「例如……呵，哈哈哈，真是報應。」我突然想起那件事。

「什麼報應？」

「我剛才提起我們當年對付大飛，朝他臉上噴辣椒水，他掩面在地上哀號，我一直覺得很滑稽。可是現在我就要弄毀我的手掌和五官，這簡直就像報應啊。」

阿遠表情一轉，跟我一起傻笑。世事就像迴力鏢，假如我被砍下來的手掌蓋在臉上，擺弄出某種精神異常殺人魔故意製造的屍體模樣，看起來也一定很可笑吧。

那之後我們便著手研究如何執行詭計，思考每一個漏洞，錄製了一堆聲音，又計算我死後該分割成多少個部位最方便阿遠收藏和管理，利用哪些門路在不受注意下購買標本瓶和保存溶液，以及他該如何以我的信用卡購物和利用網上銀行炒賣股票，增添我在世的假象，將我塑造成一個沉迷電玩和動漫畫的繭居宅男。我想這是我死前最愉快的事情，讓自己活在一個猶如推理小說的詭計中，大概算是夢想成真吧。

——我是最幸運的人。

那天阿遠操作轉換成ＭＰ３的唱片，是剛發售的《Reality》。他說阿窒熱愛英倫搖滾，David Bowie的新大碟自然不會錯過，阿遠便替他到唱片行購買。

而我更有種相逢恨晚的感覺。

那首〈The Loneliest Guy〉——「最孤寂的人」——讓我淚流不止。

雖然我不久便要隻身上路，迎向那無止盡的黑暗，但我才不是最孤寂的人。

我是最幸運的人。

是最幸運的人。

All the pages that have turned
所有已翻過的書頁
All the errors left unlearned, oh
所有未被糾正的錯誤
Well I'm the luckiest guy
我是最幸運的人
Not the loneliest guy
不是最孤寂的人
In the world
在這世上
Not me
不是我
Not me
不是我

——大衛・鮑伊〈最孤寂的人〉
David Bowie, "The Loneliest Guy"

終章

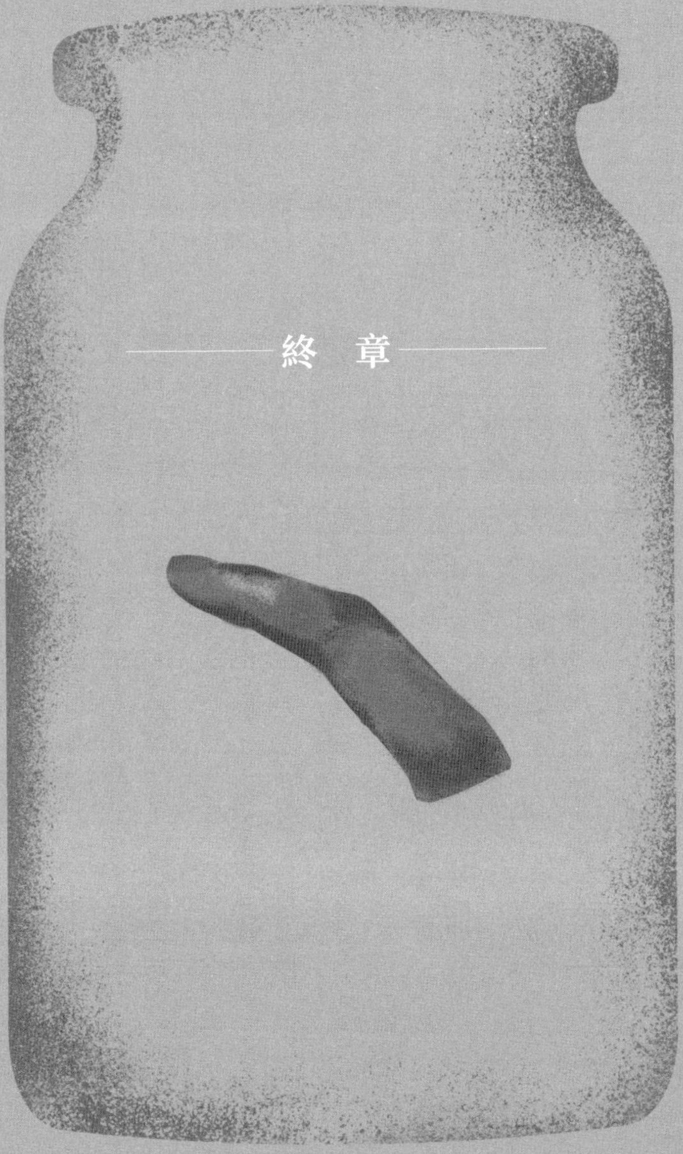

「……謝謝無明志老師為我們分享新作《寄居蟹》的創作點滴！接下來是問答環節，老師難得來台和大家見面，各位有什麼話想對老師說的，請好好把握這個機會喔！」

在台北信義區的一家大型書店三樓，擔任主持人的出版社編輯對台下的觀眾們說道。闞致遠坐在講台上，身旁豎著的立牌印有「無明志新書分享會」八個大字，文字下方還有台版《寄居蟹》的封面。新書封面是一張沙灘的照片，遠景的天空和海洋糊成一片難以分割的藍，近鏡聚焦的沙灘上有一個奶白色的貝殼——配合書名，很容易令人以為這是一本詩集而不是類型小說。

「老師您好！我想先說一下，新作十分好看，想不到老師您除了黑暗懸疑和本格解謎外，還會寫這種題材，而且故事實在太揪心了。我想問一下老師，您公布說這是封筆之作，但我想很多書迷和我一樣，很希望您能繼續寫，而且《寄居蟹》就很像可以發展成系列的作品，現在新書反應這麼好，請問您會不會改變主意，再度執筆呢？」

一個二十來歲的長髮女生問道。她提出問題後，台下不少讀者紛紛點頭附和，有人更鼓掌起來，以渴求的眼神瞧著闞致遠。擔任主持的編輯亦緊張地望向他，因為假如闞致遠願意收回封筆宣言，對出版社更是一大喜訊。

「謝謝妳對拙作的感想。」闞致遠提起麥克風，以平穩的語氣說：「實在不好意思，我不會改變這決定了，二十年來一直埋首創作，我發覺錯過了太多事情，實在無意在封筆後再寫小說了。《寄居蟹》也不會有續作，我想有些故事在適當的地方完結就好，硬要編續集只會破壞它原有的印象……這部作品對我來說有特殊意義，我就更不想狗尾續貂，寫出難看的故事玷污它在我心中的地位。我覺得讓它為我的小說家生涯畫上句號，是最恰當的。」

台下讀者露出失望的神色，闞致遠見狀卻微微一笑，繼續說：「話雖如此，我不再寫小說不代表我退休，目前已有多間片商準備將我的舊作影視化，我大概會忙於擔任顧問和審核劇本。大家喜歡《寄居蟹》的話，不妨向朋友推薦，說不定作品名字輾轉傳到某位監製或導演的耳中，大家就有機會看到它的電影版。」

這番話就像燃起了一絲希望，觀眾們低聲討論，有人甚至猜想無明志可能轉戰影視圈，往後雖然讀不到他的小說，但會看到他新編的劇本。

「老師您好，歡迎來到台北。」一位男讀者在工作人員遞上麥克風後說：「我和女友都很喜歡這部新作，很希望能看到真人版，不過我有一個問題——這兒可能有一點兒爆雷，希望大家包涵……我想問的是，故事中男女主角阿白和Ｌ之間的到底是不是愛情？老師您到最後都沒有明確將他們的關係寫出來。我女朋友她今天要上班，無法出席活動，但她跟我就這一點爭論了好久，她說兩位主角都默認了彼此的戀人關係，但我就覺得不是，兩人之間是一種複雜的情感。」

「謝謝你的問題。這部分我想也不算爆雷，反正書背文案都有故事簡介了，出版社還將作品當成『愛情推理小說』來行銷，有讀者想問這問題也是意料之中。」闞致遠笑道：「不過很老實說，我沒有答案。對我而言，以世俗的角度來看，兩個主角毫無疑問是相愛的，有讀者將他們當成一對沒有確認關係的戀人十分合理，但單純用『愛情』來作為他們在故事中的行為的動機，我覺得未免有點膚淺。請別誤會我說『愛情很膚淺』，而是單用『愛情』來形容這兩個角色之間的關係，我覺得並不完整。我們會因為血緣而擁有親人，會因為在同一學校學習或同一職場工作而得到同學和同事，會因為興趣相同而結交朋友，會因為對愛欲的渴求而獲得戀人，會為了廝守終生而尋覓伴侶……我們可以用常人能夠理解的理由去說明這些關係，但阿白和L卻像是命運安排般，互補各自靈魂的缺憾，並不是單純投契的知己。或者用最籠統的說法，他們是家人，你可以當成是男女相愛、建立家庭的家人，也可以當成是靈魂必然互相吸引、讓他們逃離孤寂的家人。請原諒我文筆粗疏，無法好好在故事裡呈現這一點，或者留給讀者自行解讀就好，我不會有什麼意見。」

接下來讀者踴躍發言提問，闞致遠逐一回答，本來預定二十分鐘的問答環節，在主持人協調下超時一倍才結束。分享會完結後便是簽名活動，讀者們排隊等候，在最後一位讀者滿心歡喜地抱著一堆無明志親筆簽名的著作離去時，已差不多是一個鐘頭之後。

「老師，今天辛苦您了。」編輯一邊收拾桌上的簽名筆一邊說，「接下來老師要回飯店休息嗎？要不要我替您叫車？」

「不用，我有朋友來找我。」闞致遠指了指站在一排書架前的許友一。

許友一板著臉，盯著跟編輯告別後向自己走近的闞致遠。

「許督察，別來無恙嗎？」闞致遠語調輕鬆，完全沒在乎許友一一臉不悅。

「虧你還敢主動走過來打招呼，不怕我已聯絡了台北警察局，派員包圍了書店要將你抓回去嗎？」

「誤導警務人員最高罰款五千元及入獄六個月，但實際案例大都是判社會服務令，既然港台兩地連殺人嫌犯都無法引渡，我這種小角色又何德何能讓你的上司破例，來個『特事特辦』？」

「你怎麼知道我沒有把你當成謀殺案嫌犯？」許友一故意刁難對方。

「因為許督察你不是個會讓業餘偵探跟著查案的笨蛋警察。你遠道而來找我，代表你已推理出大部分真相，為了追尋最後一片拼圖才特意跑一趟。」闞致遠笑了笑，指了指身後，「樓上有一間咖啡店，環境很不錯，我們喝杯咖啡慢慢聊吧？」

許友一打從心底討厭闞致遠的精明狡詐，感到自己就像被對方玩弄於股掌之中，所幸的是他知道這傢伙不是大奸大惡。

從退休老師林國東口中知悉「阿窒」這個人存在之後，許友一剎那間察覺到案件中那股異樣感從何而來。一開始他想到的，是被分屍的男死者可能就是這個阿窒，因為闞致遠提及那場二十七年前的大火時，刻意隱瞞了這個曾救他的同學，說不定闞老太收留對方後，闞致遠和這個新來的同居人結怨，最後和謝柏宸合謀殺害對方。

可是，許友一瞬間便想到這個假設有不對之處。如同阿星在會議中分析，假如闞致遠是犯人，他沒必要為謝柏宸洗脫嫌疑，令調查延續。許友一知道闞致遠是個理性的人，在這種情況下才不會因為一時衝動，放棄謝柏宸「畏罪自殺」、將罪名攬到身上的「善意」。而且林國東的證言指出闞致遠對阿窒有愧疚之心，闞致遠不像會殺害阿窒，反過來說阿窒因為喪父而遷怒於闞致遠，動了殺機的可能性更大。

在想到這一點時，許友一腦海裡靈光一閃，作了一個大膽的假設——

和他見面的「闞致遠」真的是本人嗎？

會不會是阿窒殺死了闞致遠，取代了對方，以闞致遠的身分生活？

尤其是闞致遠在大學二年級退學，說不定是阿窒為了瞞騙他人，耍手段製偽冒對方辦手續，以免被闞致遠的同學及導師發現。

然而許友一知道這想法有太多破綻，闞致遠的生活圈子不只是大學那麼狹小，最基本的是，謝美鳳在謝柏宸蔴居之後一直有跟鄰居闞致遠碰面，如果這當中有詭計，那謝美鳳必然是共犯，跟目前所知的情況對不上。還有很重要的一點是，林國東說阿窒患口吃，許友一無法將那個伶牙俐齒、巧舌如簧的闞致遠和「口吃」聯想起來。

但是，如果身分置換的不是闞致遠和阿窒，而是阿窒和謝柏宸的話，便有可能。

許友一想起法醫最後的報告，指男死者大腦長了腫瘤，此刻他才留意到盲點。

一直以來，他都將「殺人分屍」當成一件事，而沒有考慮到這其實是兩個互不干涉的過程，就連闞致遠也故意誤導，將「分屍」當成掩飾「殺人」的手段，讓兩者扣合。可是事實上，殺人者不一定會用分屍來掩蓋罪行，分屍者亦可能跟殺人無關，縱然後者的情況罕見，卻不能排除可能性。

男死者會不會不是他殺，而是因為癌症而死的？

——「謝老先生大概擔心房子由女兒繼承的話，不肖子便會哄騙姊姊，侵吞財產。」

闞致遠的這句話在許友一腦海中浮現。這想法不可能是闞致遠憑空想出來，換言之謝柏宸一定也有想過，如此一來，謝柏宸大概也會料想到自己一旦身故，母親得面對用心不良的舅父，他患上癌症的話，必須找到善後的手段。

例如偽裝在生。

許友一不知道有沒有其他理由，但假如闞致遠一人分飾兩角，協助已死的謝柏宸偽裝成隱青，那就能夠解釋他大學中輟的原因，也能說明他成名多年卻沒有在外地出席文藝活動的理由——他必須長期留在家，每天不定時從窗戶潛進謝柏宸的房間，假裝房間裡有人。

理論上，闞致遠要假扮謝柏宸是不可能的，但謝美鳳供稱兒子多年來都只隔著門和自己交談，或是頂多開一條門縫接過物品，兩人日常幾乎毫無接觸。因為是謝柏宸和闞致遠合謀，後者很可能為前者錄音，利用聲音檔案蒙混過去，而更大膽的想法是闞致遠找一次機會推說感冒聲音沙啞之類，模仿謝柏宸的語氣回應，即使聲線有異，謝美鳳亦未必在意，然後時日一久，謝美鳳便不會再記得兒子從前的聲音，就像隔著電話冒充親人的騙徒，被騙的人一旦有先入為主的概念，便不會察覺有詐。謝柏宸本來就是個內向的傢伙，母子之間不見得親近，闞致遠就更容易實行這詭計。

即使謝美鳳有可能在假扮成謝柏宸的闞致遠打開門縫時瞥見對方樣貌，許友一也想到化解的對策——謝柏宸臉上那顆礙眼的淚痣便是關鍵。從事警務多年，他很清楚一般人對他人臉孔的認知程度受很多因素影響，假如臉上有某些非常明顯的特徵，例如禿頭、傷疤、胎記或痣，目擊者很容易因為該特徵相同而誤認第三者是嫌疑人。闞致遠只要戴上假髮，黏上假鬍子貼上假痣，利用門板遮掩，臉上的痣只會讓人以為他是謝柏宸本人。

所以多年後，謝美鳳目睹一個長髮、滿臉髭鬚、左眼下有一顆難看的淚痣的男屍躺臥在床上，自然會認定那是謝柏宸。

而那個自殺的男子其實是阿窒。

假如只相隔一年半載，謝美鳳不會不認得兒子，可是二十年足以讓記憶模糊。阿窒讓頭髮和鬍子修剪至和闞致遠平日偽裝差不多的長度，再用那些標榜防褪色的永久性麥克筆點上淚痣，就可以銜接這個角色，以謝柏宸的身分自殺，瞞天過海。燒炭自殺的死者遺容完好，殮房人員不會刻意清洗遺體臉部，而這類顏料防水，在沒有新陳代謝的屍體上那顆「黑痣」更不易消退。

縱使還有很多細節需要釐清，許友一感到案情中的突兀處被撫平，真相或許詭譎瘋狂，但從某個角度來看，非常合乎人性。比方說闞致遠拚命為謝柏宸洗脫污名，那根本不是目的，而是手段。

是為了對付謝昭虎的手段。

「我從林國東老師知道了阿窒的事。」入座並點了咖啡後，許友一對闞致遠說。

「哦。」闞致遠平淡地回答，一副等待對方說明的樣子。

「我認為自殺的人是阿窒，他冒認了謝柏宸。」

許友一一邊陳述他的推論，一邊留意著闞致遠的反應，可是無論說到哪一個關鍵，對方都沒有動搖，只是平靜地聆聽著。

「我們往往有一個盲點，以為法醫能從屍體找出所有事實，卻忘了他們聚焦於生理上的證據，像身分這種顯然而見的資訊反而容易被搞錯。」許友一緩緩地說出他的發現。「法醫只會在死者身分不明時才會找方法驗證，身為母親的謝美鳳真誠地相信自殺者是兒子，警方就不會察覺有身分問題。二〇〇六年美國印地安納州發生車禍，五人死亡，法醫和警方卻誤將一名昏迷的生還者和一個同齡、同性別的死者身分搞混了，數星期後甦醒的傷者才讓一直守在病床旁的死者家人知悉殘酷的真相，而二〇一八年加拿大薩省的另一場車禍亦發生類似的事件——既然那些需要確認身分的案件也有出錯的可能，在我們這個有家人和鄰居背書的案件裡，法醫和警方就更不會多此一舉去核實『謝柏宸』的身分，畢竟焦點落在被分屍的兩名死者身分之上，法醫光是檢查那二十多瓶的屍塊就已經忙得不可開交了。」

「不管你的推論是否正確，你忽略了一點——你無法證明它是事實。」闞致遠啜了一口服務生送來的咖啡，以不帶感情的語調說。

「不，我有證據。」許友一堅定地回應。

「你有？」闞致遠稍微露出訝異的神情。

「『謝柏宸』的遺體已被火化，身分不明的男死者指紋和樣貌無法確認，ＤＮＡ亦被化學劑破壞，但我至少有一項足以支撐我的理論的實證。」許友一取出兩份文件的影本。「香港在二〇〇六年也有一樁弄錯身分的意外，富山殮房發生領錯遺體事件，有死者被另一家庭錯誤地領走火化，衛生署便改善了一系列措施，其中包括收發遺體時加入指紋紀錄。」

闞致遠臉色稍變，瞄向桌上的文件。

「這是『謝柏宸』在域多利殮房留下的紀錄。它只用來確保領取遺體時不會領錯另一具屍體，不會多餘地再用來核實死者身分，但我調來謝柏宸身分證上的指紋紀錄，兩者比較，就很明確地指出那遺體不是謝柏宸本人，在送進殮房之前便搞錯了。」

「你……你有沒有向美鳳姨說明這個發現？」闞致遠有點緊張。

「還沒有。」

「你打算告訴她？」

「取決於你接下來是否合作，答應我的要求。」

「你想要什麼？」

「我要看郭子甯的遺書。」

闞致遠一臉釋然，再啜一口咖啡。

「那沒有問題，畢竟這是我預期你來找我的理由。」他邊說邊從懷中取出一個對摺的白色信封。

「你知道我今天會來找你？」這回輪到許友一稍稍怔住。

「我很想答『對』讓你吃一驚，但實情是我每天都帶著它。」

許友一知道即使闞致遠如此回答，對方肯定料到自己某天會來訪。他讀過《寄居蟹》後便理解真相，只是他在丹青樓吃了閉門羹，才發現闞致遠身處韓國出席文藝活動，根據訪談報導接下來又預定到台北及新加坡等地繼續行程。比起首爾和新加坡，台北的機票最便宜，許友一心想對方一定料到自己會在他逗留台北期間前來。

一般讀者眼中，無明志的新作只是一部以愛情和復仇為主題的推理小說，許友一卻看穿這並非虛構故事，而是一部摻雜了現實的私小說。《寄居蟹》裡描寫繭居二十年、患口吃的阿白與離家少女L相遇相知的經過，然而L後來意外重遇曾長期侵犯她的繼父，過去的創傷觸發情緒障礙，留下遺書，在阿白家中割腕自殺。阿白及時救回L，知悉來龍去脈後決定克服對外面世界的恐懼，和L合力施計懲戒繼父，是一部大快人心的復仇劇。

——「等到小說出版後，你買一本來讀讀便會了解。」

直至讀到小說，許友一才明白當時闞致遠這句話的真正意思——這作品雖然是「幻想文」，但同時是給許友一的提示。

小說中描寫 L 割腕的一段，栩栩如生，有讀者在網路上寫心得指「猶如切膚之痛」，而許友一更察覺那詳細的陳述有另一層意義，女主角左腕傷口的位置和角度，和郭子甯左腕與手掌被切割之間角度相同，而故事中 L 還在左上臂和手腕之間割了另一刀，亦跟郭子甯左上臂與左腕之間分開的位置吻合。在和曾擔任臥底的阿狗的會面中，阿狗指郭韜安右臂或者有傷疤，家麒便說疤痕可能碰巧在斷肢的位置所以才看不到，只是許友一當時沒想到這發生在女死者身上。

而最重要的是，許友一從銘中的舊檔案中知道阿窒的真名。

白政桓。

藺居口吃的「阿白」，就是阿窒。

許友一當然沒有天真到認為小說寫的就是事實，故事裡寫 L 自殺，不見得郭子甯也是一樣；不過假如切割屍體左臂是為了掩飾割腕傷口，那兩個位置正好符合用右手割腕的角度，而闞致遠曾不自覺地吐出「任何人對瘋子也是無可奈何」的慨嘆，讓許友一傾向相信即使郭子甯死於他殺，闞致遠也只是擔任收拾爛攤子的角色，假設行兇的是阿窒，其後那種裝神弄鬼、偽裝成謝柏宸自殺的做法又顯得莫名其妙。然而大前提就像小說一樣是設計陷害謝昭虎的話，那麼阿窒以謝柏宸的身分自殺就起了鐵索連舟的作用，讓警方順藤摸瓜，更容易留意到謝昭虎這個人存在。

許友一打開信封，發現裡面沒有遺書，只有一張 64 GB 的記憶卡。

「小說裡的遺書是寫在紙上，但現實的是用手機自拍。你需要這個。」闞致遠從口袋掏出可以插進手機的迷你讀卡器，遞給許友一。

許友一將插進記憶卡的讀卡器接上手機，發現卡裡只有一個壓縮檔。他嘗試解壓，系統卻提示他輸入密碼。

「萬一丟失後被人看到就鬧出風波了。」許友一還沒開口提問，闞致遠便主動回答。「密碼是『萊拉、下底線、瑪吉努』，Layla_Majnun，大寫L和M。」

許友一從《寄居蟹》中知道「萊拉與瑪吉努」的故事——在阿拉伯語中「瑪吉努」本來是瘋子的意思，那個故事裡男主人翁被旁人起這個渾號，就是譏笑他為愛情瘋狂。許友一輸入密碼後，檔案解壓成一段一分三十五秒的影片。

「阿白，這陣子我給你添太多麻煩了，對不起。」

這是許友一首次聽到郭子甯的聲音。郭子甯臉色慘白，雙眼直視鏡頭卻沒有焦點，雖然她的語調清晰，但任誰看到影片都知道她精神狀態有異。鏡頭只拍到她的臉孔和雙肩，從背景和潤濕的髮絲看來，她身處浴室，躺在浴缸中用右手拿著手機自拍。

「這幾個月是我人生最愉快的時光。謝謝你們收留我，更要謝謝阿白你接受我……在你身邊，我曾經覺得生命充滿希望，讓我有一種我也能像一般人一樣抓住幸福的錯覺。啊，假如那是真的，有多好啊。」

郭子甯很努力地擠出笑容，可是許友一看到那份隱藏在笑顏中的不安。

「可是那個人找到我了。我知道他一直在找我……他說過，假如我再逃跑的話，他會傷害我最關心的人。他……他不是人，他是披著人皮的惡鬼，是怪物……他會動手的，他一定會……我一直以為擺脫他了，但原來他一直跟著我……我怕他接下來便會傷害你了……」

畫面中的女生表情變得詭異，像是奮力地保持冷靜的樣子，雙眼卻鎖不住淚水，一滴一滴的沿著臉龐滑下。她用震顫的左手抹去眼淚，而許友一驚訝地看到那隻在螢幕上只閃過一秒的手腕上，有一道正在流血的傷口。

「我跑到天涯海角他都會追上我，我逃不掉……所以我只能先走了，逃到一個他追不上的地方。我知道他做得出來的，他不會殺死我，但會傷害阿白你……他一定會。我不要你為我受苦……」

郭子甯的臉色愈來愈蒼白，雙唇漸漸發青。

「阿白，我真的不想走，但我非走不可，不能連累你……可能的話，我想永遠留在你身邊……就像……那個……你們家裡收藏的那個……讓我永遠跟你在一起……」

隨著郭子甯話音剛落，畫面忽地倒轉，快速朝上拍到浴室天花板，然後影像變得模糊，就像鏡頭掉進水裡向上方的燈拍攝，而且色調漸漸變紅，恍如使用了紅色的濾鏡。許友一猜到那是因為郭子甯無力繼續舉起手機，手掌掉到腹部上，甚至連停止錄影的按鈕也沒有按便昏死過去。

「影片其實有差不多一個鐘頭長，但後面五十多分鐘都是相同畫面……還有我敲門和阿窒撞門的聲音，我就姑且剪掉。」闞致遠語氣略帶苦澀。

「所以郭子甯不是被謝昭虎殺的。」許友一說出結論。

「不是？」闞致遠少有地流露憤怒，「郭子甯分明就是被他殺死！就算他沒有親自動手又如何？將郭子甯推向懸崖、多年來折磨她讓她生不如死的，就是那個人渣！」

闞致遠的聲調讓鄰座的客人轉頭察看，不過由於二人以粵語交談，旁人不清楚他們的談話內容。

「我之前說郭子甯曾被謝昭虎侵犯，那不是推理，而是事實。」闞致遠收歛起激動的語調，只是許友一仍聽得出對方冷冽的聲音裡壓抑著的怒氣。「阿窒從她的遺物中找到筆記，雖然內容很瑣碎，文字亂七八糟，但我們能夠從中知道那是郭子甯為了宣洩心情而寫下的記事——那禽獸不只性侵虐待只有十歲的郭子甯，還讓她持續陷入心理威脅，精神上和肉體上迫害她長達兩年。她手臂上的傷疤就是謝昭虎用菸蒂弄成的，就像儀式一樣，每次完事他都會烙下一個記號，那你可以想像到她受過多少次痛苦吧？試問什麼人能夠對十歲、十一歲的小孩出手？而且那變態還已經和郭家母女同住了好幾年，得到孩子的信任了！你可以想像到某天那個一直扮演著慈父的男人突然露出真面目，強暴自己有多恐怖嗎？十歲的孩子大概還會以為是自己犯錯了吧？比起一般性侵，謝昭虎更享受這種殘忍的心理快感！他在保險業工作時一定要過不少手段，玩弄人性，而他躲在郭家避債期間，便將這些手段用在兩母女身上……在郭子甯心裡埋下自毀種子的，就是謝昭虎！這不是自殺，是謀殺！」

「郭子甯說謝昭虎找到她了，她死前有被他威脅過嗎？」許友一沒有被對方的怒氣左右，提出問題。

「那……沒有，她誤會了，只是巧合。」闞致遠無奈地回答。

「巧合？」

「阿窒後來告訴我，郭子甯有跟他提及離家出走前的遭遇，只是直到我們看到她在筆記中寫明了加害者的姓名，才發現那個人碰巧是謝柏宸的舅父。現實和小說內容差不多，阿窒在網路上結識了郭子甯，兩人十分投緣，那傢伙甚至瞞著我偷偷讓郭子甯到訪，她來了數次後才被我撞破。後來郭子甯和她租住的劏房房東之間有點小糾紛，她怕偽裝成年的事露餡，阿窒便建議她搬到我們家裡住，反正還有空房間，我也沒有意見。她在遺言中說的『這幾個月』就是她和我們當室友的日子。」

「沒有人知道她住進了丹青樓？」許友一問。警方在調查初期有拿著臉部拼圖查問街坊，卻沒有結果。

「她搬進來後沒再接客，大概是想改變生活吧，不過她大部分時間都窩在家裡和阿窒共處，另外她只用後門出入，其他住戶沒留意她也很合理。最重要的是，那時是疫情高峰，她外出都戴口罩，就算被人看到，也不會知道樣子。」

闞致遠過去對許友一撒了不少謊，但不少謊言來自事實，就像他說謝柏宸問他怎麼看從事兼職女友的女生，他卻提及性病問題害二人爭吵，這段經歷真的發生過，只是當事人不是謝柏宸而是阿窒。他同意郭子甯住進家裡，是因為他沒料到一向只願意和自己筆談的阿窒居然偷偷和一個外人見面說話，察覺郭子甯有可能打開阿窒心鎖，讓他重新適應社會。對闞致遠來說，多預備一個人的日用品、多煮一個人的飯菜一點都不困難，假如這是阿窒重返社會的契機，花再多的錢財工夫都值得。

「有一天，郭子甯回家後表現得很奇怪，活像見鬼似的，阿窒也問不出原因——阿窒本來就口吃，更不容易問出來。一週後郭子甯好像回復正常，但語氣態度總有點奇怪，就像疑神疑鬼似的，卻又故作鎮定說沒事。然後某天我從外面回來，發覺阿窒莫名其妙地倒頭大睡，浴室反鎖，敲門又沒回應，於是搖醒阿窒後，合力撞開浴室門，赫然看到郭子甯躺在浴缸、泡在一池被血染成紅色的水中不省人事。我們將她揪出來急救也於事無補，她已經死去超過半個鐘頭。阿窒發現郭子甯的手機還在錄影，結果看到她的遺言後，阿窒便阻止我報警，說要完成死者遺願。」

許友一明白到郭子甯遺言最後一段在說什麼——不知道是阿窒主動給她看，還是她無意中發現後，阿窒或闞致遠說明了來龍去脈，但她有看過謝柏宸的屍體。

那些被切割成十多份、貯存在標本瓶中的屍體。

「阿窒要讓郭子甯『留在自己身邊』？」

「對，我沒有立場反對。」

許友一理解闞致遠言下之意，阿窒跟闞致遠同住，一開始不一定知道他假扮已死的謝柏宸和藏屍的事情，但後來一定知情，而阿窒願意為闞致遠保守這個秘密，闞致遠此刻就不好搬出道理，說要讓警方處理郭子甯的自殺事件。

「郭子甯似乎在阿窒的飲料中下了安眠藥，讓他不能阻止自己尋死，但阿窒只自責，說他該預料到這情況。」闞致遠嘆一口氣，像是不想回憶起當時的情形。「阿窒那時候抱著郭子甯的遺體，哭得好慘。比起他喪父的那天哭得更慘。」

「然後你們看到她的筆記，發現她是因為害怕謝昭虎而自殺。」許友一也受到哀慟的氣氛感染，無法以質問的語氣指責對方。

「對。可是她完全弄錯了，謝昭虎來丹青樓只是向姊姊借錢。這傢伙每次想討一個較大的金額，便會分數次商借，那個月連續來了三、四次，郭子甯大概看到對方進出丹青樓正門，以為自己被找到了，謝昭虎正在查探自己住在哪一戶，然後就會施詭計殺害阿窒和我，並且抓她回去。正常人才不會認為我和阿窒兩個大男人會輕易被一個老頭扳倒，只是郭子甯被虐時是小孩，錯誤地留下謝昭虎能隻手遮天的印象，結果那人渣的出現牽動她的心理創傷，引致情緒失常。」

「你怎麼知道謝昭虎不知道郭子甯就在隔壁？」

「我隔著房門偷聽，他和美鳳姨的對話我聽得一清二楚，知道他只是為了借錢而來。」

許友一遽然察覺闞致遠清楚謝家家事的理由，甚至為自己的大意感到慚愧——闞致遠曾說過十多年前偷聽到謝昭虎因為欠債向謝美鳳借錢不遂的事，可是丹青樓的隔音很好，他根本不可能在自己的家裡聽到兩人的對話。闞致遠當時是在謝柏宸的房間裡，自然掌握了鄰居的情報。

「就像小說一樣，為了替郭子甯報仇，於是你便設計陷害謝昭虎。」許友一皺一下眉，一臉不快地說。

「設計的是阿窒，我只是按他預設的指示執行計畫……」闞致遠欲言又止，再悻悻然地說：「而且他連我也欺騙了。」

「他欺騙你？」

「他告訴我的計畫裡，沒有包含燒炭自殺。」

原來如此——許友一頓時明白闞致遠在發現「謝柏宸」自殺當天的反應。他猜想原來的劇本中，謝美鳳一如現在的情況發現兒子沒有用餐，敲門也沒有回應，於是找闞致遠幫忙，而闞致遠撞門後，理應看到空空如也的房間，再讓謝美鳳在門片虛掩的衣櫥發現郭子甯的屍體。警方會以「隱青謝柏宸失常殺人分屍，畏罪潛逃」展開調查，然後闞致遠再插手干涉，讓調查轉到謝昭虎身上。計畫的後半部如實執行，可是阿窒卻讓闞致遠蒙在鼓裡，真正的劇本是由他飾演謝柏宸自殺，並且將謝柏宸的屍體一併搬移到現場。

警員高佬指闞致遠發現死者時情緒激動，是因為他沒料到阿窒會自殺，看到躺在床上已變成屍體的阿窒，就和謝美鳳以為床上的是兒子一樣受到打擊；而許友一更記得當自己提到房間裡發現複數屍體時，闞致遠就顯得十分詫異，因為在原有的劇本裡，他們只打算為郭子甯復仇，裝著謝柏宸的十四個瓶子會繼續於闞致遠家裡沉睡。

不過闞致遠當時認清狀況，強忍住惘然若失的心情，修正了計畫，繼續演戲，先奮力主張謝柏宸無辜，讓自己成為嫌疑者，再引導許友一發現謝昭虎這號人物。

「你如何嫁禍謝昭虎？他在一月六號的影片現身，那是你們設下的陷阱吧？」許友一問。

「我不打算透露，請閣下自行想像。」闞致遠換上輕鬆的語氣說。

「你賣什麼關子？反正我都已經知道了真相，還有實證，審訊開始便會讓謝昭虎洗脫罪名。」

「你說過案件上了法院，爭辯的便不是事實，而是哪個說法最能服眾。殮房的指紋文件只能說明屍體不是謝柏宸，但既然殮房過去已犯過不少同類錯誤，公眾很難會接受長達二十年的掉包，尤其謝美鳳這個親生母親從來沒有質疑過死的不是她的兒子，只會猜想政府部門再度出包；郭子甯的遺言或許可以證明她是自殺，但改變不了她受謝昭虎威脅的事實，甚至無法證明謝昭虎沒有直接導致她死亡，以及將遺體肢解。我不會讓你得到可以改變輿論的線索。」

許友一沉默不語。來台北之前，他已經思考過各種可能性，但就是不知道闞致遠如何栽贓嫁禍。許友一親手在謝昭虎意圖性侵乘客時逮捕對方，為在同樣情況下誤殺郭子甯並留下毛髮和血跡佐證，而一月六號被銀行監視器拍到搬運可疑紙箱的身影等等，表面看才不會想到案中有案。

闞致遠知道這對許友一而言是一道不可解的難題，他故弄玄虛不詳細說明，其實是為了掩飾一件事——不是所有對謝昭虎不利的證據都是闞致遠安插的。就像觀眾看到魔術師出神入化的表演，殊不知其實過程出了狀況，只是魔術師靈活變通，將意外當成表演的一環。

他沒想到謝昭虎會性侵醉客，還被抓個正著。

郭子甯自殺當天，阿窒向闞致遠提出要向謝昭虎報仇。闞致遠本來反對，但阿窒的一句話令闞致遠改變主意。

「你、你別忘、忘了，他也是害謝、謝柏宸早死的兇、兇手！這、這不單單為了阿甯，更、更是為了你、你的好兄弟討、討回公道！」阿窒激動下口吃比平日更嚴重，但他平時才不會願意說這麼長的句子，只會回到電腦前或用手機跟闞致遠用文字交談。

「你怎知道是他間接害死柏宸？」闞致遠愣住。

「我、我在你的舊、舊筆電看到謝柏、柏宸的遺書。」

雖然謝柏宸在闞致遠家中因併發症身故後，闞致遠瞞著阿窒在傭人廁所處理屍體，但數年後還是被阿窒發現秘密，逮到闞致遠利用窗外平台潛進鄰居的家，闞致遠唯有如實相告，讓他看已被製成標本的遺體，只是他隱瞞了謝家上一代的瓜葛，以謝柏宸怕母親傷心為理由，假裝在世，沒想到阿窐從遺書知悉真相。阿窐祭出謝柏宸的名字，闞致遠就無法再迴避，想到謝昭虎的確接連傷害自己身邊的人，無法坐視不理。

「但我不會殺人。」闞致遠說。

「我、我也沒、沒有說要殺、殺他。」阿窐咬牙切齒，奮力地說：「我要、要他活、活著受、受罪。」

花了兩天暫時保存好郭子甯的遺體後，阿窐和闞致遠謀劃了好幾天，決定復仇行動的第一階段工作——蒐集謝昭虎的情報。闞致遠進行了長達數月的跟蹤監視，摸清了謝昭虎的日常生活，知道他在灣仔的住址、從事司機的工作日程、經營網店的運作，甚至了解他跟兼職女友約會的地點和密度、最常光顧哪一家夜店和賓館等等。

闞致遠從跟監發現謝昭虎有兩個不為人知的秘密。

首先是某一晚他發現謝昭虎從醉酒的乘客身上偷取財物。由於仍是疫情中，夜店很早關門，但依然偶有喝得酩酊大醉的客人攔計程車，而闞致遠就看到謝昭虎在抬不省人事的客人下車時，翻弄對方的皮夾，抽出大量鈔票，又將信用卡據為己有。數個月內他看到對方下手四次，動作熟練，顯然是慣犯——阿窐知情後分析，這才是謝昭虎任職計程車司機的主因，計程車司機收入不穩，但卻是偷竊犯、詐騙犯的最佳掩飾。

另一個秘密是，謝昭虎的網店有出售來源不明的貨品。闞致遠曾跟蹤對方到元朗一個貨倉取貨，從接洽的傢伙的神色來看，那批電腦顯卡不是走私貨便是贓物。闞致遠知道謝昭虎在被驅逐出保險業界後，似乎和一些從事見不得光事業的人來往，看到這幕倒不覺得意外。

但這兩個秘密成為了阿室和闞致遠設下的陷阱主軸。

十二月初一個天氣清朗的下午，闞致遠戴上帽子、眼鏡和口罩，抱著一個比三十公升微波爐還要巨大的紙箱，在灣仔日善街和崇德街交界，揮手攔下剛接班的謝昭虎的計程車。他將箱子放後車箱後上車，目的地是西區堅尼地城。三天後，闞致遠再次捧著相同的箱子，在日善街再攔下謝昭虎，這回謝昭虎主動攀談，闞致遠便知道對方上鉤了。

「先生，我好像幾天前才接過你一次？」

「是嗎？那又是你嗎？」

「我認得你放後車箱的那款方向盤嘛，是 Technimaster 的 T300DX 吧？」

「司機大哥你真識貨，你也有玩電玩賽車？」

「一點點啦，我有經營網店賣周邊。T300DX 供不應求，大小店鋪都缺貨了，炒價破萬元，先生你居然買到兩台。」

「我只是有門路，拿到便宜的貨源，轉手賺點小錢啦。」

「有門路？先生有興趣和我合作嗎？我有些顧客願意出不錯的價錢。」

「這個嘛……我也想找可靠的零售，只是貨源方面有點複雜，不是人人都願意合作……」闞致遠故意吞吞吐吐地說。

「我不介意，我也有些貨品直接來自中國內地的工廠，樣本、瑕疵品之類的，沒有人在意，價錢合理就好。資本主義自由市場，一切只看交易雙方同意不同意嘛，貨源之類沒關係。先生貴姓？我姓謝。」

「啊，我姓李，你可以叫我 Johnny。」闞致遠報上假名。

闞致遠不動聲色，只問謝昭虎拿了網店的名片，說可以日後再談。

一月初，時機成熟，闞致遠便用預付卡開的 Whatsapp 帳號找上謝昭虎。他說手上有六台不能說明來源的 T300DX 方向盤，問謝昭虎有沒有興趣接手。謝昭虎自然有興趣賺這一筆橫財，最後討價還價後，以總價二萬四千元成交——他預計每一台能賣八千多塊，換言之利潤高達一倍。

謝昭虎不知道的是，這六台方向盤是闞致遠和阿窒出高價從外國拍賣網站購入的，花費接近十萬港幣，並不是什麼從工廠偷來的賊贓。一切都是為了設下陷阱，讓謝昭虎在一月六號被鏡頭拍攝到可疑的行蹤。

闞致遠約謝昭虎於一月六號傍晚在筲箕灣金華街交收貨物，但謝昭虎將車停好在目的地後，闞致遠卻通知對方臨時有事，請謝昭虎到筲箕灣東大街的公園走一趟，他有準備手推車方便搬運。

「謝老闆不好意思，麻煩你徒步走過來。我有另一項交收，只是賣家遲到，我不便離開。請你檢查一下貨物，貨銀兩訖。」

謝昭虎打開裝著六台方向盤的大瓦楞紙箱，確認無問題便將鈔票給予闞致遠。

「我看這紙箱外表這麼殘舊，還以為裡面的貨也有瑕疵。」謝昭虎笑道。

「貨源見不得光，當然要有點偽裝。」闞致遠故意壓下聲音說。「我也勸你別在街上拆箱，買賣贓物一樣有罪。」

謝昭虎嘴角微揚，推著手推車沿著望隆街回到停在金華街的車子上。闞致遠在謝昭虎離開前說手推車不用歸還，他就將箱子和手推車放到後車箱內，準備先回家一趟。

闞致遠看著謝昭虎的背影，心想該做的事情都做了，銀行鏡頭拍不拍得到他，就得看運氣。阿窒翻看舊新聞，發現丹青樓對面的利亨銀行曾使用正門的監視器拍下詐騙犯的樣子，片段有被上傳到網路，他和闞致遠就研究過丹青樓附近各商店的監視器布置，確認銀行的監視器可以利用。

結果就成為許友一確信謝昭虎是犯人的理據之一。

而作為「鐵證」的毛髮和標本瓶碎片，則早在闞致遠第一次乘坐謝昭虎的車子時已埋下。由於他不知道證物會不會被日常打掃清理掉，所以在後座和後車箱各放置一項，務求留下其一，結果卻超額完成，兩者都被鑑識人員發現。

為了將謝昭虎塑造成頭號嫌犯，闞致遠和阿窒還耍了很多小手段。比如說，為了製造謝昭虎將屍體藏到外甥房間的條件，他們在十一月尾便寄黑函給謝昭虎的房東，假扮高利貸向謝昭虎追債。房東是個老婦，因為擔心房子會被潑紅漆之類，於是通知謝昭虎她不願意續租，要求對方三個月後租約期滿便搬走。此外，闞致遠為免謝昭虎在謝柏宸的喪禮上認得自己就是「Johnny」，故意用另一個身分約對方洽談大額交易，調虎離山。當天闞致遠不時用手機發訊息，就是用來妨礙謝昭虎出席喪禮的詭計，待他日許友一發現謝昭虎是嫌犯時，加深懷疑。其實闞致遠猜想，即使不做任何事，謝昭虎亦很可能會故意迴避接觸親姊——外甥闖下大禍，他自然想到謝家被警察盯上，身為偷竊犯、詐騙犯的他才不會冒險走進警方的視野之內。

不過，闞致遠沒料到謝昭虎會對醉酒的女生出手。即使他知道那混蛋有性侵的前科，在數月的監視卻沒看到他強暴女性，只有約兼職女友上賓館。原先的計畫中，警方因為計程車上的物證和疑似搬運屍體的影片逮捕謝昭虎，再發現藏有從盜竊乘客得來的財物，加強坊間對他的壞印象——謝昭虎沒有殺人分屍，在接受盤問時可以表現得理直氣壯，可是他偷竊是事實，無法撇清，公眾認定這個人是罪犯，自然會覺得他在殺人一事上撒謊。謝昭虎在意圖性侵時被逮到，及後更發現與兩起同類案子有關，比原有計畫有更大殺傷力，闞致遠也不由得嘆句「冥冥中自有主宰」。

倒是事後回想，闞致遠不知道這會不會是阿窒另一個欺騙他的手段。

利用譚璦瑩引導警方是原有的計畫，闞致遠本來以為那就是接觸那個兼職女友的目的，但後來目睹謝昭虎差點成功強暴女生，闞致遠才想到這可能是阿窒的劇本。譚璦瑩成為棋子後，一定對謝昭虎有戒心，而正如嫖客有公開談論約會心得的討論區，兼職女友也有屬於同行的私人 Telegram 群組，交換不良客人的情報。闞致遠估計自己和謝昭虎的帳號和特徵很可能被譚璦瑩在這些群組公開，即使無法說明詳情，也會列入「麻煩客人」的黑名單，警示其他兼職女友迴避；假如謝昭虎無法找她們解決性需要，便會有更強的意欲「撿屍」，更容易被逮住。

闞致遠知道阿窒報仇心切，不會在乎有沒有無辜的女生受牽連遇害。這是他和阿窒的最大分別，阿窒是個為求目的不擇手段的狠角色，闞致遠卻是嘴硬心軟的老好人。他知道阿窒會不惜犧牲他人去完成這齣「少女復仇記」。

「那你可不可以告訴我，你不斷和兼職女友約會尋找譚璦瑩的事，是故意演出來給我們看吧？」沉默許久後，許友一問道。

「可以這麼說。」闞致遠早在跟蹤謝昭虎蒐集情報時，已經留意到這個謝昭虎經常約會的女生，再花了差不多一個禮拜查出譚璦瑩的身分。

「為什麼要大費周章布這一個局？既然你早知道有一月六號的影片和車上的物證，根本不用先讓自己受懷疑，再讓我們發現謝昭虎啊！」

「因為比起第三者說出的事實，人更傾向相信自己推論出來的假設。」闞致遠淡然地回答。

闞致遠很早已察覺警方在監視他，這亦是原定計畫的內容，於是待他確認跟監的刑警有尾隨他外出後，便執行那個「查探謝昭虎相熟的兼職女友」虛假行動。C字頭Y字尾、手腕有心形紋身之類，全是他調查謝昭虎時確認譚璦瑩擁有的特徵。那天他在月台上發現家麒放棄監視自己，改為跟蹤譚璦瑩時，他便知道警方很快會打譚璦瑩主意，而當他傳訊息再約對方，遲遲沒收到回應，他已猜到譚璦瑩決定和警方合作，正在等候指示。為了讓許友一朝謝昭虎的方向調查，他更故意演一場大戲，教警方疲於奔命。

譚璦瑩的追蹤器失靈，不是巧合，而是人為的。

闞致遠從外國網站買了一台訊號干擾器，可以令一定範圍內的通訊電波失效。那天當他開車到伊利沙伯體育館外，察覺尾隨的車子遠離受阻，便偷偷打開干擾器，駛上司徒拔道。他知道假如許友一能透過耳機操控譚璦瑩發問，會有露出馬腳的風險，可是如果能孤立譚璦瑩，讓她感到迷惑，由她轉述發現，更容易令許友一掉進迷陣，主動研究「Jasper」的身分。

「我不再追問你的所作所為了。」許友一嘆一口氣，「我現在只有一個難題，就是我必須在法庭上否定警方的調查，嘗試證明謝昭虎沒有殺人分屍，然而我的上司一定反對我這麼做……」

「你不用上庭作證，檢控官不是蠢蛋的話，不會控告謝昭虎謀殺甚至誤殺。」

「什麼？」

「他們應該會和辯方談條件，謝昭虎會承認性侵和盜竊等多項罪名，讓受害者不用出庭受二次傷害，而檢控官便不會提沒有把握的殺人罪。」

「有計程車上的物證，檢控官怎會放手？」

「我是辯方律師的話，很容易便撇清。」闞致遠笑了笑，「就算控方能夠證明毛髮屬於郭子甯，玻璃碎片來自標本瓶，卻無法證明它們在謝昭虎使用車子時留下的——這計程車不是謝昭虎的私家車，與日班司機和替班司機共用，車行亦有機會接觸車輛，疑點利益歸於被告下，這『鐵證』無法證明謝昭虎就是真兇。同理，一月六號的『運屍影片』也沒有用，無人能證明紙箱裡的物品是什麼。」

「你早料到有這結果？可是這樣還算什麼復仇？」

「阿窒的目的是要謝昭虎受苦。我已經向八卦雜誌爆料，下週便會有專題報導，因為『雨夜屠夫案』的犯人也是計程車司機，人們更容易將謝昭虎聯想成變態殺人魔。獄中囚友一向對性侵犯人不客氣，他在獄中的生活不會輕鬆，即使多年後獲釋，他也難以在社會立足，因為他惡名昭彰的程度比任何一個壞人更甚，尤其是他沒有受到公眾認定的懲罰。每個人都知道謝昭虎這名字，而他只會被鄙視、排擠，即使有心改過，也無容身之所。比起死亡，這種生不如死的生活更痛。」

許友一倒抽一口涼氣，雖然沒有憑證，他覺得闞致遠的話會成為事實。

「你……其實不是無明志吧？」許友一忽然說。

「什麼？」

「本來我只是有一點懷疑，但聽過你說明阿窒的復仇計畫後，我幾乎確定了，會想出這種黑色詭計的人，就和寫出犯罪小說《死亡神父》的無明志一樣。因為他口吃和繭居，無法跟他人接觸，所以你就代替他成為他的影子。我來台之前已調查過阿窒的背景，他的父親叫白志明，我猜阿窒多年前為了紀念父親，於是用上他的名字，稍作轉換調動，變成『無明志』。而且因為他猝逝，所以你只能作出封筆宣言，讓他的遺作成為你的封筆之作。」

闞致遠聽罷，肩膀微顫，許友一以為自己刺破謊言令對方惱羞成怒，闞致遠卻放聲大笑，連鄰座的客人和服務生也對他行注目禮。

「許督察，很好，你果然是個分析力不錯的警官，可是你只答對了一半。」

「一半？」

「這世上有『共用筆名』這回事。無明志能寫出黑暗的《死亡神父》，又能寫出幽默的《掃地偵探事件簿》，是因為寫前者的是阿窒，後者的是我。」

「咦？可是文字風格——」

「文字風格相同是因為阿窒寫完作品後，由我負責修稿，相反我寫完我的小說後就由他修改。阿窒在我家隱居後，對我收藏的推理小說產生興趣，後來使用無明志這筆名在網路創作，可是當出版社找上他，他便要求我替他修稿，因為他知道他那種毫不在乎世人目光的創作方式不適合商業出版，我亦如你所說，充當這個筆名的門面。《死亡神父》完成後，出版社希望有比較大眾化的作品，阿窒鬧脾氣說寫不出來，我便反過來當他的槍手，寫了

《掃地偵探》的第一集，然後他又按捺不住，嫌我的故事過於通俗，特意補回一些黑色元素。於是這便成為我們的合作模式，失去阿窒的今天，無明志已經不在了，即使我寫出新作，那也不會是無明志作品。」

看到許友一訝異的表情，闞致遠只感到好笑，回憶起那天被對方帶回警署盤問，自己也曾露出相同表情——當許友一指出男屍和《殺人藝術》中梵谷的〈在永恆之門〉動作相同時，他才察覺一個事實。

阿窒原來早發現家裡藏著謝柏宸的屍體。

闞致遠是在《殺人藝術》出版後才告訴阿窒謝柏宸的事情，可是經許友一提點，他才發現兩者雷同之處，只是警方弄錯因果，阿窒是因為看到屍體，聯想到梵谷的名畫，才會產生《殺人藝術》的靈感。而阿窒在取代謝柏宸自殺前，還故意將這本書從書架抽出，闞致遠想到這是阿窒故意按計畫引導警方將焦點放到闞致遠身上，同時幽好搭檔一默，讓對方在他死後才知道一個小秘密。

「許督察，你知道嗎，《寄居蟹》的故事本來不是這樣子的。」闞致遠用食指敲了敲身旁的小說。「阿窒原來的故事，是L割腕自殺後死亡，阿白為了復仇，最後和L的繼父同歸於盡。可是我無法接受，即使我會被他責怪將他的一流黑色悲劇改寫成三流的大團圓狗血故事，我也無悔於下這個決定。」

這是我為他們能夠做的最後一件事了——闞致遠心想。小說封面的照片是郭子甯拍攝的，闞致遠在她的手機裡找到很多風景照，特意挑了其中一張當成封面圖片。就如闞致遠當天對許友一所說，這是讓他抒發情緒的作品，讓阿窒和郭子甯的靈魂共同寄宿在同一部給予讀者希望的著作裡，縱然只是幻想，他也期望在某個次元裡，他們兩人能找到幸福。

阿窒自殺的那天，當警察離去後，闞致遠在阿窒的電腦裡找到遺書。阿窒沒有對他的決定感到後悔，他知道闞致遠會為他們完成計畫，而他可以在彼岸和郭子甯重聚。雖然阿窒沒有明寫出來，但闞致遠察覺到他欺騙自己的理由。

他是為了讓我從柏宸的束縛中解放出來——闞致遠察覺這一點時，不禁鼻頭一酸。

阿窒知道，這是讓闞致遠不用再背負偽冒謝柏宸責任的契機，讓謝柏宸正式死亡，終結二十年前那個愚蠢的承諾。阿窒從來沒有怪責闞致遠害他失去父親，他甚至從謝柏宸的遺書中發現闞致遠老早打算幫助自己逃離大飛的魔掌，為此感激。他礙於口吃，無法抬起頭接觸外面的世界，猜想終生如此，可是闞致遠卻一直將心力放在自己和已死的謝柏宸身上，令他覺得既羞愧又哀傷。

——事情完結後，到外面走走吧。

這是阿窒在遺書最後給闞致遠的口訊。

「你才是啊……笨蛋……」闞致遠當時讀到這一句，眼淚再無法忍住。阿窒藺居二十多年，好不容易鼓起勇氣離家，卻是捧著標本瓶，從窗外平台步向人生的終點。

闞致遠一直沒發現阿窒比他想像中更了解自己。即使沒有親眼目睹，阿窒從瓶中謝柏宸各遺體部件的切口看出，闞致遠當年如何壓抑著抖顫的雙手，不情願地把摯友肢解。他知道闞致遠其實是個感性的傢伙——除了從日常生活細節，他還從對方的文筆知道這一點——他料想當時闞致遠一定哭得死去活來，畢竟連一向冷漠的自己，面對失去阿甯的一刻，他也無法壓抑情緒。在分解處理郭子甯的遺體時，闞致遠對阿窒能冷靜地從旁協助感到詫異；然而他不知道這份沉著是因為阿窒早已決定陪郭子甯一起上路，準備用性命作為籌碼，為她制裁那隻惡魔，並且讓闞致遠取回屬於自己的人生。

在謝昭虎被捕的那一晚，闞致遠做了一個夢。夢中他、阿窒和柏宸回到十六歲的年紀，和年齡相若的郭子甯一同外遊，四人來到海邊，追逐、嬉戲、奔跑，享受著無憂無慮的青春，訴說著將來的夢想，朝著夕陽高呼心願。

即使那是無法實現的夢，闞致遠也希望在某個不知名的時空裡，那是平行宇宙中他們的真實經歷。

「你接下來到新加坡出席文學節後，有什麼打算？」許友一問。

「我應該會到英國吧，我三十年沒為我父母掃墓了。」

「你父母在英國下葬？」

「一九九三年十一月，有一輛載滿北美旅客的旅遊巴士在M2公路前往肯特郡坎特伯里途中失控，車上十人死亡，三十多人受傷，而巴士失控時撞上一輛轎車，司機和副駕駛座乘客死亡。那就是我的父母，我當時坐在後座，奇蹟地獲救。可是我在英國沒有家人，所以只能回港。」

闞致遠很清楚他和柏宸及阿窒投緣的原因——他在他們身上看到自己的影子。失去父母後，闞致遠感到無比孤單，縱使嫲嫲對自己很好，他仍無法驅除內心那股莫名的空洞感。謝柏宸和阿窒雖然與家人同住，但他在他們身上同樣感覺到那一份孤寂，就算彼此學識、背景、個性都不同，他卻知道他們跟他是同類。

是沒有血緣的家人。

闞致遠是個善良的孩子，可是喪親帶來的痛楚一直沒有消除，潛藏在內心的憤懣，在和柏宸一起教訓大飛的那一次完全爆發出來。他將大飛當成那個害他父母死亡的巴士司機，將情緒徹底地發洩。

他沒料到多年後重遇大飛。

那是謝柏宸去世五年後發生的事，他在街上看到一名精神異常的流浪漢，對方衣衫襤褸，光著腳蹲坐在公園一張長椅上發呆。他一眼便認得出對方，而且他亦有聽聞大飛家庭的不幸遭遇。

在大飛身上，他看出那一股孤寂。

——人生本來就是一趟孤獨的旅程，誕生於世上時孑然而來，離世時也只能孤身上路。或許我們所有人都注定是孤獨的——闞致遠想。

「去過英國後便回港？」許友一問。

「不，我不打算回去了。」

「為什麼？該不是怕負上刑責吧？的確除了誤導警務人員外還有非法處置屍體……」

「我只是沒有回家的理由，」闞致遠苦笑一下，「我的家人都不在了。」

許友一無法接過話。

他想起那天在闞致遠車上聽到的那一首歌。

——我是最幸運的人，不是最孤寂的人。

復仇成功，名成利就，就是幸運嗎？

許友一此刻才看清楚闞致遠眼眸裡那股情緒是什麼。

喝光杯中咖啡後，闞致遠和許友一離開咖啡店，走出書店大樓。時間已近黃昏，夕陽映照下，台北的街頭瀰漫著一股難以言喻的落寞。

「許督察，可以請你替我辦一件事嗎？」闞致遠在大門外跟對方說。

「你還有臉要我替你做事？」許友一吐槽道。

「那就當不是為我，是為了郭子甯吧。」闞致遠苦笑一下。「她無親無故，可能會被當成無人認領遺體的死者，給葬到沙嶺公墓，孤伶伶的未免太可憐了。你看看能不能聯絡上替她媽媽辦後事的那個廖女士，為她辦一場簡單的喪禮，然後將骨灰撒到阿窒骨灰所在的那個紀念花園，讓他們永遠在一起吧。」

許友一沉默片刻，掏出手機和名片，抄下一個號碼。

「好吧，但作為交換，我想你代我探望一下我那位住在英國的醫生朋友。」他向闞致遠遞上名片。

「住在阿什福德的那位？」

「嗯，她雖然是英國人，廣東話卻十分流利……」

許友一想，或許這是他唯一能為這個孤寂的傢伙做的事情。

看著逐漸遠去的闞致遠的背影，許友一往另一方向走到街口，登上一輛停在路邊的黑色轎車。

「許督察，結果不用我出手嗎？」坐在駕駛座的一個中年漢看到許友一打開車門，放下正在閱讀的報紙，笑著說。

「對，王隊長，事情已解決，麻煩你了。」

闞致遠的估計正確，許友一這趟只是私人行程，沒有通報上級；可是許友一在台北也有警界朋友，信義區分局的偵查隊隊長和他相識多年，萬一有必要來硬的，他也有對策。

「既然事情解決了，我帶你去吃熱炒吧！有一家店我十分推薦……」

「嗯，不過請等一下，我先打一通電話。」許友一掏出手機。

「哦？還有要事嗎？」

「不，只是打給太太。」許友一笑道。

看著闞致遠背影的一刻，他很想聽聽家人的聲音。

即使是妻子抱怨的牢騷，他也很想聽一下。

——全書完

後記

大家好，我是陳浩基。

這部《隱蔽嫌疑人》本來不在我的寫作計畫之內。話說去年（二〇二二年）年末排在計畫中的下一部作品是《網內人》的系列續篇，直至翌年上半年我都一直在做前期的準備工夫，例如資料搜集、撰寫大綱等等。可是，隨著這些工作逐步進行時，我覺得假如匆匆寫完預定中的故事，好像有某種缺失——劇情上已做好安排，大概全力衝刺也能在跟出版社約定的限期前完成，但我意識到似乎沒能抓住某個劇情以外的元素，感覺不對。最後我沒有妥協，於是和總編輯婷婷討論，改寫另一部作品，而我提出三個可以在有限時間內完成的主題後，婷婷選了「家裡蹲自殺，警察到場後發現房間裡藏著人體標本」，然後它就變成各位手上的這本小說了。

本作的謎團和謎底是在我平日「想到便記下來」的筆記中的其中一項（給婷婷選的其餘兩個也是），所以前期工作省掉了一半時間，不過將本作當成《遺忘．刑警》世界觀下的延伸獨立作品就是後來才決定，碰巧想起大衛．鮑伊的歌曲〈The Loneliest Guy〉和主題契合，於是便順理成章地成為「大衛．鮑伊三部曲」的第二作了。當然這個「三部曲」云云只是我跟自己開的玩笑，我完全沒有計畫寫第三作——本來就連第二作也沒有——不過也許在看不透的將來，我會再讓許友一登場，調查跟大衛．鮑伊某首歌曲相關的案子。

最後感謝總編輯婷婷包容我拖稿，謝謝責編維鋼和行銷采芹在年末百忙之中配合，還有出版社上上下下各位，辛苦大家讓這部作品順利面世，送到讀者手上。寫作和閱讀都是孤獨的行為，但假如作者寫出來的故事能夠引起讀者的共鳴，那又似乎不太孤寂。期待跟您在下一個故事見面。

陳浩基

二〇二三年十二月二十三日

國家圖書館出版品預行編目資料

隱蔽嫌疑人 / 陳浩基著 .
-- 初版 .-- 臺北市：皇冠文化 . 2024.02
面；公分（皇冠叢書；第 5135 種）
（陳浩基作品；7）

ISBN 978-957-33-4108-6（平裝）

857.81　　112022869

皇冠叢書第 5135 種
陳浩基作品集 7
隱蔽嫌疑人

作　　者—陳浩基
發 行 人—平　雲
出版發行—皇冠文化出版有限公司
台北市敦化北路 120 巷 50 號
電話◎ 02-27168888
郵撥帳號◎ 15261516 號
皇冠出版社（香港）有限公司
香港銅鑼灣道 180 號百樂商業中心
19 字樓 1903 室
電話◎ 2529-1778　傳真◎ 2527-0904
總 編 輯—許婷婷
責任編輯—蔡維鋼
行銷企劃—蕭采芹
美術設計—鄭婷之、李偉涵
著作完成日期— 2023 年 11 月
初版一刷日期— 2024 年 2 月

法律顧問—王惠光律師

讀者服務傳真專線◎ 02-27150507
電腦編號◎ 566007
ISBN ◎ 978-957-33-4108-6
Printed in Taiwan
本書特價◎新台幣 420 元 / 港幣 140 元